I0694418

MEGAN HART

Último destino: PLACER

Editado por Harlequin Ibérica.
Una división de HarperCollins Ibérica, S.A.
Núñez de Balboa, 56
28001 Madrid

I.S.B.N.: 978-84-687-9097-8
Depósito legal: M-41314-2016

Para Johnny, mi pesado favorito

Y para Lo Más Agradable Del Mundo

Y mi agradecimiento especial a Laura Hawkins,
a Lisa y a Colm McIvor por compartir conmigo
sus historias sobre cosas que podrían sucederle
a alguien incapaz de volar

Capítulo 1

Labios rojos.
Piel suave.
Perfume.
Estos son trucos conocidos por todas las mujeres. A los hombres les gustan el pelo sedoso y los vestidos ceñidos, los tacones altos y las medias con liga, como las que ella lleva ahora. A los veinte años, Stella se había enseñado a sí misma cómo estar sexy para un hombre. Sin embargo, cuando cumplió más años, descubrió que era mucho mejor estar sexy para sí misma.

Camina por los fríos azulejos industriales mientras echa sus zapatos de suela roja a la cesta y la empuja por la cinta transportadora hasta la máquina de rayos equis. Después, su bolso, al que llama afectuosamente TARDIS. Al igual que la máquina del tiempo que está en una cabina de teléfonos de la serie favorita de su hijo, el bolso de Stella es más grande por dentro que por fuera. Dentro cabe todo lo que una mujer puede necesitar para estar guapa durante un fin de semana, además de un libro, por si no conoce a nadie por quien merezca la pena estar guapa.

Después va su abrigo. Ella preferiría no quitárselo,

pero aunque le permitieran pasar por el escáner con él puesto, la hebilla haría saltar la alarma. Claro, que sucedería también con los clips de sus ligas, posiblemente. A estas alturas, ella ya conoce a la mayoría de los policías que trabajan en el Harrisburg International Airport por su nombre de pila. Todavía tienen que cachearla, por supuesto, pero se ha convertido en una especie de juego para ellos y para ella.

–Hola, Pete –dice.

No se le escapa que él le mira los pies y las pantorrillas cuando ella se da la vuelta para poner el teléfono móvil en otra bandeja y empujarla después de la primera. Aunque no puede verlo, está segura de que también le mira el trasero.

Eso está bien.

Pete tiene la edad de su padre y lleva un bigote enorme. Está casado y tiene hijos y nietos, cuyas fotografías enseña con orgullo en el móvil. Come chicle constantemente, pero no puede disimular el mal aliento. Todo eso no tiene importancia, ni tampoco el hecho de que ella nunca se lo llevaría a casa para acostarse con él.

Lo que importa es que, si quisiera, podría hacerlo. Si lo intentara, si permitiera que él se le acercara un poco y si se colocara en el ángulo preciso para que la abertura de su vestido dejara a la vista sus muslos desnudos.

Stella está segura de que Pete piensa que ella es una prostituta cara, o la amante de un hombre rico. Por la ropa, el peinado y la manicura de las uñas. Por los zapatos. No hay forma de confundirla con una mujer que está de viaje de trabajo, a menos que su trabajo sea el placer. Pete no sabe que a ella nadie le paga por esto. Al menos, no con dinero.

–¿Adónde vas esta noche? –le pregunta el guardia, mientras pasa el detector por delante de su cuerpo, hacia arriba y hacia abajo. El detector pita junto a sus muslos. Él lo mueve otra vez, más despacio, hacia arriba y hacia abajo–. Lo siento, Stella.

–No importa –dice ella, y esboza una sonrisa tan artificial como sus pestañas falsas y sus uñas postizas–. Ya estoy acostumbrada.

Él le hace una señal para que se haga a un lado. Un par de agentes de la Agencia de Seguridad en el Transporte la cachean, explicándole el proceso a cada paso y pidiéndole permiso para tocarla en lugares que ya ni siquiera le resultan íntimos. Ella se lo facilita. Solo están haciendo su trabajo.

La policía que se agacha para deslizar los dedos por su pantorrilla es nueva o, por lo menos, nunca estaba trabajando en el turno del viernes por la noche cuando Stella pasaba por allí. En su placa de identificación dice «Maria». Tiene el pelo oscuro y rizado, recogido en un moño tirante. Unos ojos grandes y oscuros y unas pestañas que no hay que pegar. No lleva los labios pintados de rojo, pero de todos modos son carnosos y brillantes. Lleva a cabo su trabajo con eficiencia, sin sonreír apenas. No es antipática, pero sí distante. Cuando mira hacia arriba, Stella cree que entiende el motivo.

Stella nunca ha estado con una mujer, pero ha pensado en ello. Aquellos trucos también funcionan con las mujeres. Aquel reflejo de interés la atrae tanto como lo haría en un hombre, porque todo aquel esfuerzo no tiene tanto que ver con sentir deseo, sino con sentirse deseada.

Cuando Maria pasa los dedos por el interior de sus muslos, la reacción de Stella es inmediata, pero no inconsciente. Mueve los pies en las marcas azules que hay pintadas en el suelo. La pintura es áspera y podrían rasgársele las medias si no tiene cuidado. El movimiento es casi imperceptible, pero la policía lo nota. Sus ojos se encuentran. Bajo capas de seda y encaje, el cuerpo de Stella late.

Maria aparta la mirada.

¿Cómo será tener que esconderse así, para que nadie sepa algo que forma parte esencial de ti? Stella lo entiende. Todo el mundo tiene secretos, y la mayoría de ellos son sobre el sexo.

Maria no vuelve a mirarla durante el registro, y no le tiembla la voz cuando recita en un tono monótono unas instrucciones que Stella podría repetir de memoria. Sin embargo, a ella se le ha puesto la voz ronca cuando le ha dado permiso para que tocara su cuerpo. Cuando termina la inspección, Stella está temblorosa. Recoge torpemente sus cosas y Maria tiene que ayudarla con el abrigo y el bolso.

—No se preocupe, señora —dice la policía, con una voz neutral—. Que tenga un buen día.

Stella se calza los zapatos, se cuelga el bolso del hombro y se pone el abrigo sobre el brazo. No mira hacia atrás y mantiene alta la cabeza. Va al baño, se encierra en uno de los compartimentos, apoya la frente en el metal frío, con los ojos cerrados, y mete las manos por la abertura de la falda del vestido. Sube por los muslos y se aprieta el clítoris a través de las bragas. Le duele la espalda y tiene los pezones endurecidos. Se imagina, por un momento, cómo sería tener la cara de la mujer contra la carne. Esos labios carnosos sobre el sexo. ¿Sería distinto a notar la barba áspera de un hombre? Seguramente. Se ríe de sí misma, en silencio, y en el lavabo moja una toalla de papel y se la pone en la nuca.

Se mira al espejo. Tiene los ojos oscuros, la piel pálida y los labios rojos. El color natural de su pelo es el caoba, y la melena le llega por los hombros. Lo lleva recogido en un lado, con una horquilla, por detrás de una oreja, y suelto en el otro. Como está sola en el baño, se sonríe y se mira con atención, no porque sea vanidosa, sino para saber qué aspecto tiene para otra gente. Lo hace para poder estar segura de que la expresión que nota en su propia cara parece real, que su sonrisa es alegre, o sexy, o comprensiva, y no una sonrisa de Joker. Antes nunca tenía que pensar en cómo era su expresión, pero hace mucho tiempo de eso. Entonces era una mujer diferente que nunca se preocupaba de su maquillaje, ni del peinado, ni de si iba a asustar a alguien con su sonrisa.

Cada vez se le da mejor.

Se retoca el carmín de los labios y el colorete de la nariz. Se ajusta las medias y el sujetador y se abre un poco más el escote del vestido. Se pone el abrigo y se abrocha el cinturón. Cuando llega a la puerta de embarque, su avión está llegando, y ella espera con paciencia en la fila para ocupar el asiento que quede libre. Algunas veces, cuando llega a la puerta, se entera de que no va a ir al lugar que pensaba, que tendrá que intentarlo en otro vuelo, pero ese es el precio que paga por volar gratis. No sucede a menudo. El aeropuerto de Harrisburg es internacional, pero es muy pequeño y casi nunca está demasiado lleno. Esta noche no hay problema.

Esta noche va a Atlanta.

Allí hará más calor que en el centro de Pennsylvania a finales de septiembre, y está bien. No tiene pensado ir a hacer turismo. Apenas va a salir del aeropuerto. Tiene un libro, por si acaso no hay suerte… pero casi siempre la hay.

Le gusta el aeropuerto Hartsfield–Jackson de Atlanta. Tiene un par de bares agradables y cafeterías donde puede tomar un té, o un café, o un chocolate caliente, dependiendo de su estado de ánimo. Y, como todos los aeropuertos en los que ha estado, tiene una amplia selección de hoteles cerca de la terminal. Ella pertenece a todos los programas de fidelización. Solo necesita una llamada rápida para confirmar una reserva.

Stella todavía está pensando en Maria cuando se sienta en el bar de Atlanta y posa la bolsa de viaje junto a los pies. El hecho de tener que quedarse con ella es el único inconveniente de aquellos viajes, pero también es una vía de escape: siempre puede decir que está a punto de tomar un avión si necesita una excusa para marcharse. La ha usado unas cuantas veces, aunque cabe la posibilidad de que la sorprendan en un renuncio si el hombre de cuyas atenciones quiere alejarse la ve en otro bar con otro hombre. Sin embargo, ¿qué le importa a ella? No les debe nada, aunque la inviten a una o dos copas. Aunque se incline un poco hacia ellos, aunque pestañee o cruce las piernas de modo que el vestido les permita atisbar alguna promesa silenciosa.

Aquella no es la primera vez que una mujer se fija en ella. Las mujeres se miran todo el tiempo, transmitiendo su aprobación, su envidia o su desdén. Los trucos de la cosmética y los vestidos tienen el objetivo de atraer a los hombres e impresionar a otras mujeres. Tal vez tenga que mirarse al espejo para saber si su expresión refleja lo que ella quiere, pero lo único que tiene que hacer es mirar a otras mujeres para saber si su cuerpo está haciendo lo mismo.

Sin embargo, hay algo distinto en que alguien te mire y en que alguien se fije en ti. Aquel efímero reflejo de deseo en los ojos de Maria, combinado con el modo demasiado amable con el que la ha inspeccionado, ha encendido un fuego familiar en Stella. Algunas veces le gusta flirtear y ser coqueta, danzar alrededor de sus deseos y sacarlos a la luz. Hacer que el resultado sea incierto. Y, en otras ocasiones, como esta noche, quiere conseguir que alguien cruce un límite que ni siquiera sabía que tenía.

Hay un hombre sentado a su lado. Casi siempre hay alguno. Él no intenta disimular que la está observando, y se muestra interesado. Es atractivo de un modo convencional: mandíbula cuadrada, buen corte de pelo, unas ligeras patas de gallo y algunas canas en las sienes. Hombre de negocios, con traje y corbata, camisa blanca y un reloj bonito. Lleva alianza. Huele bien.

No es lo que quiere. Para cualquier otra noche, sí, pero no para esta. Stella gira ligeramente el cuerpo para darle la espalda y mira su teléfono móvil. Él capta la indirecta, pide una copa y se concentra en la mujer que está al otro lado. Stella oye lo que le dice para entablar conversación. Con ella, habría funcionado cualquier otra noche. Casi todo funciona.

Ve lo que quiere. Él está sentado al otro extremo del bar, con una pinta de cerveza en la mesa. Está viendo los deportes en la televisión. Es un poco más joven que ella. Tiene el pelo muy corto y no lleva barba. Viste una camisa y unos pantalones negros y, sí, tiene un alzacuellos asomando del bolsillo.

Stella ha hecho un arte de la observación. Lo mira disimuladamente y ve que tiene una bolsa de viaje negra junto a los pies. La bolsa tiene un anagrama con una paloma y las palabras *Conferencia Diocesana Episcopal de Otoño*.

Episcopaliano, no católico. No ha hecho voto de castidad, pero, aun así, es un cura. El tipo de hombre que no debería hacer lo que ella quiere que haga.

Él no mira a su alrededor ni siquiera cuando un par de mujeres pasan por detrás de su asiento de camino al baño. Ni siquiera cuando una de ellas le roza el hombro con la bolsa de viaje al pasar. Solo alza ligeramente la vista para mover la silla cuando hay un poco de tráfico entre la cocina y el baño, así que no está completamente concentrado en los deportes. No obstante, parece evidente que está allí para disfrutar de una cerveza y algo de comer, no para disfrutar de la compañía de una mujer. Aunque su alzacuellos en el bolsillo no lo dejara bien claro, los aros de cebolla, sí.

Stella termina su copa y recoge sus cosas. No consigue mucha más atención por su parte que las otras mujeres, pero, cuando se sienta a su lado, él le lanza una mirada breve y una sonrisa amable. Stella se la devuelve con la misma falta de calidez e interés. Cuando el camarero le dice que sí, que tienen té helado, ella pide un vaso y, cuando se lo sirven, finge que está buscando el azúcar.

—Ah… Disculpe —dice, y señala un platito lleno de sobres que hay a la derecha del pastor—. ¿Podría pasarme el azúcar?

Él lo empuja hacia ella murmurando: «Sí, claro». Stella ya ha visto que en el plato hay edulcorante artificial, y frunce el ceño. En aquella ocasión, cuando lo mira, se asegura de que capta por completo su atención. Otra sonrisa, más lenta.

—¿No hay azúcar de verdad?

Él mira de nuevo a su derecha, pero esto es un bar, no una cafetería. Sin embargo, ella lo ha juzgado bien. Él avisa al camarero y le pide azúcar. El camarero lo busca debajo de la barra y le entrega unos cuantos sobrecitos blancos. Al hombre se le caen algunos de las manos sobre la brillante barra del bar, y Stella se ríe mientras intenta recogerlos y colocarlos junto a sus primos químicos.

—Gracias —dice.

Él sonríe.

—De nada.

Ella abre dos sobrecitos al mismo tiempo y echa el contenido en el té. Después, remueve con la cuchara larga y se la mete en la boca para succionar la dulzura antes de dejarla en una servilleta. Él aparta la mirada, pero no lo suficientemente rápido. Se inclina un poco hacia él.

—Detesto los endulzantes artificiales. Son terribles.

—Sí, lo entiendo —dice él, y la mira de nuevo. Cierra la mano alrededor del vaso, pero no bebe.

—Qué tiempo más loco, ¿eh?

En cuanto él abre la boca para hablar, no importa lo que dice. La cuestión es que ha picado. Señala la televisión, en cuya pantalla aparece un titular que informa de que ha habido tornados en el Medio Oeste y en lugares de la Costa Este donde, normalmente, nunca los hay.

—¿Umm? ¡Ah, sí! Es una locura —dice ella, con cara de preocupación—. Pobre gente. Espero que no haya heridos.

—Creo que ha habido algunos muertos —dice él—. Y ¿quién sabe cuántos daños materiales?

Stella gira ligeramente el cuerpo hacia él.

—Sí. Da miedo. ¿Ha estado usted alguna vez en medio de un tornado?

Él niega con la cabeza, y también se gira hacia ella, casi sin darse cuenta.

—No. ¿Y usted?

Ella también cabecea.

—No. Espero no verme nunca en esa situación. Con la suerte que tengo, acabaría en Oz, y mi casa caería sobre una bruja.

Él se ríe. Tiene una dentadura blanca y bonita. Por las arrugas de sus ojos, debe de ser mayor de lo que ella ha pensado. Él la mira de verdad en aquel momento, y en sus ojos aparece un brillo deliciosamente reticente. Eso enciende una chispa de calor dentro de ella.

–Me llamo Glenn –dice él, y le tiende la mano.

Ella se la estrecha.

–Yo, Maria. ¿Debería llamarle «padre»?

Él se queda sorprendido y, cuando le suelta la mano, se toca el cuello ligeramente. Después, el bolsillo.

–Oh, no. Puedes llamarme Glenn. Maria.

Después de eso, hay una conversación. Hablan más sobre el tiempo. Sobre el partido que hay en la televisión. Él se queda impresionado de lo mucho que sabe sobre el deporte. Los hombres siempre se quedan impresionados; eso le causa molestia o le divierte, dependiendo de la situación. Aquella noche, a Stella le divierte. Hablan de otras cosas; de música, por ejemplo. Él ha visto a unos cuantos grupos que a ella le gustan. Tienen algunas canciones favoritas en común. Al cabo de una hora, ha conseguido que él se incline hacia ella, que se le acerque. Él le ofrece un aro de cebolla y se ríe cuando ella lo rechaza. Piden un plato de palitos de mozzarella para compartir.

No vuelven a hablar de su alzacuellos... o de su ausencia. Ella espera que, en cualquier momento, él le diga que tiene que irse. Después de todo, están en un aeropuerto. Ella le dice que su vuelo también lleva retraso por el mal tiempo.

Hay un instante en el que ella podría retirarse. Podría darle las gracias por la comida y los tés a los que él la ha invitado. Puede alejarse y dejar que él siga guardando los secretos que ya tiene, en vez de convertirse en otro más. Tiene un momento de moralidad y se levanta para desearle buenas noches y buen viaje.

Glenn también se levanta. Le pregunta dónde se aloja. El momento de hacer lo correcto ha pasado ya. Además, ¿quién puede decir lo que está bien y lo que está mal? Él es un adulto. No le está obligando a nada.

Lo único que hace es ofrecerle una tentación. Él no tiene por qué caer en ella. Sin embargo, cuando recoge su bolso y su abrigo, sabe que ya ha caído.

–Yo tengo una habitación en el Marriott –dice Glenn.

–Yo, también –responde ella.

Se excusa para ir al baño y, desde allí, llama al hotel para hacer una reserva.

En el vestíbulo, ella saca la llave, mientras Glenn observa los cuadros que hay en las paredes. Ella ha pedido una habitación en el piso bajo, sin ascensores, ni escaleras, con el camino más corto hasta un pasillo que huele a desinfectante.

En la puerta, se gira hacia él con una sonrisa.

–Buenas noches, Glenn. Gracias por acompañarme.

–De nada.

Stella le tiende la mano. Sus palmas se juntan, sus dedos se entrelazan. Entonces, ella tira suavemente de él. Glenn da un paso hacia ella y, después, otro. Solo hay espacio para una respiración entre ellos, y Stella lo aprovecha. Se pone de puntillas y ladea la cabeza para ofrecerle los labios.

No es ella quien lo besa. Eso es importante. Stella deja que sea Glenn quien empiece el beso, y quien lo termine también. Mantiene los ojos cerrados, y sonríe. Sin abrirlos ni mirar para asegurarse de que están solos en el pasillo, ella se apoya contra la puerta y mete la mano de Glenn dentro de su vestido. Contra su piel. Encoge los dedos junto a los de él, para que él toque con los nudillos el encaje y el calor. Él vuelve a besarla, con más fuerza en aquella ocasión.

Glenn la roza con la lengua. Besa muy bien. La mano que no está dentro de su vestido se desliza por su cuerpo, por sus pechos, y llega hasta su nuca. Él gime en voz baja dentro de la boca de Stella, y ella se arquea contra él.

Eso es lo que a ella le gusta. Lo que ansía. Que él la desee tanto que haga cualquier cosa, tocarla en el pasillo de un hotel, tal vez tomarla allí mismo, sin importarle otra cosa que meter su miembro dentro de su cuerpo.

—Entra —susurra Glenn.

Ella abre la puerta y, sin separarse, los dos entran. Ya están junto a la cama cuando la puerta se cierra. Glenn ya tiene la mano en su sexo, y su boca en la de ella. Interrumpe el beso y apoya su frente en la de Stella. Se humedece los labios. Entonces, le toca a Stella posar la mano en su nuca, y nota que él se estremece. Ella ya no le sujeta la mano contra su cuerpo, pero él no la ha movido, y mete los dedos bajo el encaje.

Ella lleva horas húmeda, y él desliza las yemas de sus dedos en su sexo. Le roza el clítoris, y Stella gruñe. El sonido es grave y hambriento, pero a ella no le importa. Quiere que oiga su deseo en su voz, del mismo modo que lo siente entre sus piernas.

No quiere contener nada.

Porque es aquello lo que necesita, lo que ansía y lo que quiere. Aquella conexión desnuda y desesperada de dos personas que no se conocen, pero que sí conocen su sabor. Glenn sabe a sentimiento de culpabilidad y a fervor. ¿Sabe ella a lo mismo, o sabe a amargura, a secretos y a pena? Stella quiere devorarlo, así que abre la boca y le invita a que meta su lengua.

¿Debería sorprenderse al ver que él se pone de rodillas frente a ella, como si fuera a rezar? Se asombra tanto que, si no tuviera la cama detrás, retrocedería. No puede moverse y, aunque pudiera, él mueve las manos hacia la parte posterior de sus muslos para sujetarla. No la mira a la cara cuando tira del lazo del costado del vestido para desatárselo, ni cuando el vestido se abre y deja a la vista sus bragas y su sujetador de encaje azul claro. El liguero y las medias que le gustan tanto.

El peinado, la boca, los zapatos, sus pechos, su sexo y su trasero ya no importan. Cuando está delante de un amante por primera vez, solo quiere taparse con las manos. Quiere que todo transcurra a oscuras para que no haya nada más que calor, olor y contacto. Para poder desaparecer en esas cosas. Para que ellos no tengan que ver sus cicatrices.

A los hombres no les importa. Eso lo entiende. Para cuando se queda desnuda delante de uno de ellos, ya tienen el miembro erecto y la boca hambrienta. Ven curvas y carne, nada más. Por eso, aunque quiera taparse, no lo hace. Permanece desnuda a la luz, porque se merece aquel escrutinio y porque, aunque puede resultar un poco pervertido, adora y ansía la agonía que le causa.

Glenn la besa a través del encaje. Se estremece y la agarra por el trasero para acercársela. Después, le aparta las bragas con un dedo para que su lengua pueda encontrar su clítoris. Sabe lo que está haciendo. Es bueno, tan bueno, que ella se ha agarrado a su pelo sin darse cuenta. Mueve las caderas hacia delante. Él succiona suavemente su carne hinchada.

Entonces, la mira.

Tiene la boca húmeda y los ojos brillantes. Allí está aquel deseo que ella quiere ver, además de la culpabilidad que ha percibido en sus besos. Él traga saliva.

—Maria, yo...

—Shh. No pasa nada. Nadie se va a enterar.

Dios sí se va a enterar, pero ella no dice nada. No cree en Dios y, si Glenn cree, eso quedará entre su Hacedor y él. Glenn tiembla y posa la mejilla en su muslo. Ella nota su respiración caliente a través del encaje. Entonces, le baja las bragas por las caderas, por los muslos. Ella se las quita de los pies y él la sienta al borde del colchón. Le separa el sexo con los dedos pulgares y encuentra su clítoris con la lengua y los labios. Oh, Dios. Sus dientes. No la muerde, pero la presión es suficiente para que sus músculos vibren.

Stella se abre a él. Extiende las piernas. Pone una sobre el hombro de Glenn y se lo acerca aún más. Sus caderas se mecen bajo su boca y, cuando él mete un dedo en su cuerpo, ella grita. Stella se tapa los ojos con un brazo.

Se concentra en el refinado placer que le produce la lengua de Glenn, y sus dedos. Aunque se retuerce bajo él, él mantiene un ritmo constante, casi juguetón, que la sitúa a las puertas del orgasmo una y otra vez, hasta que ella empieza a rogar entre sollozos.

–Por favor. Oh, por favor…

Él la ha dejado ciega de deseo, pero no sorda. Stella oye su jadeo y lo nota contra el cuerpo. Después, por fin, nota de nuevo las pasadas de su lengua y los movimientos de sus dedos, y llega al clímax con fuerza. Su orgasmo es brutal. La parte en dos. Se queda jadeante, lánguida, llorosa.

Glenn no se ha desvestido. Se levanta, se sienta en la cama sin tocarla. No dice nada. Stella recupera el aliento y se incorpora para mirarlo. Tiene la cabeza agachada y los hombros un poco encorvados.

–Estuve casado –le explica a Stella–. Nos divorciamos. Y, con mi trabajo, es difícil encontrar a alguien… Salir con mujeres es casi imposible. Lo siento.

Ella quería que él se resistiera, no que se arrepintiera.

–Por favor, no lo sientas. Yo no lo siento.

Él sonríe débilmente y, por fin, la mira.

–¿Te ofendería que te diera las gracias?

Stella se echa a reír.

—No. Claro que no. Soy yo la que debería darte las gracias. Puedo devolverte el favor.

Pero Glenn niega con la cabeza.

—No. Ha sido suficiente.

—Pero, yo…

Stella se queda callada. Lo entiende de repente, y no quiere que él se sienta mal.

Glenn está un poco avergonzado, pero no mucho.

—Hacía mucho tiempo. Y tú… eres muy sexy.

Glenn pasa la mirada por su cuerpo con tanta minuciosidad que, cuando sus miradas se encuentran, ella está ruborizada. Una vez más, quiere taparse, pero se contiene y le da las gracias. Cuando él se inclina para besarla, Stella lo abraza. Él le acaricia la espalda antes de soltarla.

Él no le pide que le permita quedarse, y eso está bien, porque así no tiene que buscar la forma de pedirle que se marche. Cuando se queda a solas, Stella se ducha y abre la boca para que el chorro de agua se lleve su sabor. Tal vez, en alguna ocasión, el extraño al que seduzca le pregunte por sus cicatrices. Y, tal vez, algún día, ella se lo cuente todo.

Capítulo 2

—¡Mamá!

Stella había estado soñando con el mar, con unas olas suaves que le acariciaban los dedos de los pies y con la arena dorada y cálida. En el sueño, llevaba un precioso biquini. Por eso sabía que era un sueño. Ni siquiera antes de dar a luz y de que ocurriera todo lo demás llevaba biquini. Demasiada piel expuesta al sol.

—¡Mamá!

Abrió los ojos y gruñó. Tenía las sábanas enroscadas en los pies, y la almohada estaba entre los pliegues de la manta. Le dolía el cuello.

—¿Qué pasa? —murmuró, aunque sabía que Tristan no podía oírla. Por sus gritos, estaba en el piso de abajo—. ¿Qué quieres, por el amor de Dios?

Los pasos de su hijo en las escaleras fueron suficientes para que se hundiera más bajo la manta. Tristan acababa de pegar otro estirón y ya medía más de un metro ochenta, y también había cambiado de número de calzado. Había parido un gigante. Un gigante de pies enormes que no podía moverse con algo parecido al silencio.

—Mamá, necesito el dinero de la comida.

Stella levantó la cabeza de la almohada, lo justo para

mirar de manera fulminante a su hijo, que esperaba en el vano de la puerta.

—¿Y tienes que decírmelo ahora?

—Bueno, es que tengo que comer, ¿no?

—¿Y por qué no me lo dijiste anoche, cuando te pregunté si lo tenías todo preparado para el colegio y me respondiste que sí?

—Voy a llegar tarde —le advirtió Tristan—. Voy a perder el autobús, y vas a tener que llevarme.

Stella volvió a gruñir y movió una mano hacia su cómoda.

—Mira a ver si hay veinte dólares en mi monedero.

Al ritmo que comía Tristan, veinte dólares iban a durarle pocos días, pero ella podría hacer un ingreso en la cuenta de su hijo más tarde. Y, dentro de quince minutos, él estaría en el autobús y ella podría dormir una hora más.

Tristan revolvió en su bolso, no pudo encontrar la cartera y tuvo que sufrir sus gruñidos mientras ella tomaba el bolso de sus manos para encontrarla.

—Papá me va a recoger después del entrenamiento de hoy. Me quedo a dormir en su casa.

—¿Eh? Pero… se suponía que íbamos a ir de compras…

—Ya me lleva papá.

—¿Y lo sabe él?

Tristan se encogió de hombros, como si no le importara.

Stella confiaba en Jeff, pero sabía por experiencia lo dispuesto que estaba a descargar cualquier responsabilidad paternal en su nueva esposa, que era una bendita y que tenía muy buena intención, pero tenía pocos recursos y era suave como un conejito. Cynthia se había casado con Jeff a los veintidós años. No habían tenido hijos, nunca había cuidado de un bebé y había heredado un hijo adolescente que era un marciano para ella. Incluso después de cuatro años, a Stella le parecía cruel que Cynthia tuviera que encargarse de Tristan, cuando era una aventura constante para la chica.

—¡Que tengas un buen día! ¡Te quiero! —le dijo Stella, mientras él bajaba las escaleras de dos en dos. Tristan no respondió. Cerró la puerta de un portazo.

Silencio. Bendito silencio.

Así era la custodia compartida de Tristan. Al principio, el niño tenía ocho años y estaba en la escuela elemental. Era demasiado pequeño para salir solo con sus amigos, y se conformaba con quedarse viendo películas con su madre. Tal vez todavía tuviera la esperanza de que sus padres no se divorciaran, solo se separaran una temporada. Ellos dos habían decidido que era demasiado perjudicial para el niño estar yendo de una casa a la otra semanalmente, así que Tristan pasaba casi todas las noches con ella. Stella había empezado a disfrutar de tener algunos fines de semana libres cuando Tristan se marchaba al colegio el viernes por la mañana.

Ahora, sin embargo, si no tenía entrenamiento, alguna actividad escolar o un plan con sus amigos, Tristan se pasaba las horas delante de la televisión con sus videojuegos o viendo películas. Su casa se había convertido casi en un lugar de ocio, y a ella le parecía bien, aunque el volumen del ruido era algunas veces insoportable. Stella prefería que Tristan estuviera en casa antes que tener que llevarlo a un sitio y recogerlo en otro. Lógicamente, él se había hecho mayor y ya podía ir y venir, y pasaba más fines de semana con Jeff, sobre todo ahora que ya no necesitaba tantos cuidados.

Ya no tenía sueño. Stella se estiró y salió de entre las sábanas. Le crujieron todos los huesos. Tenía que volver al quiropráctico. Debería ir más a menudo y no esperar a que el dolor fuera tan intenso, pero no tenía tiempo. Se estremeció por un dolor agudo que sintió en el cuello, y se sujetó el pelo en la coronilla. También era hora de ir a la peluquería. Y de ir al optometrista, pensó, al ver que su reflejo se volvía borroso. Pestañeó y se inclinó hacia el lavabo para mirarse al espejo.

Se agarró al lavabo hasta que se le pusieron blancos los dedos. Inhaló y exhaló una bocanada de aire. Respiró profundamente hasta que dejó de parecer que la mujer del espejo quería llorar.

Sonrió.

Frunció el ceño.

Puso cara de preocupación.

La última expresión no era buena. Le arrugaba la frente y las comisuras de los ojos y de los labios. Era casi tan mala como la de interés fingido. Sin embargo, todas ellas eran mejores que la expresión de una mujer con los ojos tristes y la boca curvada hacia abajo que la había saludado hacía unos pocos minutos.

Entró en la ducha y dejó que el agua caliente le cayera en el cuello, en los hombros y en la espalda para aliviarse el dolor. También le serían útiles una dosis doble de ibuprofeno y algunos estiramientos. Debería haber hecho algo de ejercicio antes de ducharse, pero la mañana había empezado mal, así que, ¿para qué iba a molestarse en arreglarla ya?

Se pasó las palmas de las manos, llenas de jabón, bajo los brazos, por el vientre y los muslos. Allí sintió un dolor, y se giró para que el agua le aclarara la espuma.

Tenía un pequeño hematoma, cuyos bordes ya estaban volviéndose verdes. Le dolió al apretarlo, pero el dolor fue breve. Se lo apretó con más fuerza, y se clavó la uña. Podría haberse hecho sangre, pero se detuvo antes de que ocurriera. Ya tenía suficientes cicatrices sin hacerse más.

Empezó a llorar sin poder evitarlo. El suelo ondulado que impedía que se cayera y se matara también era imposible de limpiar. Las crestas de las ondulaciones recogían todos los minerales y el hierro del agua, y siempre estaban teñidos de naranja, por mucho que ella frotara y por mucha lejía que utilizara. Además, le hicieron daño en las palmas de las manos y en las rodillas cuando se agachó. Se quedó así hasta que el agua empezó a enfriarse. Entonces, se había apartado el recuerdo de la boca de Glenn sobre su cuerpo, tanto, que podía pensar que le había ocurrido a otra persona.

Capítulo 3

Lo que hacía Stella nunca iba a exponerse en un museo, pero había algo artístico en el hecho de retocar fotografías. Borraba las arrugas de preocupación de la frente y las manchas que dejaban cicatrices. Las cicatrices nunca las borraba, a menos que el cliente se lo hubiera pedido específicamente. Por eso, las fotografías que tenían muchas cicatrices terminaban al final de la cola de todas las que le asignaban, y a ella le parecía bien. Sabía perfectamente cómo podían definir las cicatrices a cualquier persona, por muy feas que fueran.

Aquel día tenía que retocar un retrato de familia para el directorio de una iglesia. Unos padres canosos, una hija adolescente con expresión malhumorada y un hijo joven, infante de marina, con su uniforme. Los padres y la chica formaban un triángulo, y el hijo estaba ligeramente separado, pese a que la madre lo tenía agarrado por el hombro. Aquella forma de sujetar a un hijo tenía algo de desesperado que ella no iba a poder borrar, pero que entendía completamente.

Estaba claro que el marine había entrado en combate. Tenía la mitad de la cara quemada, y las cicatrices todavía estaban moradas y rojas. Le faltaban la ceja y las pestañas de uno de los ojos y, en ese lado de la cara, tenía la boca fruncida. Sin embargo, posaba erguido, mirando con fijeza a la cámara. No sonreía, tampoco arrugaba el ceño. Era imposible saber si estaba resignado, avergonzado o, simplemente, aburrido.

Los clientes habían pedido que quitara algunas sombras, algunas pecas y el reflejo de las gafas del padre. Lo último era lo más difícil, así que lo dejó para el final. Stella se concentró en quitar algunos pelos mal peinados y algunos bultos, cosas que no estaban en la lista. Los clientes ni siquiera iban a notar esas mejoras, pero, si no las hiciera, sí lo notarían.

Observó la cara del hijo y la curva de los dedos de la madre. Pensó que el hijo tenía una expresión estoica. Sí, eso era. No era aburrimiento, ni ninguna otra cosa. Era estoicismo.

Sin embargo, la madre tenía un aspecto cansado y avejentado. Tenía los labios fruncidos y el pelo lacio. Tal vez hubiera permanecido junto a la cama de su hijo mientras él se recuperaba, agarrándole la mano. O tal vez el chico hubiera sufrido solo, a la espera de haberse curado lo suficiente como para poder hacer el viaje de vuelta a casa. De cualquier forma, debía de haber sido terrible para la madre ver aquella cara por primera vez.

Stella cerró los ojos con fuerza. Sus dedos se detuvieron sobre el ratón. Apartó la mano y la posó sobre su regazo mientras respiraba profundamente y contaba hasta cinco para calmarse.

Agitó la cabeza mientras pensaba que nunca iba a poder dejar de pensar en ello. Abrió los ojos y, al ver que su compañera Jen se había asomado a su cubículo, se le escapó una carcajada de azoramiento. Sin decir nada, Jen le mostró una taza de café y un cigarro electrónico.

–Claro –dijo Stella–. Dame un minuto.

Stella había empezado a fumar en la universidad, pero lo había dejado al quedarse embarazada. Siempre lo había echado de menos. Algunas veces se fumaba un cigarro cuando volaba, dependiendo de cuál fuera la situación y de quién le estuviera ofreciendo el cigarrillo. Que ella supiera, Jen tampoco fumaba, aparte de aquel cigarrillo electrónico que se había comprado hacía algunos meses. Lo que ocurría era que las dos se habían dado cuenta de que los fumadores tenían descansos, y los no fumadores, no.

Se sirvió una taza de café en la sala de descanso y salió por la puerta trasera del edificio. Allí encontró a Jen, esperándola. Tenía el teléfono en una mano y el café en la otra, y movió la cabeza para saludarla.

–Qué frío hace aquí –dijo con el cigarro entre los labios–. Podría cortar cristal con los pezones.

Stella se frotó los brazos y le dio un sorbito al café caliente. Puso mala cara.

–Esto es una porquería.

Jen se echó a reír.

–¿De verdad? Creo que piensan que, si hacen un café un poco mejor, tomaremos más, y pasaremos más tiempo en el baño, y trabajaremos menos.

–Diabólico –dijo Stella, y se echó a reír, aunque aquello tuviera sentido–. ¿Te acuerdas cuando tenían catering de café y sándwiches?

Jen suspiró con melancolía.

–Sí. El chico era una monada. Me gasté más dinero en aquellos *bagels* asquerosos que el que ganaba aquí.

Stella no quería sentarse en la mesa de picnic, porque estaba llena de astillas, así que se apoyó en la pared de ladrillo mientras se calentaba las manos con la taza.

–No sé por qué no quisieron que siguiera viniendo.

–Porque pueden quedarse con un porcentaje de las máquinas.

A Stella no se le había ocurrido eso.

Retocar fotografías para la empresa Memory Factory no era un trabajo horrible, sobre todo si una podía soportar el silencio casi mortal en el que trabajaban. El horario era bueno y el sueldo dependía de superar niveles de capacitación, así que Stella ganaba el salario máximo, y eso era más de lo que ganaría en cualquier oficina. Sin embargo, no era ningún secreto que la empresa, que empezó como un negocio familiar de fotografía y que fue adquirido por una empresa nacional, estaba dispuesta a hacer cualquier cosa por ganar dinero.

Jen le dio una calada a su cigarrillo electrónico y exhaló el humo hacia el frío aire de octubre.

–He oído decir que Randall va a empezar muy pronto a llamar a la gente para hacerles un informe de su rendimiento. Supongo que habremos recibido muchas quejas últimamente.

–Eso no me preocupa, ¿y a ti?

–Ni hablar –respondió Jen con una sonrisa–. Pero algunos de los temporales están temblando. Y eso está bien, porque a lo mejor despiden a algunos y nos devuelven nuestras horas.

Para la temporada del año anterior, la empresa había contratado a unos cuantos empleados eventuales para que sacaran adelante la carga de trabajo extra que siempre se producía en Navidad y que duraba hasta el Año Nuevo. Por algún motivo, cuatro de aquellos trabajadores eventuales se habían quedado en la empresa. Ninguno de ellos era bueno ni había superado el primer nivel de capacitación, y ninguno se llevaba bien con los demás empleados de la oficina. Stella estaba segura de que dos de ellos se pasaban el día colocándose en el almacén. Nada de aquello le habría importado si su presencia no hubiera supuesto, tal y como había dicho Jen, una disminución de las horas extra con las que las otras ocho personas que trabajaban en su departamento y ella contaban para el verano, durante las vacaciones.

—De todos modos, el mes que viene contratarán a otros —dijo Stella.

Jen soltó un suave resoplido.

—Cierto. Pero serán distintos. Tal vez no sean tan idiotas.

Stella se echó a reír de lo poco probable que le parecía aquello. El café se le había quedado frío y lo tiró al suelo. Observó cómo manchaba la gravilla mientras pensaba en que aquella misma noche iba a sacar los pijamas de invierno.

—¿...con nosotros?

—Disculpa, ¿qué decías? —le preguntó Stella a Jen, mirándola.

—Te he preguntado qué vas a hacer mañana por la noche. Jared y yo vamos a ver cantar a un amigo en un bar. ¿Te apetece venir?

Stella enarcó una ceja.

—¿Otra vez estás intentando emparejarme?

—Venga, vamos. Una vez. ¡Una! —respondió Jen, y estiró un dedo. Después, otro y, tras una corta vacilación, un tercero—. Bueno, tres. Pero reconoce que las tres veces fue totalmente legal.

—Jen. No puedo salir con chicos que tienen pocos años más que mi hijo. Y, de todos modos, ya te he dicho que no me interesa. Es demasiado esfuerzo.

Jen suspiró.

—¿Cómo es posible que no tengas ningún interés?

—Porque no lo tengo. Los novios ocupan demasiado tiempo y causan demasiado trabajo —dijo Stella, encogiéndose de hombros–. No quiero tener una relación permanente con un tipo. Estoy bien sola.

–Nadie quiere estar solo de verdad.

Stella se encogió otra vez de hombros.

–No para siempre, no. Pero, en este momento, tengo muchas cosas de las que ocuparme en casa. Tristan se va a la universidad dentro de dos años. Entonces tendré tiempo suficiente para esas chorradas.

–No son chorradas –dijo Jen.

–Eso es porque tú estás tan enamoraaadaaa… –dijo Stella, sonriendo y haciendo ruidos de besitos, mientras Jen bajaba la cabeza y se echaba a reír–. Las cosas son diferentes cuando se está enamorada. Se aguantan cosas que nunca se aguantarían en otra persona. El amor hace que la gente se vuelva loca.

–Y un buen pene –dijo Jen, solemnemente.

Stella se mantuvo seria.

–Razón de más para evitarlo.

–Si no tienes cuidado, se te va a secar la vagina como una mala hierba y va a volar con el viento.

–Estoy dispuesta a correr el riesgo –respondió Stella.

Capítulo 4

Al nacer, Tristan había pesado dos kilos ochocientos treinta gramos y había medido cuarenta centímetros y medio. Era calvo como un huevo e insaciable, y había llorado inconsolablemente durante el primer mes y medio de su vida.

Dieciséis años después era más alto que sus padres, pesaba veintisiete kilos más que Stella y tenía el mismo apetito insaciable, aunque por suerte había sustituido el llanto por comentarios incesantes sobre el mundo. Al menos, antes hablaba todo el tiempo, pero ahora sus abrazos y sus «Te quiero, mamá» se habían convertido en conversaciones intermitentes y rebuscadas. Su sentido del humor infantil se había transformado en un sarcasmo que a veces llegaba a ser cruel, pero que resultaba divertido. Stella no quería reírse de él, pero lo hacía, sobre todo cuando Tristan se burlaba de su madrastra.

—Eso no es agradable —murmuró, al ver su demostración de cómo Cynthia siempre tenía la boca abierta—. Cómete el queso.

Había hecho su comida favorita: un bocadillo con rebanadas gruesas de pan de centeno con queso cheddar, panceta crujiente y finas rodajas de tomate. No era la más saludable de las cenas, pero Tristan había crecido tanto que seguramente podría soportar las calorías de más, sobre todo con lo mucho que corría. Stella se había preparado un poco de pollo asado y una ensalada de espinacas.

Tristan miró su plato y, después, la miró a ella.

—¿No puedo comer lo mismo que tú?

Ella paró cuando estaba a punto de pinchar una hoja de espinaca.

—Pero… si te encanta ese bocadillo de queso.

Tristan no dijo nada. Apartó la mirada con una cara tan parecida a la de Jeff, que a ella se le rompió el corazón. Él alejó el plato con los dedos.

—No.

—¿Desde cuándo? —preguntó Stella, intentando mantener un tono de calma.

Era muy fácil que empezaran a discutir. Tristan no solo se parecía mucho a su padre físicamente, sino que también tenía mucho de la personalidad de Jeff. Todas las cosas que la ponían furiosa de su marido estaban aflorando también en su hijo. Por mucho que ella estuviera empeñada en evitar que Tristan fuera del tipo de hombre que pensaba que el mundo tenía que proporcionarle una gran vida en bandeja, parecía que algunas veces la naturaleza vencía a la educación. Ella quería a su hijo con toda su alma, pero, últimamente, algunos días no lo encontraba muy agradable.

—Desde siempre —dijo él.

Murmuró otra cosa, y alejó aún más el plato.

Stella pinchó la ensalada.

—¿Qué has dicho?

—Nada. No he dicho nada.

—Sí —dijo ella—. Lo he oído.

–Nada. Olvídalo –repitió Tristan obcecadamente. Se levantó de la mesa y añadió–: De todos modos, no tengo hambre. Voy a salir a correr.

Ya estaba saliendo por la puerta de la cocina cuando ella lo llamó y le dijo:

–Espera. Guarda el bocadillo para luego y mete el plato en el lavavajillas.

Él obedeció, arrastrando los pies y suspirando.

–Ni siquiera debería haber sido necesario que te lo pidiera. Vamos, Tristan –le dijo ella, intentando mantener un tono sosegado, concentrándose en su ensalada–. Lo sabes muy bien.

–¿Sí? –respondió él–. ¡Pues tú también!

Antes de que ella pudiera preguntarle qué quería decir, él salió de malos modos de la cocina. Se oyeron pasos escaleras arriba y por el pasillo, hacia su cuarto. Después, un portazo.

A Stella se le quitó el apetito, pero hizo un esfuerzo por comer.

Cuando Tristan bajó las escaleras ruidosamente y se dirigió a la puerta, ella le preguntó:

–¿Adónde vas, y cuánto tiempo crees que estarás fuera?

–Ya te he dicho que voy a correr, y no lo sé.

–¿Llevas el teléfono?

–Sí.

–No vayas demasiado lejos. Y acuérdate…

–Sí, ya lo sé. A la vuelta, el camino parece el doble de largo que a la ida. Ya lo sé, mamá.

Una vez más, él murmuró una exclamación que, seguramente, incluía la palabrota que sus amigos utilizaban cuando pensaban que no los estaba escuchando ningún adulto.

Stella recordó algo más cuando la puerta se cerró.

Tristan ya estaba corriendo por la acera cuando ella abrió de nuevo.

—¡Tristan!

—¿Qué? —preguntó él, volviéndose a mirarla.

—Vuelve antes de que oscurezca —le dijo Stella. Eso no le daba demasiado tiempo, pero la idea de que su hijo fuera corriendo por carreteras rurales cuando anocheciera le encogía el estómago—. ¡Y va en serio!

Él se despidió con la mano y siguió corriendo. Ella siguió mirándolo hasta que desapareció más allá de los árboles, y entró en casa. Tiró la ensalada a la basura y recogió la mesa. Más tarde limpió la puerta del frigorífico, el microondas y los fuegos. Los armarios.

Nada estaba realmente sucio, pero lo limpió de todos modos.

Cuando Jeff vivía en aquella casa, siempre había demasiado desorden como para que ella pudiera mantenerlo a raya. Era como vivir en un huracán. Niños, perro, gato, marido… Parecía que todas las criaturas que habitaban en la casa creaban un sendero de destrucción mientras ella los perseguía con la aspiradora y la fregona. La cesta de la ropa sucia se desbordaba. Ahora que Tristan pasaba la mitad del tiempo con su padre, algunas veces el único desorden que había en la casa era el que ella creaba. Hacía todo lo que quería, y como quería. Y lo hacía sola.

En el peor de los momentos, cuando la idea del divorcio había dejado de parecerle un fracaso y había empezado a ser la salvación, había pensado mucho en el hecho de estar sola. ¿Le gustaría de verdad? Al final, había sido Jeff quien la había abandonado a ella, y no podía reprochárselo. Hasta ella estaba harta de sí misma. Pero, al final, también había decidido que estar sola era mejor que desear estar sola.

El día que Jeff se había marchado, Tristan estaba en un campamento de verano, y Stella había abierto todas las ventanas de la casa, aunque iba a haber tormenta. Había empezado a bailar en el patio, bajo la lluvia, corriendo el riesgo de que la alcanzara un rayo. Había echado la cabeza hacia atrás y había dejado que la lluvia lo lavara todo y la limpiara.

Aquella sensación no había durado mucho, pero sí lo suficiente. Ocho años después, ella seguía sola, y Jeff había vuelto a casarse. Stella suponía que él era feliz en su nueva casa, mucho más grande, y con su nueva esposa, mucho más joven. No le importaba, en realidad.

La cocina estaba limpia. Fue a la habitación de Tristan para recoger su ropa y poner una lavadora. No quería pensar en las cosas que había hecho en la ducha aquella mañana. La melancolía no era productiva.

Hacía mucho tiempo que a Tristan se le había quedado pequeña su cama gemela, así que una de las primeras cosas que Stella había hecho después del divorcio había sido darle a Tristan su cabecero y su colchón, y se había comprado un dormitorio nuevo. Él había adornado el suyo con palos de hockey, escarapelas de las jornadas de ciencias del colegio y de las competiciones. Con unas cuantas gorras de béisbol. A los pies de la cama todavía tenía algunos animales de peluche.

El señor Oso. Tigger. Tristan siempre había preferido los peluches blandos a las figuritas rígidas de soldados y a los cochecitos. Pasaba horas con los peluches en el jardín, manchándolos tanto que no había forma de quitarles la suciedad ni en la lavadora. Otras madres hablaban con suspiros de que sus hijos estaban obsesionados con una manta o con un osito, pero Tristan nunca había sido así. Él adoraba a todos sus juguetes del mismo modo y, al mismo tiempo, sin compromiso alguno. Cuando se perdía algún miembro, o un muñeco ya estaba demasiado estropeado como para seguir jugando con él, lo abandonaba y tomaba otro.

Por eso, le resultaba divertido y conmovedor verlos a todos juntos.

Entró un poco más en la habitación y tomó al señor Oso. Su madre se lo había comprado a Tristan cuando tenía unos dos años. El peluche estaba apoyado en la pared, apretado entre los demás, junto a una serpiente verde con lunares azules que llevaba un sombrero. Cuando Stella tiró del brazo del oso, la serpiente se liberó, como otros muñecos.

Como el bebé.

Era uno de los juguetes más pequeños. Un pequeño bebé del tamaño de la palma de la mano. Tenía el cuerpecito rechoncho y la cabeza redonda, sin cuello. Tenía hoyuelos en las mejillas, los ojos diminutos y el pelo naranja. En realidad, no tenía sexo, pero por su trajecito azul podía deducirse que era niño.

Stella lo había tomado sin darse cuenta de lo que era, pero al ver su pelo anaranjado y los bracitos regordetes, lo dejó de nuevo sobre la cama. Cayó boca abajo, con los brazos y las piernas abiertos.

—¿Dónde está tu bebé? ¿Dónde está tu bebé?

Él camina hacia ella, enseñando los dos dientes, agarrando al bebé con los deditos. Lleva un pijama azul. Tiene un pelo suave y rojizo. Se le cae un hilo de baba que ella le limpia al tomarlo en brazos. Esconde la cara en el dulce olor del niño. De su niño.

—Enséñale tu bebé a mamá.

Él alza el muñeco y ella lo estrecha entre sus brazos, besándolo con fuerza hasta que se retuerce para que lo deje en el suelo. Y, cuando lo hace, él se aleja de ella dando pasitos torpes. Su niño.

Oh, su niño.

Stella salió de la habitación y cerró la puerta, dejando los recuerdos tras ella.

Habían pasado horas desde la cena, y no sabía nada de Tristan. No tenía ningún mensaje suyo. Había anochecido por completo. Stella miró la pantalla del móvil con la mandíbula apretada. ¿Dónde estás?, escribió.

Como ella había visto que su hijo era capaz de escribir en el móvil a varias personas mientras jugaba con la Xbox y comía algo, supo al instante que el único motivo por el que no había respondido era que la estaba ignorando. O que le había sucedido algo malo.

La madre de Stella tenía la costumbre de decirle siempre que salía de casa: «Ten cuidado». Ella siempre se hacía la lista y respondía: «No, voy a hacer cosas muy arriesgadas y a correr peligro». A su madre, aquello no le hacía gracia.

—Ya lo entenderás —le decía— cuando seas madre.

Su madre seguía diciéndole que tuviera cuidado cuando salía de casa y, ahora que era madre, ella lo entendía. Sabía muy bien que las cosas malas podían suceder con facilidad.

Miró por la ventana a la oscuridad de la noche. Estaba empezando a asustarse. Le envió a Tristan otro mensaje: *Respóndeme.*

Pasaron otros cinco minutos. Una eternidad. Salió a la calle y esperó. Estaba a punto de mandarle otro mensaje, pensando en llamar a la policía, o a Jeff, al menos, cuando su teléfono vibró y pitó.

He corrido demasiado lejos.

Ella no se había dado cuenta de que tenía las manos sudorosas hasta que el teléfono se le resbaló. Consiguió agarrarlo antes de que cayera a la acera. Tecleó otra pregunta: *¿Hasta dónde? Voy a buscarte.*

No. Yo voy a casa.

No iba a jugar a aquel juego con Tristan. En vez de enviarle otro mensaje, lo llamó. Tristan estaba sin aliento cuando respondió, y ella ni se molestó en identificarse.

—¿No te he dicho que vinieras antes de que anocheciera?

—Lo siento.

—Voy a ir a buscarte.

Él vaciló entre jadeos.

—Recógeme en Sheetz.

Ella frunció el ceño mientras calculaba la distancia entre su casa y la tienda.

—¿Has ido hasta Sheetz?

—Recógeme allí. De todos modos quiero comprarme algo de comer.

Discutieron, porque ella le recordó que le había hecho un bocadillo para cenar y que él lo había rechazado, pero ¿qué madre iba a permitir que su hijo pasara hambre? Stella suspiró y colgó.

Él la estaba esperando en una de las mesas de la terraza, comiéndose un burrito. Stella dejó el coche en el aparcamiento. Tristan estaba bajo unas luces que acentuaban su palidez. Tenía el pelo húmedo y el flequillo pegado a la frente por el sudor y, seguramente, apestaba.

Ella se contuvo para no abrazarlo y fingió que estaba enfadada. Lo cierto era que solo estaba alegre por verlo sano y salvo. Aunque no iba a perdonárselo; habría recriminaciones por aquello. Tenía que haberlas. Ella le había dicho claramente que no se alejara demasiado y que volviera antes del anochecer, y él no había obedecido.

Aunque quizá no tuviera que castigarlo. Quizá su irritación fuera suficiente. Entró en la cafetería y pidió un café con leche frío, aunque la temperatura hubiera bajado tanto como para que fuera mejor idea tomar un café caliente. Le daban dolor de estómago, pero no podía resistirse. Cuando salió, Tristan había terminado de comer y había recogido los restos. Estaba tecleando en su teléfono, jugando a algo o enviándoles mensajes a sus amigos, o mirando Connex, o lo que hicieran los chicos aquellos días.

El viaje de vuelta a casa fue silencioso y maloliente. Ella tuvo que abrir la ventanilla para no ahogarse con el olor a sudor de adolescente, y Tristan puso la radio tan alto que no hubo ocasión de hablar. Antes cantaba las canciones, pero ya no. Stella lo hizo, equivocándose con la letra, casi a propósito, para relajar el ambiente entre ellos, aunque tenía todo el derecho a estar enfadada.

No se le daba bien dejar atrás los enfados. Era una de las cosas de las que más se quejaba Jeff. Ella quería negar que tuviera aquel defecto, pero sabía que era cierto. Le gustaba tener la última palabra. Así que, cuando llegaron a casa y entraron en la cocina, no pudo resistirse y pinchó a su hijo una última vez:

—Mañana te vas a llevar el bocadillo para comer.

Tristan frunció el ceño y se encogió de hombros, pasándose los dedos entre el pelo con un gesto tan parecido al de su padre que ella se sintió desconcertada. Era un gesto que la enfurecía pero, por suerte, su hijo no lo sabía todavía.

Tristan miró la nevera. Después la miró a ella, y dijo:

—Nunca me gustó ese bocadillo, mamá.

Stella agitó la cabeza con obstinación.

—Te encantaba…

—No, mamá —dijo Tristan, con firmeza. ¿Cuándo se

le había puesto aquella voz grave? Ya no tenía gallitos–. No era a mí. A mí nunca me gustó. Lo que pasa es que nunca he dicho nada, hasta ahora.

La dejó en la cocina y subió las escaleras. A los pocos minutos, se oyó el agua de la ducha. Las tuberías chirriaron. Stella se quedó allí, inmóvil mucho tiempo, con los ojos cerrados, recordando.

Después, tiró el bocadillo a la basura.

Capítulo 5

Algunos viajes son más centrados. Más específicos. Stella llega, encuentra lo que está buscando y se marcha uno o dos días después. Algunas veces vuelve a casa decepcionada. Tal vez tenga unos gustos amplios y eclécticos en cuanto a los hombres, pero en lo relacionado con los vuelos, sí tiene estándares.

En algunos viajes, como este a Minnesota, volar es solo una ventaja más. El Mall of America está a un corto trayecto en autobús desde el aeropuerto y del lujoso hotel casino donde ella ha reservado una habitación. Tiene pensado pasar un fin de semana de compras. Comer en buenos restaurantes. Incluso jugar un poco.

Normalmente, viaja solo con equipaje de mano, pero en aquella ocasión ha facturado una maleta vacía que va a llenar con sus compras. Se pasa horas en las tiendas y gasta cientos de dólares en regalos para sus padres, su hermana, su cuñado, sus sobrinos y sus sobrinas. Para sus compañeros de trabajo. Incluso compra un regalo para Jeff y otro para Cynthia, no porque eso le apetezca, sino porque Cynthia siempre le envía algo y para ella está empezando a ser más fácil corresponderla que soportar el resentimiento silencioso.

Cuando le llega el turno a Tristan, vacila. Su hijo ya tiene tantas cosas... Aunque ella se juró a sí misma que nunca entraría en una competición con Jeff para ver quién de los dos era el mejor de sus padres, los dos se han extralimitado con los regalos desde el divorcio. Tristan tiene todos los videojuegos con todas las consolas y accesorios, en algunos casos por duplicado, uno en cada casa. Ha tenido instrumentos musicales y clases. Equipo deportivo. Viajes.

Pero ¿qué es lo que le gustaría de verdad a su hijo? El problema es que ella no lo sabe de verdad. El bocadillo que ha tenido que tirar a la basura le causa angustia y dudas. Toma cosas y vuelve a dejarlas. No compra nada, se dice que todavía tiene tiempo, pero sabe que eso no es siempre cierto.

También aprovecha el viaje para darse algún lujo. Compra ropa interior. Un corsé de color granate que le hace un magnífico escote. Con unas bragas a juego y medias, con sus tacones más sexis, va a brillar como un diamante.

En el hotel, Stella mete todas sus compras en la maleta vacía y saca la ropa que se va a poner por la noche. La ropa interior nueva tiene aún mejor aspecto en el hotel que en el probador. Se pone muy recta, cuadra los hombros y saca una cadera. Ahora sabe cómo lucir lo que tiene de una manera que antes no sabía. Claro que, hasta hace pocos años, prefería la ropa interior de algodón, cómoda, casi de abuela, y la última vez que se había puesto algo sexy había sido en su luna de miel: un camisón de seda con tirantes finos.

Jeff siempre le había dicho que no tenía sentido gastar tanto dinero en algo que se iba a quitar inmediatamente, y Stella se lo había creído. Después, se había encontrado con su historial de visitas a páginas pornográficas y se había echado a reír al ver que todas las mujeres de sus vídeos favoritos llevaban ligueros y medias, bragas sin entrepierna y sujetadores con un recorte en la tela de los pezones. Para entonces, Stella ya ni siquiera le habría besado en la boca, y no había ninguna posibilidad de que se pusiera ropa interior sexy.

Tampoco había empezado a hacerlo para los hombres, aunque parecía que a la mayoría de los que conocía les gustaban sus elecciones. Había empezado a llevar prendas de seda y satén para sí misma. Cuando se pone algo bonito, aunque sea debajo de sus vaqueros más desgastados o de una camiseta común y corriente, recuerda que su cuerpo sigue funcionando. Ella respira, se ríe y suspira. Tiene orgasmos.

Está viva.

Se pone frente al espejo y se alisa el satén sobre el vientre. Se mira el pecho y se da la vuelta para mirarse también la espalda y las nalgas. Su trasero nunca ha sido su rasgo favorito, pero tiene buen aspecto con aquellas bragas casi transparentes. Lo mejor de aquella ropa interior es que nadie puede imaginársela debajo de una ropa normal, pero que conseguirá que a quien la vea se le salgan los ojos de las órbitas cuando ella se desnude.

Ha metido en la maleta un par de conjuntos, pero se decide por un sencillo vestido negro. Tiene manga larga y un escote recatado, pero la falda tiene un corte hasta el muslo que permite ver la parte superior de sus medias si ella cruza las piernas de la manera adecuada. Se pone un par de pendientes de aro, una pulsera a juego y una cadena con un colgante en el cuello. Se hace un moño y se pone perfume. Ya está lista.

Antes, si hubiera visto a una mujer como ella sola en un restaurante, leyendo mientras toma una cena de lujo, habría sentido pena. Ahora, sin embargo, tiene la experiencia de muchas citas desagradables, y sabe apreciar la satisfacción de poder tomar una buena comida mientras lee un buen libro sin tener que mantener una conversación forzada. Rehúsa el cóctel que le ofrece el camarero, pero, unos minutos más tarde, él vuelve.

—Aquel caballero —le dice, señalando a un hombre que está varias mesas más allá— quisiera invitarla a una copa de vino.

Stella alza la vista.

—Ah. Dígale que gracias, pero no.

—¿Y otra cosa? Tenemos un estupendo Martini de granada…

—No. Gracias. No me apetece nada, pero, por favor, dígale que le agradezco el ofrecimiento.

Al final de su comida, un filete increíble y unos espárragos perfectamente cocidos, y cuando Stella ya casi ha terminado su libro, el camarero vuelve con otra oferta.

—¿Café y postre? El caballero…

«Es insistente», piensa ella. «Y está excitado». Eso le gusta.

Stella deja el libro a un lado y sonríe.

—Por favor, pregúntele al caballero si le gustaría sentarse conmigo.

Si el camarero detesta hacer de Cupido, no lo demuestra. A los pocos minutos, el hombre llega a su mesa. Es alto, moreno y guapo. Su tipo. ¿A quién quiere engañar? Casi todos los hombres son su tipo cuando está volando.

—Hola. Soy Daryl —dice él.

Le estrecha la mano con unos dedos cálidos y con la cantidad de presión perfecta. Tiene los ojos castaños y grandes, y una bonita sonrisa. Los dientes blancos y rectos. El pelo rizado y negro, muy corto. Lleva un traje caro, como su reloj.

–Lavinia –dice ella. Es el nombre de uno de los personajes de su libro.

–Bonito nombre. Poco común –responde Daryl, y mira al camarero–. Yo voy a tomar un café y un trozo de tarta de cerezas con helado de vainilla. ¿Y la señorita…?

–Lo mismo –dice ella, sin mirar la carta de postres–. La tarta de cerezas es mi favorita.

Daryl está pasando una semana en la ciudad manteniendo reuniones con sus clientes, por un negocio que él no describe y sobre el que Stella no le pregunta. Va a Minneapolis unas cuantas veces al año, siempre se aloja en este hotel porque es muy fácil llegar al aeropuerto y, por supuesto, porque se puede jugar.

–¿Tú juegas, Lavinia?

–Algunas veces. No me gustan mucho el póquer ni el *blackjack*, pero sí las máquinas. La tarta está riquísima, buena elección. Y gracias, a propósito –dice ella.

–¿Y no juegas al *crap*?

–¿No hay que tener suerte para ganar?

–La suerte es necesaria para ganar en cualquier cosa –dice Daryl, y sonríe. La sonrisa le forma unas arrugas en los ojos que a Stella le gustan mucho.

Se inclina hacia él.

–Dime, ¿tú te sientes afortunado?

–Oh –dice Daryl, inclinándose también–. Eso espero.

Ella deja que la lleve al casino y que le ponga cien dólares en fichas en la palma de la mano. También deja que la rodee con un brazo mientras se sientan a la mesa para jugar al *crap*. Cuando él le pide que sople los dados para darle suerte, ella lo hace. Stella nunca ha pensado que tuviera mucha suerte, pero Daryl gana. Y vuelve a ganar.

Muy pronto, todos los presentes están coreando su nombre, bueno, no su nombre verdadero, sino el que ella le ha dicho a Daryl. Y, cuando termina su buena racha, él la toma entre sus brazos y la besa delante de todo el mundo como si fueran amantes, y no desconocidos. Besa muy bien, y a Stella no le importa en absoluto.

—Afortunada Lavinia —le dice él al oído. La toma de las caderas y la acerca a su cuerpo, y le pregunta—: ¿Quieres salir de aquí?

Van a la habitación de Daryl, y él le ofrece una copa que ella rehúsa.

—No bebes —dice Daryl, asintiendo—. Ahora me acuerdo. Puedo pedir algo dulce al servicio de habitaciones, si quieres.

No es lo que quiere, y le responde acercándose a él para que la abrace y ofreciéndole los labios. Daryl la besa lentamente, le acaricia el trasero y la estrecha contra sus ingles. Cuando mueve la boca hacia su cuello, Stella deja caer la cabeza hacia atrás con un pequeño suspiro.

—¿Te gusta esto? —le pregunta Daryl. La mordisquea un poco, y ella se estremece ligeramente de placer—. Sí. Lo sabía.

Está muy excitada, y quiere pasar las manos por todo su cuerpo, pero da un paso hacia atrás.

—¿Tienes preservativos?

Ella sí tiene, por si acaso. Siempre tiene. Sin embargo, un hombre que espera acostarse con una mujer sin molestarse en comprar los preservativos no merece ni siquiera el poco tiempo que ella piensa dedicarle.

—Sí —dice Daryl, mientras se afloja la corbata y se desabotona la camisa, dejando a la vista su piel morena y suave—. Te voy a tratar muy bien, no te preocupes.

Stella ladea la cabeza para mirarlo.

—¿Haces esto a menudo, Daryl?

—Viajo mucho —dice él, y la mira de pies a cabeza—. ¿Y tú? ¿Haces esto a menudo, Lavinia?

Es una pregunta justa. Ella se agarra el bajo del vestido y comienza a subirlo centímetro a centímetro. Tal vez le mintiera a otro hombre, pero parece que Daryl y ella se entienden.

—Lo suficiente.

Él se ríe, y Stella siente su carcajada cálida entre los muslos.

—Bien. Era solo para saber dónde estoy.

Es bueno que los dos lo sepan. Stella sigue subiendo la tela, y Daryl la observa. Al ver que él se pasa la lengua por el labio inferior, a ella le late el clítoris.

—¿Por qué no te quitas la camisa —le dice, en voz baja—. Y los pantalones.

Daryl se desabrocha la camisa, se la quita y la deja sobre la silla, pero titubea al poner las manos en la hebilla del cinturón.

—¿Y tú?

—¿Quieres que me quite el vestido? —pregunta ella con una sonrisa.

Él se quita el pantalón y lo deja junto a la camisa. Tiene un cuerpo espléndido. Está delgado y fuerte, con músculos en los lugares adecuados. Allí frente a ella, vestido solo con unos calzoncillos negros, levanta la barbilla hacia ella.

—Vamos. Es lo justo.

Stella se saca el vestido por la cabeza y, con cuidado, lo pone sobre otra silla. Hace su pose, y Daryl se queda boquiabierto.

—Demonios —dice—. Mírate.

Aquello es una descarga de satisfacción. Es como tomar aire después de haber estado bajo el agua. Es como salir de la oscuridad a la luz, aunque solo sea un rato.

Ella lo necesita.

—Bésame —le dice, y Daryl obedece gustosamente.

Él se sienta al borde del colchón y coloca a Stella entre sus piernas. Apoya la frente en el satén que cubre su vientre. Le acaricia las nalgas y se las aprieta. Mira hacia arriba con el ceño un poco fruncido, con los labios separados y un poco húmedos de sus besos.

—¿Qué? —pregunta Stella, pasándole un dedo por una de las cejas. Tiene unas pestañas increíbles, largas y espesas, de las que querría tener cualquier mujer.

—No pensé que esto fuera tan fácil, nada más.

Stella se pregunta si debería sentirse un poco insultada. Lo mira a los ojos.

—Los dos queremos algo —le dice—. Y parece que es lo mismo. ¿Tiene algo de malo?

—No…

Ella sabe que algunos hombres quieren que las mujeres con las que se acuestan se comporten como prostitutas. Algunos hombres piensan que todas las mujeres son prostitutas. Hay una diferencia. Ella no es prostituta, por mucho que se acueste con extraños cuando vuela. Ningún hombre puede hacer que se sienta de ese modo, haga lo que haga o actúe como actúe. Ella toma a Daryl por la barbilla y observa cuidadosamente su rostro.

—¿Quieres que me marche? —le pregunta.

—¡No! —exclama Daryl, y la agarra por las caderas, acercándola más a él—. Claro que no.

—Quieres follar conmigo —murmura Stella, y ve que se le dilatan las pupilas al oírlo.

—Sí. Sí, eso es lo que quiero.

Ella sonríe.

—Pues fóllame, Daryl.

Él gruñe y la tumba en la cama, y se tiende sobre ella. A Stella le sorprende su peso, pero no la presión de su erección. Él aprieta las caderas contra su cuerpo y se frota contra ella. La besa con algo de dureza. Stella posa las manos en su pecho y lo empuja hacia atrás un segundo. Daryl interrumpe el beso y la mira, mientras sigue frotando el pene contra su clítoris.

Se besan durante un largo tiempo, más de lo que ella espera. Sin embargo, no le importa. Se mueven en la cama, apretándose, meciéndose, rodando.

Por fin, Daryl desliza la mano entre sus piernas y mete los dedos en sus bragas. Le acaricia el clítoris. Entonces, mete un dedo en su cuerpo.

—Dios —susurra—. Estás muy húmeda.

Ella lo besa y se estremece al sentir sus caricias. Él la penetra con otro dedo y su cuerpo responde al instante. Sus músculos se tensan y su respiración se hace entrecortada. Stella se retuerce bajo sus expertas caricias y se entrega a aquel placer uno o dos minutos. Cuando abre los ojos, él la está mirando fijamente.

—¿Qué? —pregunta ella, y se queda inmóvil.

—Quiero ver cómo te corres —dice Daryl, humedeciéndose los labios—. Me excita ver a una mujer correrse por mí.

Stella se incorpora y se apoya en un codo para besarlo.

—Me parece muy buena idea.

Daryl se echa a reír y se relaja.

—A algunas mujeres… eso no les gusta.

—¿No les gusta tener un orgasmo? —pregunta ella.

Es difícil hablar cuando él está haciendo magia con los dedos. La voz de Stella suena baja, gutural, y se convierte en un gemido.

—Claro que les gusta tener un orgasmo, pero quieren follar directamente. Lo quieren demasiado pronto.

Stella se arquea contra su mano, alza los brazos por encima de la cabeza para agarrarse al cabecero. Abre más las piernas y se mece para recibir las caricias de

Daryl. Él dibuja círculos con el dedo pulgar en su clítoris, de una manera perfecta y algo dura.

–Quiero ver cómo te corres –dice, de nuevo, Daryl.

–Sigue haciendo lo que estás haciendo –susurra Stella–, y lo verás.

Daryl se detiene para quitarle las bragas y se inclina para besarle el interior de los muslos. Stella se pone tensa, pensando que él va a acariciarla con la boca, esperando la nueva sensación, pero Daryl toma su clítoris entre el dedo pulgar y el índice y lo presiona suavemente. Stella siente más y más placer. Su orgasmo es una columna de humo que la consume. El éxtasis se apodera de ella, borra el mundo y todo lo demás, todo lo que no es aquella sensación.

Stella grita, sin aliento, entre jadeos. Cuando se queda callada, siente la suave respiración de Daryl entre los muslos. No puede moverse, ni siquiera quiere moverse para mirarlo. Está satisfecha, repleta. Hasta que él empieza a pellizcarle el clítoris suavemente, de nuevo. Para ella, siempre es más difícil llegar al orgasmo la segunda vez, pero está dispuesta a dejar que él lo intente. Respira profundamente y se relaja.

–Quiero ver cómo te corres otra vez –murmura Daryl.

Stella suspira.

–No estoy segura...

–Relájate.

Ella lo intenta. Cuando él posa la boca en su cuerpo, Stella eleva las caderas y nota sus dientes y sus labios. Él mueve los dedos dentro de su cuerpo. Está tardando demasiado, y el primero ha sido demasiado fuerte. No va a conseguirlo de nuevo...

–Shhh –dice Daryl contra su sexo–. Solo tienes que sentirte bien.

Stella se ha acostado con hombres egoístas y arrogantes a quienes no les importaba si ella llegaba al orgasmo o no. No le ha ocurrido con frecuencia; en su experiencia, a la mayoría de los hombres les gusta asegurarse de que sus compañeras quedan satisfechas. Sin embargo, nunca ha estado con un hombre tan insistente y tan decidido. Y lo único que puede hacer es quedarse tumbada y permitir que Daryl intente que tenga otro orgasmo.

Después de unos minutos, él asciende por su cuerpo y la besa.

—¿No?

—Lo siento —dice Stella, aunque no es cierto.

Daryl se ríe un poco.

—Demonios. Lo he intentado.

—Claro que sí —dice ella, y se coloca a horcajadas sobre él. Daryl no está completamente erecto, pero eso cambia después de un minuto de caricias—. Te toca a ti.

—Deja que tome una cosa —dice él.

Al minuto, vuelve con un preservativo, se quita los calzoncillos y se lo pone.

Stella observa cómo se sujeta el miembro y extiende el preservativo. Qué bellos son los hombres cuando sus cuerpos solo están concentrados en el placer. A ella le gustan más aquellos momentos, quizá, que las verdaderas relaciones sexuales. En aquellos momentos, su compañero se está preparando para ella.

Daryl penetra en su cuerpo y sujeta su peso apoyándose en una mano mientras se guía con la otra. Su miembro es más grueso de lo que ella pensaba, y más largo. Cuando ha entrado por completo, ella jadea. Daryl se detiene unos segundos y la mira.

—Eres deliciosa —dice—. Quiero hacerlo con todas mis fuerzas.

Empieza a moverse, al principio, lentamente. Después, más deprisa y con más fuerza. Le pasa la mano por la nuca y la besa con dureza. Le hace el amor salvajemente, apretándole el clítoris con la pelvis, y la lleva al éxtasis de nuevo.

Él lo ve en su cara.

—¿Sí?

—Sí —consigue decir, y se abandona al deseo. Su orgasmo es una punzada corta y aguda de placer que termina tan repentinamente como ha llegado, pero es lo suficientemente bueno como para que alce las caderas. Es estupendo.

Daryl se estremece y esconde la cara en su cuello mientras sigue embistiéndola, y grita al sentir su orgasmo.

Después de un minuto, él rueda por la cama y se tiende boca arriba. Se queda mirando el techo. Ha puesto algo de distancia entre ellos, pero no tanta como para crear una situación incómoda. Dentro de pocos minutos, ella se levantará y se vestirá, y podrá irse a su habitación.

Daryl la mira.

—¿Ha estado bien para ti?

Stella se incorpora y se sienta, buscando sus bragas por la cama. Al verlas en el suelo, se levanta.

—Ha sido genial.

Daryl la toma de la muñeca.

—Lavinia.

Ella se gira para mirarlo y nota su preocupación. Darle las gracias por lo que ha hecho sería algo exagerado.

—Ha sido genial, Daryl, de verdad.

Él no la suelta, y ella empieza a pensar que no va a hacerlo. Stella se zafa suavemente de su mano y se pone las bragas. Tras ella, Daryl se quita el preservativo. Después, va al baño y cierra la puerta.

Stella se viste rápidamente. Casi va a amanecer, y su avión sale dentro de pocas horas. Tiene tiempo justo para volver a su habitación, darse una ducha y salir para el aeropuerto y pasar los controles de seguridad. Cuando ella era azafata, hace un millón de años, volar le parecía divertido. Ahora, aunque tiene los vuelos gratis como parte del acuerdo de divorcio con Jeff, que es consejero delegado de una aerolínea, el proceso de tomar un vuelo no le gusta.

No quiere marcharse sin despedirse. Daryl ha sido un buen compañero de viaje. Sin embargo, es tarde, y no está de humor para acurrucarse con él y, mucho menos, para conversar. La puerta del baño se abre cuando ella está poniéndose los zapatos.

Daryl se queda sorprendido.

—¿Te marchas?

—Sí. Mi avión sale temprano —dice Stella, y se acerca a él para darle un beso de despedida, porque le parece lo más correcto.

Daryl corresponde a su gesto, pero se queda desconcertado.

—¿No quieres quedarte para otro asalto por la mañana?

—Ya es por la mañana —dice Stella—. Y estoy muy cansada. Pero ha sido estupendo. Lo he pasado muy bien.

—Supongo que no lo suficientemente bien —dice Daryl, frunciendo el ceño—. ¿Puedo pedirte el número de teléfono?

—Yo puedo darte mi número, pero no se trata de eso. ¿O sí? —responde ella, con una pequeña sonrisa. Intenta disimular que se siente molesta, aunque, a aquellas alturas, ya está deseando salir por la puerta—. No vas a llamarme de verdad, ¿no?

Aquello deja pensativo a Daryl.

—Supongo que no. Es solo que… todo el mundo quiere intercambiar los números de teléfono.

Stella se echa a reír.

–¿Y cuántas veces llamas?

–Nunca se sabe. Tal vez te llame para saber si quieres volver a ser mi dama de la suerte en alguna ocasión, cuando pases por aquí –dice Daryl, sonriendo. Stella cabecea.

–No creo que vuelva a pasar por aquí hasta dentro de mucho tiempo.

–Ah –dice él.

Ella se da cuenta de que ha herido sus sentimientos. No era su intención, pero, aunque se lo diga, él no va a sentirse mejor. Aquello se ha vuelto embarazoso.

–¿Ni siquiera vas a darme el número? Vamos –insiste él, con una sonrisa que quiere ser encantadora, pero que resulta tan desesperada que Stella se queda helada.

–Yo no les doy mi número de teléfono a desconocidos –dice, sin disculparse.

Daryl pone mala cara.

–Pero te acuestas con ellos.

Stella ni siquiera responde.

–¿No ha sido bueno para ti? –le pregunta él, con un grito, mientras la puerta se cierra. Stella entiende que aquello no tiene nada que ver con ella.

Por un momento, piensa en volver y decirle que sí, que el sexo ha sido muy bueno. De hecho, ha tenido dos orgasmos. Brevemente, se plantea calmar el ego de Daryl.

Pero, entonces, recuerda que aquello no tiene nada que ver con él.

Capítulo 6

Lunes. Mundialmente despreciados y siempre ajetreados. Aquella mañana, Stella se había quedado dormida y no había oído la alarma. Se había despertado con los pasos de Tristan por la escalera. Su hijo saludó a su amigo Steven, que iba a llevarlo al colegio. Como ella ya le había dicho a su hijo que no estaba segura de querer que montara en coche con Steven, aunque el chico ya llevaba dos años conduciendo, aquella no fue la mejor manera de despertarse.

—Papá me deja.

Sí, claro, eso era cierto. Stella estaba demasiado cansada como para discutir con él, sobre todo porque Tristan ya había perdido el autobús, así que se despidió de su hijo con un gesto de la mano y el corazón en la garganta. Estaba segura de que Jeff le había dado permiso para montar en el coche de Steven o de quien quisiera, con tal de no tener que llevarlo él mismo al colegio. Jeff siempre aceptaba cualquier cosa que le facilitara la vida. Pero ella no iba a pensar en eso en aquel momento.

A mitad de la ducha, el agua se quedó helada.

—Mierda.

Stella giró los grifos. Algunas veces, aquello funcionaba. Aquel día, no. Terminó de aclararse el pelo, estremeciéndose, y ni siquiera se molestó en afeitarse las piernas.

Cuando era más pequeño, resultaba casi imposible obligar a Tristan a darse una ducha y, ahora, sin embargo, tardaba horas en salir. Ese era uno de los motivos por los que ella había empezado a poner la alarma más tarde, para que la vieja caldera tuviera tiempo suficiente para volver a calentar agua.

En la cocina, al abrir el lavaplatos, se encontró con otra sorpresa. Estaba todo sucio. Abrió el dispensador de jabón y descubrió que la última pastilla seguía allí, medio deshecha e incrustada. Miró los platos. Solo estaban húmedos, no limpios.

—Demonios… —se acercó al fregadero para comprobar si había agua caliente. Apenas estaba tibia, aunque ya habían pasado veinte minutos desde que se había duchado—. Mierda.

Ya llegaba tarde a trabajar, pero bajó rápidamente al sótano para asegurarse de que la caldera no hubiese explotado o algo por el estilo. Se fijó en que la lucecita de la temperatura no estaba encendida, aunque quizá nunca lo estuviera. Ella nunca había mirado la caldera, en realidad.

No tenía tiempo para ocuparse del problema en aquel momento, porque tenía que marcharse a trabajar. Y, por desgracia, un trayecto que normalmente duraba cuarenta minutos le ocupó una hora y media a causa de un accidente. Un coche se había chocado contra el quitamiedos y se había quedado a medio camino en el empinado terraplén de la carretera, con la parte frontal completamente destrozada. El vehículo se había incendiado. No podía saberse si había alguien dentro, pero al ver la ambulancia y el camión de bomberos, Stella tuvo la esperanza de que, si alguien se había quedado atrapado, ya no lo estaba. El tráfico avanzaba con mucha lentitud, y Stella se había pasado diez minutos junto al accidente antes de poder llegar al carril contrario y acelerar.

Diez minutos no era demasiado, pero sí suficiente como para que, al final, ella estuviera temblando y sudando. Tenía la respiración entrecortada y sentía pinchazos en los pulmones. Vio sus ojos en el espejo retrovisor. Tenía los ojos muy abiertos y las pupilas dilatadas.

Cuando llegó al trabajo, se quedó sentada en el aparcamiento durante cinco minutos más para calmarse. Al entrar en la oficina, fue directamente al baño y se mojó la cara con agua fría, que le recordó la ducha helada de aquella mañana.

Por lo menos, la frustración era mejor que el miedo.

Pese al difícil comienzo de la mañana, el día transcurrió muy bien, sin complicaciones. Como casi siempre. Estar sentada durante horas delante de un ordenador, borrando defectos y arrugas, escuchando música o audiolibros en su iPod… No era el tipo de trabajo que se habría imaginado para sí misma, pero encajaba con ella. Su jefe era agradable, y el horario era estupendo: cuatro días a la semana, con jornadas de diez horas. A Jeff siempre le había gustado burlarse de ella por eso. Stella se quitó aquel recuerdo de la cabeza. Hacía mucho tiempo que no le importaba lo que pensara Jeff.

La retahíla de fotografías de aquel día era la más fácil que tenía desde hacía varias semanas. Los clientes iban vestidos adecuadamente, nadie había hecho peticiones extrañas y los paquetes que habían contratado eran estándar. Stella terminó todos los trabajos, uno tras otro. Trabajaba con tanta eficiencia que, pese haber llegado tarde, acabó pronto todas sus tareas y, en vez de quedarse esperando a que apareciera más trabajo, decidió marcharse temprano.

Llamó a Tristan de camino a casa, pero, típico en él, no respondió. Tampoco le respondió a su mensaje, cosa que sí molestó a Stella, aunque era posible que estuviera corriendo, no ignorándola. «Concédele el beneficio de la duda», se dijo ella. Después llamó a Jeff, y se encogió al oír su voz.

—¿Qué? —preguntó él.

No debería ofenderse, porque él siempre respondía así al teléfono. A todo el mundo, salvo a su jefe. Incluso su propia madre sufría de su falta de educación al teléfono. Aunque, a decir verdad, ella nunca le había oído responder a una llamada de Cynthia. Tal vez su nueva esposa recibiera un tratamiento de princesa. En todo lo demás, así era.

—¿Está contigo Tristan? Puedo pasar a recogerlo. Ya he salido del trabajo.

—¿Y por qué has salido ya?

Ella no le debía ninguna explicación, aunque decidió responder para no enrarecer el ambiente.

—He terminado temprano. ¿Está ahí Tristan?

—Cynthia se lo ha llevado de compras.

—Ah —dijo Stella—. Bueno, yo también tengo que hacer algunos recados. Puedo ir a buscarlo cuando termine, si ella no quiere ir hasta mi casa a llevarlo.

—Le diré que te mande un mensaje.

Stella suspiró. Colgaron sin decirse nada más y, en un momento de melancolía, Stella intentó recordar cómo eran las cosas cuando se querían. No pudo. Todo lo que había pasado desde entonces oscurecía los buenos momentos.

No tardó tanto como pensaba en hacer los recados. Cuando llegó a casa, se sorprendió al ver que todas las luces estaban encendidas y que la puerta principal estaba entreabierta. Stella la cerró y, desde el vestíbulo, gritó:

–¡Tristan!

–Está arriba –dijo Jeff, desde la cocina. Estaba sentado en la mesa, con un refresco, junto a su correo, hojeando el último ejemplar del *Entertainment Weekly*.

Demonios… Stella no había visto su coche, porque había olvidado que él siempre aparcaba al otro lado de la calle para no tener que dar marcha atrás en la entrada al garaje de la casa. Detestaba ver a Jeff en su cocina, aunque antes también fuera la de él. Pero, al final de su matrimonio, también había odiado aquella visión.

–¿Ha cenado?

–Sí. Cynthia ha hecho un estofado –dijo Jeff. Terminó su refresco, dejó la lata sobre la mesa y tiró la revista sobre la pila de cartas.

Stella sonrió con tirantez.

–Muy bien. Gracias por traerlo a casa.

Jeff se sacó algo del bolsillo. Un papel plegado. Lo alisó sobre la mesa y lo deslizó hacia ella.

–Toma.

–¿Qué es? –preguntó ella, recelosamente.

–He traído una hoja de gastos.

–¿De qué gastos?

–De los gastos de Tristan –dijo Jeff, y Stella se quedó boquiabierta–. He llevado la cuenta.

Stella tomó el papel y lo miró. Jeff había hecho columnas de gastos médicos, de ropa deportiva, de la ortodoncia, de ropa, de material escolar… y de regalos.

Stella lo miró.

–Me estás tomando el pelo.

Jeff se quedó consternado.

–Stella.

–Has contabilizado lo que te gastabas en regalos. Para tu hijo –dijo ella, con el labio fruncido.

En el acuerdo de divorcio habían negociado muchos detalles. Habían discutido sobre quién se quedaba con la vajilla y sobre cuánto tiempo iba a permanecer Stella en su cuenta de Pegasus Airlines para poder seguir volando gratis. Ella había luchado por aquello. Sin embargo, no habían establecido nada en concreto sobre los gastos de Tristan, porque el plan original era que cada uno cubriera los gastos del niño cuando estaba con ellos, y compartir los gastos más grandes. Stella intentaba cubrir todo lo que necesitara Tristan, y solo acudía a Jeff para cosas como la ortodoncia, como había ocurrido el año pasado. O como el viaje con un club de esquí que quería hacer Tristan las Navidades anteriores, y que había resultado ser el doble de caro de lo que ella pensaba.

Jeff la miró fijamente.

–Por supuesto. Solo quería enseñarte…

Stella arrugó el papel, pero lo pensó mejor. Lo alisó, lo dobló y se lo devolvió.

–¿Qué es lo que quieres, Jeff?

–Acabo de gastarme doscientos dólares en ropa y zapatos para él. Cynthia ha procurado comprarle todo lo que necesitaba.

Cynthia, que compraba los zapatos a juego con los cinturones y los bolsos. Que se hacía las uñas una vez a la semana. Y que iba a la peluquería semanalmente, también.

–Por favor, dale las gracias a Cynthia de mi parte.

Jeff pestañeó.

–He calculado también tus gastos.

Stella apretó los dientes.

–¿Y?

–Quería compartirlos contigo, eso es todo.

–Porque quieres hacerme quedar mal.

Jeff frunció el ceño.

–No, no es eso lo que quiero.

–¿No? –Stella movió la mano con desprecio–. ¿De verdad? Entonces, ¿para qué es esa hoja, Jeff?

Sin embargo, ella ya sabía de qué trataba todo aquello. Jeff estaba intentando demostrar que él también era un buen padre para Tristan, tan bueno como ella. Que, aunque ella hiciera la mayoría del trabajo del día a día, él también cumplía con su parte, aportando dinero. Típico de Jeff.

Antes de que él pudiera responder, apareció Tristan envuelto en una toalla, con el pelo húmedo y cara de mal humor. Stella enarcó las cejas.

–No hay agua caliente.

–Mierda –dijo ella–. Esperaba que fuera algo temporal.

–¿Ocurre algo con la caldera? –preguntó Jeff.

–Es posible –respondió Stella, y miró a Tristan–: Lávate solo lo más importante hasta que pueda echarle un vistazo, ¿de acuerdo?

Jeff ya se estaba levantando. No importaba que llevara ocho años sin vivir allí, y que, cuando vivía allí, siempre estaba ocupado y era ella quien se ocupaba de todo lo relacionado con la casa.

–Voy a echarle un vistazo –dijo él.

–No es necesario…

Pero Jeff ya estaba de camino al sótano mientras Tristan subía las escaleras. Stella apretó los dientes y siguió a su exmarido hasta la habitación de la caldera. En cuanto abrió la puerta, Jeff retrocedió para no pisar el agua que había en el suelo. Stella oyó un leve chapoteo, y estuvo a punto de echarse a reír al ver la cara con la que Jeff se volvió hacia ella.

–Tienes un escape –le dijo él, como si fuera una afrenta personal.

–Por eso no tenemos agua caliente.

Jeff caminó con cuidado hasta la caldera y se inclinó para mirarla.

–Dame una linterna, por favor.

–Ya te he dicho que me encargo yo.

Él la miró.

–Es obvio que no puedes.

Al ver su cara de condescendencia y desdén, ella tuvo ganas de darle un puñetazo.

–Márchate –le dijo–. Ya llamaré a un fontanero. Tengo una aspiradora de líquidos. Yo me ocupo.

–Estoy intentando ayudarte.

–No necesito tu ayuda –dijo Stella, cruzándose de brazos. Se echó hacia atrás para dejarle pasar–. Puedo encargarme yo, pienses lo que pienses.

–No te pongas así. Solo estoy intentando ayudarte…

–Ya no estamos casados, Jeff –dijo ella. Ya no pudo mantener un tono neutral, y sabía que él iba a aprovecharlo para acusarla de exaltarse por nada, cosa que había hecho a menudo durante sus últimos días de casados–. Esto no es responsabilidad tuya, y no quiero que me lo eches en cara después. De verdad, yo lo arreglo.

–Muy bien –dijo Jeff. Se sacudió las manos y pasó por delante de ella, murmurando algo que se parecía mucho a «idiota terca» entre dientes.

La habían llamado cosas peores.

Stella lo acompañó hasta la cocina y lo dejó allí, sin preocuparse de mirar atrás cuando él la llamó. Cuando estaba subiendo las escaleras, oyó que la puerta principal se abría y se cerraba. Llamó a la puerta de Tristan y esperó a que él contestara antes de abrir. Tuvo que empujar la puerta contra un montón de ropa sucia, pero lo ignoró por el momento.

—Eh.

El escritorio de Tristan estaba lleno de cosas, pero él estaba sentado allí, de todos modos, inclinado sobre una libreta de dibujo. La cerró rápidamente cuando ella entró y la metió bajo una pila de otras cosas. Se giró a mirarla. Se parecía a Jeff más que nunca cuando fruncía el ceño.

—Puedo devolver todas las cosas —dijo—. Fue Cynthia la que quiso comprarlas.

—Me lo imaginaba —dijo ella. Miró a su alrededor por la habitación y se apoyó en el poste de la cama—. Pero no tienes por qué devolverlo. Tu padre puede permitírselo.

Tristan asintió, aunque su expresión siguió siendo de mal humor.

—Está bien.

Stella se dio cuenta de que no estaba mejorando las cosas.

—Siento que nos hayas oído discutir por eso. No tiene nada que ver contigo, Tristan. Lo sabes, ¿no?

—Sí, bueno.

Él se volvió de nuevo hacia el escritorio, pero no sacó el cuaderno ni ninguna otra cosa. Siguió sentado, sin hacerle caso.

—Tristan.

Él no se volvió. Stella suspiró. Se acercó a él y le puso la mano en el hombro. Le apretó suavemente, pero no dijo nada más. Tristan también suspiró.

Hacía unos pocos años, su perro, el señor Chips, había muerto de viejo con la cabeza apoyada en el regazo de Tristan. Esa era la última vez que ella había visto llorar a su hijo, y la última vez que recordaba que él le hubiera permitido abrazarlo. Desde entonces, Tristan se había hecho más alto que ella y se había distanciado.

Cada año se convertía más en un extraño, y Stella no sabía cómo detener aquel proceso.

–Pase lo que pase entre tu padre y yo, los dos te queremos mucho.

–Sí.

Stella lo soltó.

–Me vendría bien que me ayudaras en el sótano, hijo. ¿Puedes bajar, por favor?

Él asintió, pero siguió sin mirarla. Stella no le presionó. Llamó a los vecinos para preguntarles el nombre del fontanero que había hecho la reforma de su cuarto de baño y, después, llamó a Home Depot para preguntar los precios de las calderas de los portes, y pedir información sobre el servicio de instalación. Y, al final, bajó al sótano, enchufó la aspiradora de líquidos y empezó a limpiar el desastre.

Capítulo 7

El único y verdadero viaje en el tiempo sucede en la mente. Los olores, la música y los sabores hacen de los recuerdos algo tan real, que parece que se están viviendo de nuevo. En aquella ocasión, fue el sonido de su nombre en una voz que había sido muy familiar, pero que llevaba bastante tiempo sin oír.

—¿Stella?

Ella se volvió entre la multitud, con el corazón acelerado.

—Craig. Vaya sorpresa —dijo con una sonrisa forzada.

Él también sonreía.

—Sí, vaya sorpresa. Hace mucho tiempo.

Stella podía haberle dicho cuánto tiempo en meses, semanas, días. Horas y minutos, en realidad. Sin embargo, seguramente si confesara aquello, asustaría a Craig. Hacía demasiado tiempo. O, tal vez, no había pasado el tiempo suficiente. Por cómo se le había acelerado el pulso y cómo se le había encogido el estómago, ella no sabía si estaba contenta de verlo o si estaba a punto de echar a correr.

—Demasiado tiempo —dijo Craig, después de unos segundos. Stella no podía hablar.

–Sí –dijo, por fin–. Demasiado. ¿Qué tal estás?

–Bien. Estoy bien. ¿Y tú? Tienes un aspecto… estupendo.

A ella se le cortó la respiración, y tuvo que tragar saliva. En otros tiempos, él le había dicho cosas que también le habían cortado la respiración. Podían fingir que eso no había sucedido. Se les daba bien. Pero ella se acordaba.

–Tú, también.

Se miraron durante un momento demasiado largo. Él seguía llevando la misma colonia, que a ella le formaba un nudo complicado y tenso por dentro.

–Deja que te invite a un café –le dijo Craig.

Café. Comida. Eso era lo que siempre había sucedido entre ellos. Y, una vez, una conversación bajo la lluvia.

El día era despejado y brillante, con un perfecto cielo otoñal, azul y sin nubes. Stella llevaba una falda corta y unas botas por las rodillas, y una chaqueta fina. Aquella mañana se había vestido pensando que iba a hacer más frío, pero, de repente, tenía demasiado calor. Tenía que hacer recados, ir a sitios, acabar ciertas cosas.

–Vamos –dijo.

Empieza en la cafetería del pueblo de al lado, al que ella había empezado a ir para evitar a sus amigas y salir de casa. No quería que nada le recordara el fracaso de su matrimonio. Va allí con su ordenador y su cuaderno, a hacer listas y a enviar su currículum vitae a docenas de empresas que espera que no la contraten. Toma taza de café tras taza de café, y actúa como si estuviera ocupada para convencerse de que lo está.

En la cafetería hay clientela habitual. Hay una mujer que se sienta junto a la ventana, que escribe y escucha su iPod. Escribe libros y, si es posible, es más antisocial que la propia Stella. Hay un hombre que mira a aquella mujer cuando ella no está mirando. Stella se pregunta cuándo reunirá el valor suficiente para dirigirse a ella. Hay una madre joven que va todas las mañanas con su niño a tomar un café mientras él toma un chocolate. Stella nunca va a hablar con ella. Seguramente, a las integrantes del club de la Biblia, que van vestidas con el mismo traje cosido en sus casas, les encantaría que Stella se uniera a ellas, pero no es religiosa en absoluto, y está segura de que las ofendería sin querer. Está el vendedor que lleva los pedidos de ensalada de patata. Sonríe y saluda con la cabeza, pero no se queda demasiado. Él, como los empleados que están detrás de la barra, es agradable, pero está demasiado ocupado como para charlar.

Y, finalmente, está Craig, que al principio va a comer allí una vez por semana. Después, dos veces. Después, tres veces, hasta que va todos los días y, sin saber cómo están compartiendo mesa y riéndose por... Bueno, cualquier cosa que él diga hace reír a Stella. Y su amistad se convierte en aquella cosa que Stella no quiere nombrar. Porque solo es una amistad, se dice todos los días, cuando se despierta pensando en él, y todas las noches, cuando ve su cara al cerrar los ojos y finge que se queda dormida. Es una amistad. Si Craig no tuviera pene, aquello ni siquiera sería un problema.

Hace mucho tiempo que Stella no se ríe de verdad. Antes de darse cuenta, está alzando la cabeza cada vez que suena la campanilla de la puerta. Cuando van a dar las doce, empiezan a sudarle las manos y se le acelera el corazón. Cada día, piensa que va a ser la última vez que él va a comer allí. Algunas veces, Craig llega tarde, y todo se vuelve oscuro. Y cuando él llega, a ella se le quita un peso de los hombros.

Craig solo tiene una hora para comer, y eso deja de

ser suficiente enseguida. Stella cree que Connex es el demonio, pero a Craig le encanta y le hace una solicitud de amistad. Ella no tiene demasiadas cosas en su perfil y no ha publicado nada desde hace un año, aunque intenta entrar una vez a la semana para cerciorarse de que Tristan no se mete en ningún lío. Craig tiene muchas fotografías, un muro muy activo. Stella entra en su perfil y ve sus fotografías en la playa, esquiando, o vestido para ir a una fiesta. Ve las fotos de su familia con él. Dos hijas. Una exmujer y un perro. Craig era parte de una familia, y eso es reconfortante para Stella. Él entiende las responsabilidades de tener cónyuge e hijos.

Ella no le cuenta nada a Jeff. ¿Por qué debería hacerlo? No le cuenta nada de sus amigas, ni del resto de la gente de la cafetería. En realidad, ya no le cuenta casi nada a Jeff, y él no pregunta.

Stella encuentra trabajo, por fin, y eso significa que no puede ir más a la cafetería. Ha hecho un curso básico de programas de edición fotográfica, por capricho, y el trabajo de Memory Factory es perfecto. Retocar fotografías que se han hecho para los boletines de las iglesias no es lo que hubiera imaginado para ella, pero con un niño en edad escolar y un marido que trabaja sesenta horas a la semana y viaja, no puede seguir siendo azafata. El horario y el sueldo la compensan por la forma condescendiente en la que Jeff habla del puesto. Lo considera un trabajo de segunda.

Stella tiene acceso ilimitado a Internet, y un programa de mensajería instantánea. Craig, también. Aquello es casi mejor que la hora diaria en la cafetería. Hablan durante todo el día y, aunque no estén chateando activamente, el hecho de ver su ventana de contacto con el nombre de Craig en la pantalla es como una tabla de salvación. Él está ahí por si ella lo necesita.

Y, oh, sí lo necesita.

Necesita la emoción que le produce cada uno de sus pequeños flirteos y las bromas secretas que han creado y que no significarían nada para ninguna otra persona. Necesita su perspectiva del mundo, porque es diferente a la suya, y porque, aunque están en desacuerdo en política y religión, no discuten nunca. Él la hace pensar. Él la hace sentir, y hace mucho tiempo que ella no siente más que dolor o entumecimiento, tanto, que al principio no reconoce lo que le produce Craig.

Alegría.

Él no la conoce, así que no hay recordatorios del pasado que tenga que olvidar. No hay conversaciones tirantes llenas de tristeza. Craig solo le da alegría, y eso es lo que más necesita Stella.

Ella sabe que aquello está mal. Sin embargo, Craig hace que se sienta como si todo estuviera bien. Como si no hubiera pasado por todo lo que ha pasado. Hace que se sienta lista y divertida, y sexy, también. Siente la emoción cálida de saber que alguien la encuentra atractiva. Eso también lo necesita.

—¿Puedo llamarte? —le pregunta él—. Echo de menos hablar contigo en persona. Oír tu voz.

Craig vive solo. Tiene la custodia compartida, así que solo tiene que cuidar a las niñas algunos días a la semana, y el resto del tiempo es suyo. Stella no tiene ese lujo. Ella tiene que pensar cuándo puede escabullirse para hacer una llamada por la noche. Cómo puede encajarlo en el resto de su vida.

—¿Por qué sigues hablando conmigo? —le pregunta ella, una noche que ha bajado a la habitación de juegos del sótano. Está sentada en el frío sofá de cuero, y toma una manta para calentarse.

—No lo sé. Algunas veces me digo que no debería.

Pero lo hace, una y otra vez, aunque no haya ningún motivo por el que deban continuar con aquella amistad, aparte del hecho de que los dos saben que se ha convertido en algo más. No se ven en persona, y no hablan de ello.

Él se queja de su exmujer, pero Stella es neutral acerca de su marido. Si quisiera, podría quejarse de muchas cosas, pero, si lo hiciera, saldrían a la luz otras verdades de las que ella no quiere hablar, ni siquiera con Craig. En especial, con él, porque, una vez que sepa la verdad, no habrá manera de ignorarla. Sin embargo, a ella se le escapan algunas cosas. No se puede hablar con alguien casi todos los días sin que esa persona sepa cosas importantes de ti, sobre todo en el momento más oscuro de la noche, cuando es tan fácil sentirse sola.

—Te echo de menos —dice Craig, de repente, cuando el silencio dura demasiado—. Echo de menos verte.

—Yo también —dice ella.

—Podríamos comer juntos algún día.

Ella debería decir que no, pero lo que sale de sus labios es un «sí».

—Sí. Me gustaría mucho.

—Ha sido estupendo verte otra vez y charlar contigo —dijo Craig, mirándola a los ojos.

Habían pasado una hora juntos, tomando café y un par de magdalenas de arándanos muy ricas que él había pedido sin preguntarle si le apetecía una. Se acordaba de lo mucho que le gustan. Sus rodillas se habían tocado algunas veces bajo la mesa y, en una ocasión, al entregarle una servilleta, él le había rozado los dedos.

Antes, Stella lo deseaba tanto que sentía fuego por dentro, un fuego que consumía todos sus pensamientos. Y, ahora...

Ya no lo deseaba, y eso la entristecía.

Cuando salieron de la cafetería y fueron hacia el coche de Stella, él la abrazó, y ella se quedó sorprendida. Cuando él posó la boca en su mejilla, Stella cerró los ojos e inhaló su olor. El calor de su piel le resultaba familiar. El peso de sus manos. Cuando él la soltó, ella se tambaleó durante un segundo antes de abrir los ojos.

—Me alegro mucho de verte —le dijo Craig, en voz baja—. Te he echado de menos de verdad.

Stella no lo había echado de menos. No durante mucho tiempo. Sin embargo, sonrió y le apretó el brazo.

—Yo también.

—¿Podría llamarte alguna vez?

—Claro, por supuesto —dijo ella. Asintió y sonrió, aunque estaba un poco asombrada por cómo había ido aquel encuentro. Él podría llamarla. Ella respondería. Tal vez fuera embarazoso, dependiendo de lo que él dijera o pidiera, pero ella no tuvo valor para decirle que no.

Siguiendo un impulso, se inclinó para abrazarlo de nuevo y, en aquella ocasión, lo estrechó un poco más. Craig estaba allí cuando ella necesitaba a alguien.

Tal vez él necesitaba a alguien, también.

—Llámame —le dijo ella, y le escribió su número de móvil en un trozo de papel que tenía en el bolsillo—. Sería estupendo.

El torpe roce de sus labios en la boca habría hecho que se estremeciera en otro tiempo. En aquel momento, solo le produjo una sonrisa triste. Ella le acarició la cara y retrocedió un par de pasos. Craig asintió. Se despidieron.

Stella se quedó sentada en el coche unos minutos, pensando en lo fácilmente que cambiaban las cosas aunque no pareciera nada fácil cuando uno estaba en medio de ellas.

Capítulo 8

–Toc, toc.

Stella alzó la vista y vio a Jen tocando suavemente en el borde de su cubículo.

–Eh, hola.

–¿Qué vas a hacer esta noche?

–Nada –dijo Stella–. Tristan va a pasar el fin de semana con su padre.

–¿Quieres ir a ver la última película de Justin Ross? Jared me ha dicho que prefiere que le saquen los ojos con unos palillos chinos antes que ir –dijo Jen, sonriendo.

Stella titubeó. Pensó en su casa vacía y en la colada que tenía que hacer. Limpiar la nevera. Pagar facturas. Iba a volar aquel fin de semana, pero esa noche no tenía ningún plan.

–Sí, me apetece.

–¿Cenamos antes?

–Claro –dijo Stella, sonriendo también.

Fueron a cenar a un restaurante italiano del que Stella había oído hablar, pero que no había probado nunca. Al sentarse y ponerse la servilleta en el regazo, se dio cuenta de que hacía mucho tiempo que no salía con una amiga.

–Vaya –dijo, en voz alta, sin querer.

–¿Qué ocurre? –preguntó Jen, apartando la vista de la carta–. ¿No te gusta la comida? Podemos ir a otro sitio.

–No, no es eso. Es que hace mucho tiempo que no salía –dijo. Al ver la cara que ponía Jen, alzó una mano–. Bueno, ya te he dicho que estoy bien sin novio. Me refiero a que hace mucho tiempo que no salía con una amiga. Hace siglos que no sé nada de ninguna de ellas.

Se quedó callada un momento, pensando.

–Supongo que no las he echado de menos.

Las mujeres con las que había trabado amistad en el barrio. Las mujeres de los amigos de Jeff. Esas eran las mujeres con las que pasaba la mayor parte del tiempo. Tomaban café en las casas de las demás. Cuidaban de los niños de las demás. Protestaban por sus maridos y por sus hijos.

Sin embargo, ¿había llegado a ser amiga de verdad de alguna de aquellas mujeres? Las verdaderas amistades permanecían durante los buenos y los malos momentos, y había habido algunos momentos muy muy malos.

Stella miró a Jen.

–Creo que perdí más de lo que pensaba con el divorcio.

Jen frunció el ceño.

–Eso es una pena.

–No pasa nada –dijo Stella, encogiéndose de hombros–. En realidad, acabo de darme cuenta de lo mucho que hacía que no salía con una amiga, lo cual dice mucho más de mí que cualquier otra cosa. Así que, muchas gracias por invitarme.

–Gracias por venir. Soy una gran admiradora de Justin Ross, y Jared se presta a ver de vez en cuando *Runner* conmigo, pero no quería venir a ver esta película –dijo Jen, y se rio, agitando la cabeza–. Pero me estará esperando cuando llegue a casa, con la esperanza de tener suerte.

A Stella se le escapó una carcajada.

—Y lo único que tendré yo serán varias pilas de ropa para la lavadora —dijo ella. Antes de que Jen pudiera responder, alzó una mano—. Shh.

—Jared tiene algunos amigos muy monos —dijo Jen, pero alzó las manos al ver la expresión de Stella—. Bueno, bueno. Ya paro.

La cena estaba muy rica, y la película fue estupenda. Stella nunca veía *Runner*, la serie que había hecho famoso a Justin Ross, pero conocía al actor. Era imposible no conocerlo, porque, de repente, se había convertido en el más amado de Estados Unidos. Era un hombre muy atractivo.

—Que te diviertas esta noche —le dijo a su amiga, cuando fueron a recoger sus coches al aparcamiento.

Jen sonrió.

—Sí, lo haré.

Justo cuando Stella se metía entre el tráfico, sonó su teléfono móvil, pero ella no lo sacó del bolso para ver el mensaje. Nunca miraba el móvil mientras conducía. Nunca. Tristan lo sabía, y era poco probable que volviera a sonar si ella no contestaba de inmediato. Así pues, al oír el nuevo pitido, Stella miró el bolso, que estaba en el asiento de al lado, y el reloj del coche. Eran las diez y media, un jueves por la noche. Jeff estaría en la cama. Cynthia solo le enviaría un mensaje si había algún problema y, en ese caso, lo más probable era que la llamara por teléfono.

Al tercer pitido, a Stella empezaron a sudarle las manos. Agarró con fuerza el volante, mirando atentamente la carretera oscura. Todavía le quedaban veinte minutos para llegar y, cuando el teléfono sonó una cuarta vez, y una quinta, paró a un lado de la carretera para ver de qué se trataba.

Los mensajes eran una conversación despreocupada que terminaba con un *Llámame cuando puedas*. Era Craig.

En primer lugar, sintió alivio al ver que no se trataba de una emergencia. Después, se molestó un poco por haber tenido que parar. Y, al final, cuando volvió al tráfico, se dio cuenta de que estaba… nerviosa.

Confusa. Ansiosa. Un poco excitada. Pero, sobre todo, recelosa. Cuando llegó a casa, se quitó el abrigo y dejó el teléfono sobre la mesa mientras se servía un vaso de agua. Lo miró mientras se apoyaba en la encimera para beber. Como si el teléfono fuera a morderla, pensó, y se echó a reír.

Era Craig, por el amor de Dios.

Ella misma le había dicho que la llamara. Sin embargo, ya no pensaba en él, y no creía que fuera a llamarla de verdad. Ahora que él lo había hecho, la pelota estaba en su tejado. Podía devolverle la llamada, o no.

Stella se llevó el teléfono a su habitación y lo puso a cargar. Se dio una ducha y se puso el pijama. Eran las doce cuando apagó la luz. Se tumbó de costado, mirando la silueta cuadrada del teléfono.

La estaba regañando.

No responder a un mensaje era algo muy desagradable. Ella siempre lo había creído así. Hacia el final de su matrimonio, Jeff había empezado a ignorar sus mensajes, y a ella le causaba rabia.

Craig siempre había respondido a sus mensajes… hasta que había dejado de hacerlo.

Han pedido comida, pero Stella no puede comer. Mueve la comida por el plato y bebe demasiado té helado. Craig la ha llevado a un restaurante donde uno puede crear su propio plato de pasta, y ella ha pedido pollo Alfredo, una elección equivocada, porque es algo demasiado pesado incluso en los días en que ella no está hecha un manojo de nervios.

No importa que hayan comido juntos muchos días. Aquello es distinto, piensa Stella, mientras Craig le cuenta una historia divertida. Ella no es capaz de reírse. Tiene la cara congelada. Tiene los dedos tan entumecidos que se le cae el tenedor al suelo, y se agacha a recogerlo.

Craig se agacha al mismo tiempo, y le toma la mano. Le aprieta los dedos, y ella suelta el tenedor de nuevo. Los dos se incorporan y se miran. Están sentados en una mesita para dos, para amantes, aunque ellos no lo sean.

—Eh —dice Craig, en voz baja—. ¿Estás bien?

No, no lo está. Le tiemblan tanto las manos que tiene que posarlas en el regazo y entrelazar los dedos para mantenerlas quietas. Consigue sonreír.

—Sí, claro. Por supuesto.

Craig es quien lleva el peso de la conversación durante toda la comida y, al final, le pregunta si quiere ir a dar un paseo por la orilla del río con él. Hace buen tiempo. Corre un poco de aire. La marea está alta en aquel momento, y el agua cubre casi todos los escalones de cemento que bajan hasta el lecho del río. Ella ha visto la marea tan baja que toda la escalera quedaba al descubierto.

Eso es lo que está pensando Stella para no tener que pensar en que Craig la lleva de la mano mientras pasean. Él tira suavemente de ella para que se detenga y lo mire.

—Stella.

Ella no puede mirarlo. Mira más allá. Hacia otro lado. A cualquier parte, menos a él.

—Eh —dice Craig, en voz baja—. Por favor, mírame.

Ella lo hace, y no es tan malo como pensaba.

Es peor.

Es mucho peor mirar sus ojos azules y perderse en ellos, y admirar cómo inclina la cabeza, ligeramente, mientras la observa. Fijarse en la curva de sus labios y en su lengua cuando habla.

—¿Qué es esto? —pregunta ella, de repente, interrumpiendo lo que ha empezado a decir Craig—. ¿Qué estamos haciendo? ¿Qué quieres, Craig?

Él se queda en silencio. Cuando parece que va a tomarla de nuevo de la mano, Stella da un paso atrás. Craig arruga la frente, pero baja las manos.

—No lo sé —dice—. Solo sé que me gusta estar contigo, Stella.

Es lo mejor y lo peor que le ha dicho alguien en toda la vida. La repentina expresión de deseo de su cara hace que a Stella se le hundan los hombros. Le forma un nudo en la garganta. Hace que quiera escapar de él y no mirar atrás.

—A mí también me gusta estar contigo —dice ella.

—¿Podemos sentarnos? —le pregunta Craig, y le señala un banco de metal que mira hacia el agua.

Se sientan. Sus rodillas se tocan cuando se giran el uno hacia el otro. Stella mantiene las manos en el regazo para no tocarlo.

Desea tanto tocarlo…

—Mira —dice él, por fin, después de unos minutos durante los que ninguno de los dos ha hablado—. Sé que esta es una de esas cosas que se supone que están mal. Pero a mí no me parece que esté mal, ¿y a ti?

—No. Debería. Yo quiero que me lo parezca.

Por un momento, parece que Craig se ha quedado triste e inseguro. Entonces, asiente, como si su respuesta le hubiera aclarado algo que antes era confuso.

–¿Prefieres que no vuelva a llamarte, Stella?

Aquello no es lo que ella estaba esperando. No es lo que quiere que diga, ni es lo que quiere oír. Al pensar en que no va a volver a ver a Craig… Entonces, es cuando Stella no puede seguir fingiendo que aquella amistad no ha ido demasiado lejos. Se levanta y da un paso atrás.

–Sí –dice, con una voz fría y distante, como si se hubiera convertido en un autómata–. Creo que eso sería lo mejor.

Craig se queda asombrado. Se levanta del banco y adopta una expresión neutral. Asiente una sola vez.

–Está bien. Bueno, Stella, muchas gracias por la comida y… buena suerte, supongo.

–Adiós –dice Stella, y no le ofrece la mano.

Lo ve alejarse de ella con la espalda recta y los hombros erguidos. Sin embargo, parece que cojea un poco. Hay un momento en el que Stella se ve corriendo hacia él, con tanta claridad, que tarda un minuto en darse cuenta de que no se ha movido.

Craig sube las escaleras hacia la acera, y ella espera que se dé la vuelta, pero él no lo hace.

Hola, escribió Stella rápidamente, a oscuras, sin permitirse pensar demasiado en nada. *He recibido tu mensaje, pero es demasiado tarde para llamar. Te llamaré mañana, si estás libre*.

Dejó el teléfono en la mesilla y cerró los ojos. Estaba quedándose dormida cuando el teléfono se iluminó. Sonrió al ver el nombre de Craig en la pantalla.

Lo estoy deseando.

Capítulo 9

No todos los pilotos engañan a sus mujeres cuando están fuera de casa, pero, claramente, aquel sí. El hombre que está frente a ella quiere algo.

Aquella no es la primera vez que vuela con el capitán Truax, y no es la primera vez que él la mira demasiado cuando embarcan y desembarcan. El capitán sonríe agradablemente a todo el mundo, pero a ella la mira a los ojos cuando sube al avión. La reconoce, aunque Stella lleva una peluca rubia de melena corta. Él la ha visto con otros tonos de rubio y, también, morena. Se pregunta qué es lo que le gusta más. Tal vez prefiera a las pelirrojas.

—Bienvenida a bordo —dice él, y Stella sonríe.

Antes de tener que apagar el teléfono móvil, Stella intercambia unos cuantos mensajes con Craig. Ha intentado llamarlo antes, tal y como le prometió, pero no ha conseguido dar con él. Entonces, él la ha llamado cuando ella estaba en la ducha y, después, Stella ha tenido que salir para el aeropuerto. No está segura de lo que siente con respecto a aquella novedad en una vieja situación.

Sin embargo, no tiene por qué pensar en nada de eso

en este momento. El vuelo de hoy es corto, y Stella solo puede leer unos pocos capítulos de su libro. Sale del avión entre los últimos pasajeros. Se detiene a sacar el mango de su maleta de ruedas y, mientras lo hace, el capitán Truax pasa a su lado con su propia maleta. Se detiene al verla luchar contra el asa.

—¿Puedo ayudarla?

—El mango se ha atascado —dice Stella, y se hace a un lado para permitir que él la ayude—. ¿No tiene que ir a otro vuelo?

El capitán Truax, que mide un metro ochenta y cinco, se yergue. Tiene una dentadura perfecta y blanca.

—No. Tengo unos días libres.

—Ah. Qué bien. ¿Y vuelve a casa? —pregunta ella, mientras caminan por un pasillo. ¿Vive en Filadelfia?

—No, no. Voy a hacer un poco de turismo y a estar con mi hija. Ella va a Temple. Yo vivo en Atlanta. ¿Y usted? —pregunta él con una sonrisa—. Hace este vuelo muy a menudo, ¿no? ¿Es por trabajo?

Ese es el problema de hacer lo que hace: que la reconozcan. Ella no quiere hablar con el capitán Truax sobre el motivo por el que está en la lista de espera para un asiento muchos viernes y sábados. No le gusta que le hagan preguntas.

—Sí —responde Stella, pero no dice nada más. El capitán Truax no le pregunta en qué trabaja, exactamente.

—Que tenga un buen fin de semana —le dice él—. Tal vez nos veamos el domingo.

Sin embargo, no tarda tanto en volver a verlo. Stella también ha decidido hacer un poco de turismo, porque hay cosas que ver en Filadelfia, y siempre piensa en llevar a Tristan a pasar el día allí, pero nunca lo hace. Está a dos horas de casa, pero hay que tomar un avión para llegar. Ha elegido Filadelfia porque el vuelo es cómodo, y porque su grupo favorito de música va a tocar el sábado por la noche en un bar del centro.

Se encuentra al capitán Truax en la Campana de la Libertad. Está con su hija, que se le parece mucho. Entre los dos hay cierta distancia, como si existiera tensión entre padre e hija. Stella se queda a su lado sin que él se percate de su presencia, y ve cómo intenta arrancarle una sonrisa a la muchacha. Sin embargo, es obvio que ella no está dispuesta a perdonarle los traumas que le haya causado su paternidad.

La noche anterior, Stella ha conocido a un hombre mucho más joven que estaba completamente dispuesto a llevarla a su apartamento, si a ella no le importaba la presencia de sus compañeros de piso. Eso no le molestaba tanto como la dilatación de sus pupilas y la fuerza con la que la agarraba del brazo para convencerla de que sería el mejor rato de su vida.

–Tengo el pene muy largo –le prometió–. Y la lengua, también.

Ella lo rechaza con una sonrisa, y ve que se larga hacia la siguiente chica del bar, que parece más fácil de convencer.

Al ver al capitán Truax con su hija, Stella siente una punzada de comprensión. Es obvio que desea hacerla sonreír. O, al menos, quitarle aquella expresión sombría de la cara. Stella cabecea mientras los sigue discretamente en paralelo a la fila de placas que explican la historia de la Campana de la Libertad. La campana está colgada en un edificio especial. Stella la mira y espera notar algún sentimiento patriótico, pero lo único que siente es hambre, sed y cansancio por haberse levantado demasiado pronto. Quería aprovechar el día.

–Deja que te invite a comer –le pide el capitán Truax

a su hija, cuando salen del pabellón–. Solo voy a estar en la ciudad hasta mañana.

–Lo siento, papá, pero tengo planes.

–Maggie…

La chica se encoge de hombros sin mirarlo. Stella siente lástima por él, aunque le parece un poco deshonesto estar escuchando su conversación.

–Me alegro de verte –continúa Maggie–, pero tengo que estudiar mucho. Gracias por el desayuno. Llámame cuando vuelvas por aquí.

Claramente, aquel es un viejo desencuentro, porque el capitán Truax cabecea y se aleja unos pasos de ella.

–Por lo menos, déjame que te dé algo de dinero.

Maggie se encoge nuevamente de hombros. Parece que no le avergüenza tomar el dinero de su padre aunque no le haya mostrado ni el más mínimo afecto. El capitán Truax la ve alejarse con los hombros hundidos. No es el hombre que pilotaba el avión que tomó Stella el viernes, ni el hombre que se le presentó con aquella sonrisa sexy, alto y seguro de sí mismo.

–Hola –le dice Stella, de repente–. Capitán Truax.

Él se queda desconcertado, porque no la reconoce sin la peluca rubia.

–¿Hola?

Ella se le acerca un poco y le sonríe. Le pone una caja de cerillas en la mano. Es del club en el que ha estado la noche anterior.

–Esta noche toca un grupo muy bueno aquí. Debería ir a verlo. Lo pasará bien, se lo prometo.

Stella retrocede unos cuantos pasos y se da la vuelta mientras él mira la caja de cerrillas.

–¿La conozco? –le pregunta, cuando ella se está alejando.

–Sí –responde Stella, mirando hacia atrás por encima de su hombro–. Y esta noche, si me encuentra, podrá conseguirme.

La va a encontrar. Stella no tiene ninguna duda. Seguramente, preferiría estar con su hija aquel sábado por la noche en Filadelfia, pero tendrá que conformarse con ligar con una desconocida.

Stella es rubia de nuevo. Aquella peluca es una de sus favoritas. Es suave y tiene un corte muy favorecedor. Se ha pintado los ojos con una raya negra muy gruesa. Lleva la boca roja, como siempre que vuela. Se ha puesto polvos blancos en la cara, y la palidez acentúa sus ojos oscuros. Lleva un brillante vestido azul, medias, unos zapatos de tacón a juego con el vestido.

Con aquella ropa, Stella se siente como el diablo vestido de azul. Le ha dado buenos resultados en el pasado, aunque hace un año que no se lo pone. Debe de haber sido el destino el que la empujó a meterlo en la maleta, porque ella había pensado en llevar una cazadora y unos pantalones vaqueros y una camiseta al concierto. Rubia, sí. Siempre había pensado en ir de rubia.

El club es el mismo, pero la gente de aquella noche es distinta. Es normal, teniendo en cuenta el grupo. Es más adecuada para ella que las personas de la noche anterior, entre las que se movía como si fuera el Fantasma de las Navidades Futuras. A Stella le gustan los hombres jóvenes tanto como los mayores y, si su capitán no va a buscarla, no tendrá problemas para encontrar a otro, si quiere.

Después de todo, ha ido a ver la actuación de su grupo favorito.

Por supuesto, su capitán la encuentra. Es por el pelo rubio, que actúa como un faro. O, tal vez, su trasero, o la curva de sus caderas. O tal vez solo sea por el destino, porque cuando ella se da la vuelta en la barra con un vaso de té helado, allí está él. Lleva unos pantalones vaqueros y una camisa de manga larga remangada. Las luces se reflejan en su pelo canoso. El capitán Truax está tan atractivo en aquel club, así vestido, como con el uniforme de piloto. Tal vez sea por el ceño fruncido, piensa ella, mientras le sonríe. Parece que está roto, y no hay nada más sexy que un hombre que necesita que lo arreglen… siempre que, a la mañana siguiente, puedas decirle «adiós».

–Hola –dice él, con inseguridad–. Eres tú.

–Sí –dice ella.

Entonces, él sonríe.

–Qué casualidad.

–El grupo va a empezar a tocar enseguida –dice ella.

Es una banda de la ciudad, que ella ha visto una docena de veces. Empezó a escuchar la música del Doctor TARDIS, un *rock and roll* con toques de *folk*, durante aquellas noches interminables en las que su hijo no se dormía salvo si ella lo acunaba en brazos, sentada en la mecedora. Ella se ponía los cascos durante aquellas largas horas que pasaban hasta la madrugada. Ciertas canciones estaban ligadas en su mente a aquel tiempo, para siempre, y la hacía volver atrás con mucha facilidad. Tal vez, por ese motivo, Jeff siempre se había negado a acompañarla a ver al grupo.

Pero aquello ya no importa. Está allí, en el concierto, y la banda va a tocar estupendamente bien, y tiene a un hombre guapo y dolido a su lado, que le pone la mano entre los omóplatos cuando se inclina hacia ella para preguntarle qué quiere tomar.

–Un té helado –responde Stella.

El capitán Truax no se sorprende de que ella no tome

alcohol, y no le pregunta nada. Eso le hace ganar otro punto. Ha conocido a bastantes hombres que se sienten ofendidos por el hecho de que ella no quiera beber alcohol. El capitán le lleva un vaso alto de té dulce. Él tiene un vaso más corto, lleno de un líquido de color ámbar, sin hielo. Le da un sorbo, hace una mueca y señala al escenario con el vaso.

—Yo ya he visto a este grupo.

Stella se gira hacia él.

—¿Sí?

Él la recorre con la mirada, por el pecho, hasta las caderas, y vuelve a mirarla a la cara.

—Sí.

El cantante, un tipo fornido con una larga barba y el pelo pelirrojo, se pone delante del micrófono. Va vestido con telas vaqueras y lana, y sujeta un taco de madera en una mano y un martillo en la otra. La madera está mellada y astillada. Él golpea el martillo contra el taco.

—¿Estáis preparados?

El público ruge. La banda se une a él. Tocan con instrumentos tradicionales, sí, pero también con bloques de madera. Dan patadas a las tablas del suelo. Golpean jarras de plástico llenas de arena. A mitad de la primera canción, al cantante se le rompe el bloque de madera en dos. Arroja los pedazos a un contenedor que hay a un lado del escenario y toma otro bloque.

Stella se mueve al ritmo de la música, notando la presencia del capitán a su lado. Se pregunta qué piensa él del grupo. En realidad, no le importa, pero tiene curiosidad. También se pregunta cuál es su nombre de pila. Cuando se gira hacia él, se lo encuentra mirándola fijamente.

—¿Qué? —le pregunta ella, durante una pausa, mientras el cantante cuenta una historia sobre el origen de la siguiente canción.

Stella ha oído muchas veces aquella historia y, seguramente, podría repetirla palabra por palabra. Tiene un disco en vivo del grupo en el que el cantante cuenta aquella historia, y él mantiene la misma cadencia y dice casi las mismas palabras todas las veces.

El capitán se fija en su pelo. En su vestido. En la línea negra de sus ojos y en sus labios rojos. Ella no se sorprende cuando él se inclina y la besa. El roce de su lengua es dulce, no intrusivo. Ella abre los labios ávidamente.

Se abrazan con facilidad. Él le pone las manos en las caderas y ella posa las suyas en sus hombros. Stella juguetea con el pelo de la parte trasera de su cabeza, pasando los dedos por los bultos de su espina dorsal en la nuca.

Él tiene los ojos grises, grandes. Su boca se vuelve más insistente. Y, cuando él estrecha su cuerpo largo y delgado contra el de ella, Stella nota una respuesta cálida. Él la sorprende al pasar la mano entre ellos dos y desciende, y encuentra sin vacilación su lugar más dulce.

Ella interrumpe el beso, pero no se separa de él.

—Nos van a ver.

—Soy discreto —dice el capitán—. Y me gusta ver cómo te excitas.

Y, de repente, ella está excitada. Su cuerpo empieza a latir, y se le endurecen los pezones. El capitán besa muy bien, pero aquella caricia segura entre las piernas es lo que pone a Stella en órbita.

—¿Quieres que nos vayamos de aquí? —le pregunta al capitán, y se siente halagada y gratificada cuando él contesta, rápidamente, que sí.

Van a su hotel, que da al río Delaware y que es mucho más antiguo que el de ella. Seguramente, las habitaciones valen el triple, piensa Stella, cuando lo sigue por el enorme dormitorio, en el que hay una gran cama de matrimonio. Chimenea, antigüedades, vistas al río. Ella se gira hacia él con una sonrisa mientras se sienta en la cama y toca la colcha con las yemas de los dedos.

–Bonita habitación –dice.

–Gracias.

Él se acerca a ella, con seguridad, muy masculino, y le separa las piernas para colocarse entre ellas y besarla.

Dios, a Stella le encanta eso.

Su forma de agarrarla por la nuca para mantenerla cerca. Que la empuje hacia atrás y la cubra con su cuerpo. Que su boca recorra la curva de su garganta y le mordisquee las clavículas.

–Qué guapa eres –susurra él, contra su piel.

Ella solo quiere abandonarse a todo aquello, pero hace una pausa. Le empuja suavemente por el pecho. Truax se pone en pie y se abre la camisa, dejando a la vista unos abdominales marcados y unos pectorales salpicados de vello canoso. Stella se incorpora y se apoya sobre un codo para mirarlo. Le encantan aquellos momentos de revelación. Ella ha tenido que obligarse a sí misma a no sentir vergüenza por su cuerpo, así que agradece la seguridad. Él tira la camisa sobre la silla que hay junto a la cama y posa una mano sobre el botón de la cintura.

–Espera –dice Stella, y se sienta–. Déjame a mí.

Le roza el estómago con los labios. Cierra los ojos e inhala su olor cálido y masculino. Le acaricia la piel con la nariz, mientras pasa las manos por el interior de sus muslos, sobre la tela del pantalón vaquero. Siente el peso de sus testículos y pasa el dedo pulgar por la longitud de su miembro, pero no le desabotona el pantalón. Todavía no.

Ella alza la vista y lo mira con una sonrisa. Truax no está sonriendo. Tiene el ceño fruncido. La boca apretada.

Le toma la cara con una mano, y mete los dedos suavemente en su peluca.

—¿Por qué haces esto? —le pregunta.

Puede que se refiera a elegir a un hombre en un bar. O a ponerse un disfraz. Puede que se refiera a muchas cosas, pero ella tiene la misma respuesta para todas las preguntas.

—Porque quiero.

Él pasa el dedo pulgar por la curva de su mandíbula y, después, se lo mete en la boca. Ella succiona suavemente, le mordisquea la punta, y se complace con su reacción. A él se le cierran los ojos a medias. Se le separan los labios. Adelanta un poco las caderas. Stella se imagina los latidos de su miembro, aprisionado en los pantalones vaqueros. Él suspira cuando ella baja la cremallera. Cuando lo toma en su puño y empieza a acariciarlo, Truax gime en voz baja.

—No he tenido esto… desde hace… mucho tiempo.

Stella se detiene. La punta de su lengua está tan cerca de su miembro, que debería poder sentir su calor. Ella le acaricia el extremo con los nudillos.

—¿No?

Él le acaricia de nuevo la peluca, y ella lo toma con la boca, succiona ligeramente y recorre el borde con la lengua. Lentamente, atrapa el miembro hasta que ya no puede acoger más. Su pene es grueso, pero no demasiado largo, y Stella puede tocar su vientre con los labios antes de deslizar la boca hacia arriba y hacia abajo. Sigue la caricia con la mano, y mira hacia arriba para ver cuál es su reacción.

Él se estremece.

—Oh, Dios. Qué gozada.

—Sí —dice ella.

Sonríe, y vuelve a tomarlo en su boca. Lentamente,

lo succiona. Al principio, con suavidad y, después, con más dureza. Le baja el pantalón y los calzoncillos por los muslos y se coloca entre sus piernas. Él flexiona un poco las rodillas, moviéndose en su boca, y ella se lo permite.

Mientras succiona y acaricia, escucha sus gemidos, que la excitan. Aprieta las piernas para ejercer una deliciosa presión en su clítoris, y no necesita tocarse. Seguramente, tendrá un orgasmo así, si las cosas siguen por aquel camino. Por el momento, es suficiente dejar que su cuerpo vaya llenándose de aquel placer, que es cada vez más intenso.

—Voy a correrme —dice él, e intenta apartarse—. Es demasiado bueno.

—No hay nada que sea demasiado bueno —dice ella.

Deja de succionar, pero sigue agarrándolo con el puño. Pasa los dedos hacia arriba y hacia abajo, y da un suave soplido sobre la carne húmeda y brillante.

Truax se estremece y emite un gruñido gutural. Pero no llega al éxtasis, y Stella sonríe. Vuelve a acariciarlo con la lengua, una, dos veces, y el miembro late.

—Shh —le dice—. Todavía no.

Él se echa a reír sin aliento.

—Me estás matando.

Ella, sin soltar su miembro, se inclina hacia atrás.

—¿Cuánto tiempo ha pasado desde que te hicieron una felación?

—Cinco años —responde él, sin vacilar.

—Eso es mucho tiempo —dice ella—. ¿Por qué?

—A mi mujer… no le gusta.

—Es una pena. ¿Y nadie más?

—Yo no he estado… con ninguna otra mujer.

Aquello sorprende a Stella.

—¿Qué?

Por un momento, ella piensa que él se va a apartar,

pero la magia de lo que está haciendo con los dedos y la boca lo mantienen clavado en el sitio. Vuelve a tomarlo brevemente entre los labios, y succiona hasta que él se estremece.

Entonces, para, y Truax suelta una maldición en voz baja. Stella sonríe y lo acaricia.

–Quieres que siga haciéndotelo hasta que te corras.

–Por favor –dice él–. Oh, sí. Por favor.

Puede que mienta con respecto a su mujer, y con respecto a que nunca le ha sido infiel. En realidad, no importaría, puesto que nada de aquello es sincero: ni su peluca, ni la ropa que ella se ha puesto, ni su forma de pintarse los labios.

Sin embargo, sí es sincera la forma en que su miembro late contra su lengua. El peso de sus testículos en la palma de la mano de Stella, eso sí es sincero. Y el deseo que siente de que aquel hombre estalle por ella.

–Túmbate –le dice, pero él titubea–. Shhh –le dice ella, cuando él empieza a hablar–. Solo tienes que disfrutar.

Stella se toma su tiempo. Adora y mima su miembro, trabajando con la boca y las manos, succionando y acariciando. Se baja el vestido y lo atrapa entre los pechos hasta que él se sacude y grita con la voz ronca. Entonces, se separa de él y observa su miembro, que embiste el aire.

Una y otra vez, lo lleva al límite. Y, cuanto más se alarga aquel juego, más húmeda está ella. Más endurecido está su clítoris. Más tensos están sus pezones.

Stella sigue jugando con sus manos y su boca, y acariciándose a sí misma de vez en cuando. Sin embargo, es la presión de sus muslos, que ella aprieta rítmicamente, lo que la lleva al borde del clímax. Sería muy fácil abandonarse a su placer en aquel momento y olvidarlo todo, pero Stella se concentra. Se sienta y mueve las caderas, y contrae los músculos para seguir avanzando hacia el orgasmo, mientras le acaricia el miembro a él y lo bombea unas cuantas veces más.

—Voy a... —dice él, en aquella ocasión.

—Yo también —responde él, y se inclina para tomarlo en la boca una última vez.

Stella tiene un orgasmo que le llega en ondulaciones lentas, diferente a la sensación que obtiene cuando su clítoris recibe caricias activas. El placer se extiende interminablemente mientras él mueve el pene en su boca y ella traga una y otra vez. Con la respiración agitada, Stella se sienta de nuevo, y su cuerpo tiembla por aquel orgasmo tan sorprendentemente intenso.

Truax ha estado gimiendo, pero ahora está en silencio. Su miembro, que va suavizándose, le recuerda a Stella lo poco que le gusta aquel momento, en el que debe decidir si se queda o si se va. Casi siempre vota por irse, sobre todo en noches como aquella, cuando todavía tiene que volver al hotel en taxi y prepararse para tomar un avión.

Se concede un momento para tenderse en la cama, junto a él. Mirando al techo, dice en voz baja:

—Espero que haya merecido la pena.

Truax se coloca de costado y posa una mano en su estómago.

—Sí, claro que sí. Pero...

Ella lo mira sonriendo.

—No te preocupes. Tu secreto está a salvo conmigo.

Él se ríe suavemente, pero parece que está algo azorado.

—Te he visto más veces, ¿sabes?

—Sí, lo sé.

—Haces esto a menudo.

—Sí —dice Stella—. Es verdad.

Él le aparta el pelo de los ojos.

–Porque quieres.

–Sí.

Él no le pregunta por qué, y ella se lo agradece, porque piensa que tal vez le contara sus motivos. Por un impulso, lo besa. Él vacila un momento y ella piensa que lo ha juzgado mal. Que, quizá, él la rechace, y convierta aquello en algo triste e incómodo. Sin embargo, después de un segundo, él corresponde a su beso y la abraza. Ojalá pudiera relajarse unas horas más allí, con él. Dormir. Hace tanto tiempo que no duerme con nadie… Aunque casi siempre prefiere tener la cama para ella sola, algunas veces echa de menos poder acurrucarse con alguien.

Pero, en realidad, no quiere acurrucarse con el capitán Truax.

–Va a dejarme –dice él–. Estoy muy seguro. Y mi hija también lo sabe. Ella cree que su madre tiene derecho a querer irse.

–Lo siento –murmura Stella. No sabe qué decir.

–Algunas veces… ocurren las cosas, y piensas que sabes lo que estás haciendo, pero resulta que todas tus decisiones han sido un error. Y todo se derrumba –dice él, con la voz quebrada.

Stella se sienta y lo mira.

–Lo comprendo.

–Intenté escucharla, pero ella dice que nunca le presto atención. Pero sí lo hago –dice él a la defensiva–. Pero tengo que viajar mucho. Es parte de mi trabajo, y no parece que a ella le importe mucho cuando llega el momento de gastarse el dinero. Con eso no tiene ningún problema. Se gasta mi dinero y pone a mis hijos en mi contra, pero no se molesta en agradecerme todos mis esfuerzos.

Stella no quiere que él siga hablando. No quiere hablar de las cosas que han ido mal en sus vidas, las que les hacen desgraciados. Aquel encuentro no es para eso. Sin embargo, al ver que Truax se pasa la mano por la cara, se da cuenta de que no va a poder librarse de aquella conversación.

Nunca debería haberse ido con él, por muy encantadora que fuera su sonrisa. Con un suspiro, Stella le pone una mano en el pecho, sobre el corazón. Los latidos han recuperado el ritmo normal.

—Los hombres y las mujeres hablan el mismo idioma, pero dialectos distintos —dice. Nada más.

Truax pestañea. Arruga el ceño.

—Sí, supongo que tienes razón.

—Tengo que ir un momento al baño —dice ella, y se levanta sin esperar la respuesta.

Pasa un buen rato en el baño. Se enjuaga la boca. Bebe agua fresca. Se arregla la peluca rubia con los dedos, y se la ajusta con firmeza, aunque ni siquiera se le ha movido, porque ya tiene mucha práctica al colocársela.

Se mira al espejo. Sonríe. Hace una mueca. Enseña los dientes. Frunce el ceño. Guiña un ojo.

Cuando es capaz de poner cara de comprensión, sale del baño. El peor momento ha pasado, porque él ha encendido la televisión. Bien. Así será más fácil marcharse.

En la televisión están dando las noticias de última hora, y ella mira el reloj con sorpresa. Lo que en casa es una hora razonable para acostarse, es ridículamente temprano cuando está volando, pero… Tiene que haber pasado más tiempo, ¿no? Truax se ha puesto unos pantalones de pijama y una camiseta azul, pero no ha quitado la colcha para que la cama parezca más acogedora. Está apoyado en el cabecero, con el mando en la mano.

—Bueno —dice Stella—. Ha sido genial…

Él se levanta.

–¿Te vas?

–Sí.

–¿Siempre… te vas? –pregunta él. Parece que se siente incómodo.

–Sí –dijo Stella–. Casi siempre.

–Entonces, no es por mí.

Ella arquea las cejas antes de poder poner la cara de comprensión que ha ensayado y, sin poder evitarlo, da un paso hacia delante.

–Oh, no. No, no tiene nada que ver contigo.

–¿Es porque no lo hemos hecho? Es que tú dijiste que solo querías que disfrutara, pero yo podría haber… Quería hacerlo. Quería que también fuera algo bueno para ti. No soy ningún cavernícola.

Los hombres están demasiado centrados en su pene, en cómo funcionan o no funcionan. Hay muchos hombres a los que no les importa en absoluto que su compañera de cama tenga un orgasmo, y muchos otros que se enorgullecen tanto de su capacidad de conseguirlo, que se olvidan de lo importante. Stella sabe que su placer es cosa suya, nada más. No de él.

–Mi mujer dice que soy egoísta en la cama.

Y ahí está, por supuesto. Stella no dice nada cuando él se deja caer en la cama y se tapa la cara con las manos. Sus hombros empiezan a agitarse.

«Oh, Dios. Mierda», piensa ella.

Tiene un momento de debilidad y se plantea sentarse a su lado y dejar que llore en su hombro. Decirle que no es egoísta, al menos, por lo que ella ha podido ver, porque ha sido ella la que ha elegido lo que iba a hacer. Eso no sería mentira, pero no importaría.

–Ella siempre me acusa de serle infiel. Pero yo nunca lo he sido, hasta esta noche –dice, y le lanza una mirada de acusación a Stella, con los ojos enrojecidos.

Al final, ella no está de humor para hacer de enfermera. No le debe nada. Lo ha seducido, no lo ha forzado. Podría sentirse peor por haberse acostado con un hombre casado, y todo eso. Sin embargo, aunque sabe que tiene parte de culpa, no está dispuesta a cargar con la responsabilidad de nadie más.

Como no es una mala persona, le dice:

—Mira, no te preocupes. Tu mujer nunca va a saber nada.

—Yo sí.

—Entonces, tal vez puedas aprender una cosa: la gente feliz no es infiel. Hazme caso, yo lo sé bien.

Él asiente.

—No, supongo que no.

—Ella sí te está engañando, ¿no?

Él vuelve a asentir.

—Sí, creo que sí.

—Esto no va a cambiar las cosas —dice Stella.

Demonios, le duelen los pies. Quiere quitarse los zapatos, el vestido y la peluca, desmaquillarse, darse una ducha caliente y meterse en la cama hasta que suene la alarma del despertador, a tiempo para que pueda tomarse un buen desayuno y subir al avión de vuelta a casa.

—Pero, la próxima vez que ella me haga esa acusación, no podré decir que no es cierto sin mentir.

—¿Y?

—Y… nada, supongo.

Stella suspira.

—Me voy a marchar. Es tarde, y estoy cansada. Duerme un poco, ¿de acuerdo?

Él no responde.

Stella recoge sus cosas y, en la puerta, mira hacia atrás. Aunque debería sentir lástima por él, no encuentra nada de eso en su interior. Algo es demasiado frío, o está roto, dentro de ella. Sin embargo, es culpa suya, por elegir a hombres que sabe que ya están heridos, porque le parece más fácil justificarse si se quedan deprimidos.

—Buenas noches —le dice, y espera a que él responda.

Él no lo hace.

Al día siguiente, Stella no se sorprende al ver que el piloto del avión es el capitán Truax. Ni siquiera se sorprende porque él no le diga ni una palabra al verla embarcar, y no porque no lleve la peluca rubia. Sin embargo, sí le sorprende que él ni siquiera la mire. No debería molestarla, pero así es.

Piensa que debería haber tenido más sentido común y no haber volado con alguien que, seguramente, iba a volver a ver.

Capítulo 10

–¿No dijo tu padre que él iba a estar aquí a las ocho? ¿O tengo que llevarte yo? –preguntó Stella.

Le sonó el teléfono en el bolsillo cuando se daba la vuelta para mirar a Tristan. Ella estaba haciendo la maleta para pasar una semana lejos de casa. Le habían ofrecido la oportunidad de asistir a un seminario de técnicas avanzadas de Photoshop en Chicago, subvencionado por la empresa, e iba a aprovecharla. Ignoró el sonido del teléfono. No tenía tiempo para atender ninguna llamada.

–Va a venir a recogerme él.

Notó algo en el tono de voz de Tristan que hizo que lo mirara con atención. Él estaba en la entrada de la habitación, con los cascos alrededor del cuello, con un refresco en una mano y una bolsa de patatas fritas en la otra.

–¿A qué hora? –preguntó ella.

Tristan se encogió de hombros. Stella miró el reloj. Su vuelo salía a las cuatro y media de la madrugada, y eran casi las nueve de la noche. Jeff jamás llegaba tarde, y en la mirada de su hijo vio algo que la hizo sospechar.

–Tristan.

Él frunció el ceño.

—Voy a ir allí mañana, después del colegio, ¿de acuerdo? No esta noche.

—¿Por qué?

—Porque quería quedarme aquí una noche más. Me gusta mi cama.

Ella no podía reprochárselo. Tristan tenía su propia habitación en casa de su padre desde el divorcio, y también tenía su propia cama, pero ella le entendía. Y, sinceramente, también tenía una pequeña sensación de triunfo por el hecho de que Tristan pensara que la casa de su madre era su hogar, por muchos regalos que le comprara Cynthia.

—Salgo muy temprano mañana —le dijo—. ¿Puedo confiar en que vas a ir al colegio puntualmente?

—¿Acaso no me levanto yo solo todas las mañanas?

Sí, era cierto, pero también era diferente, porque ella no estaría allí por si él se quedaba dormido y perdía el autobús.

—Bueno, solo quería asegurarme.

—Voy a estar perfectamente —dijo Tristan. Tomó un largo trago de la lata de refresco y, después, emitió un eructo largo y resonante.

A Stella se le escapó una carcajada de desagrado.

—Ah, qué bonito.

Tristan sonrió, levantó una pierna y se preparó para tirarse un pedo, pero Stella le hizo un gesto tan amenazante que él se detuvo y se retiró hasta el pasillo, riéndose.

—Mucho mejor —dijo ella—. Ni se te ocurra hacer eso aquí.

Así pues, él lo hizo contra la pared.

—¡Diez puntos! ¡Es un récord de medalla de oro, mamá!

—Eres repulsivo, ¿lo sabías? —le dijo ella.

Pero él asomó el trasero por la puerta de la habitación, meneándolo.

—No deberías haber hecho chili de cena.

—¡No! Tristan, ¡no hagas eso!

Pero era demasiado tarde. Él se tiró una flatulencia que sonó como un aplauso muy largo, y Stella gritó y lo persiguió, pero él ya estaba alejándose de ella. Entonces, ella le amenazó con el puño mientras cabeceaba.

—Eres un cerdo, por si no lo sabías.

Tristan arrugó la nariz como si fuera un cochino.

—¿Te acuerdas de aquella vez que él tomó un perrito caliente en el béisbol y se tiró un pedo tan asqueroso que tuvimos que abrir todas las ventanillas del coche?

Ella dejó de reírse al instante. Cuidadosamente se giró de nuevo hacia la maleta e hizo un esfuerzo por colocar los calcetines con orden.

—Creo que deberías llamar a tu padre y pedirle que venga a buscarte esta noche. Si estás en su casa, no tendrás que levantarte tan temprano, y yo me sentiré mejor sabiendo que no estás solo.

A su espalda hubo un silencio. Después, un largo suspiro.

—No me va a pasar nada. Son unas pocas horas por la mañana, nada más.

Stella siguió concentrada en lo que estaba haciendo.

—No discutas conmigo, Tristan.

—Quiero dormir en mi cama esta noche. ¡Ya es bastante rollo tener que quedarme allí toda la semana!

—Solo es media semana —le dijo ella—. En la otra mitad tienes el viaje de esquí.

—Lo que sea.

Ella se giró hacia su hijo.

—¿Qué tiene de malo la casa de tu padre? ¿Hay algo que yo deba saber?

–No –respondió él, pero apartó la mirada.

–¿Es por Cynthia?

Tristan se encogió de hombros.

–No. Es maja.

–Entonces, ¿es por tu padre? ¿Está enfadado contigo por algo?

–No.

–Entonces, ¿por qué?

–Es solo que me gusta más estar aquí –dijo él con terquedad.

–Lo entiendo, hijo, pero lo siento. No puedes estar aquí solo una semana. Ni siquiera media semana. Pero… bueno, está bien, no tienes que irte esta noche. Ahora, vete a la cama –le dijo Stella–. Estoy cansada, y tengo que levantarme muy pronto. Todavía me quedan cosas por hacer antes de acostarme.

Tristan no se movió, al principio. Después, la miró con fijeza, recelosamente.

–Cynthia le dijo a papá que yo debería ir al psicólogo. Lo oí.

Stella pestañeó rápidamente. No se esperaba aquella noticia.

–¿Qué demonios…?

–Sí –dijo Tristan, y volvió a encogerse de hombros, como si aquello no tuviera importancia. Sin embargo, ella sabía que sí era importante, porque él no la miró a la cara.

Stella apartó la maleta y le dio unas palmaditas a la cama.

–Ven aquí.

Al principio, Tristan no le hizo caso, pero después se acercó arrastrando los pies. Le sacaba una cabeza, incluso estando sentados. Por un momento a ella se le formó un nudo de emoción en la garganta y no pudo hablar. Le pasó el brazo por los hombros y lo apretó suavemente.

—¿Quieres que hablemos de ello?

—No.

—¿No quieres hablar de ello, o no quieres hablar conmigo?

Tristan se encogió de hombros y por un momento, increíblemente, se apoyó en ella. Stella lo abrazó con todas sus fuerzas. Tuvo que contenerse para no revolverle el pelo. A Tristan nunca le habían gustado demasiado los abrazos.

—Lo único que pasa es que no me gusta tanto estar allí como estar aquí.

—¿Por qué, cariño? ¿Es un problema con Cynthia, o con tu padre?

—Él nunca vivió allí con nosotros —respondió Tristan en voz tan baja que ella tuvo que prestar toda su atención para poder oírlo.

Stella se quedó helada. Sin querer, apretó tanto los dedos que él se movió. Ella permitió que se apartara. Se quedaron sentados, en silencio, medio minuto.

—Ya lo sé, cariño —dijo Stella por fin—, pero eso no significa que tú no puedas vivir allí.

Tristan la miró. Tenía los ojos muy azules, llenos de lágrimas que estaba conteniendo. A Stella le hacía daño verlo así, pero, cuando intentó abrazarlo, él se alejó para dejarle claro que no quería.

—Si necesitas hablar con alguien —le dijo ella—, podemos encontrar a alguien, pero solo si tú quieres.

Durante el divorcio, Stella había llevado a Tristan al psicólogo. Primero, en el colegio y, después, a un psicólogo infantil especializado en problemas de tristeza. Tristan detestaba ir entonces, y ella no podía creer que no lo detestara ahora. En eso también había tenido la mala suerte de heredar lo peor de sus padres: lo rápidamente que la insatisfacción se apoderaba de Jeff y la reticencia de ella a abrirse emocionalmente. Sin embargo, sabía que tenía que ofrecérselo.

Algo se reflejó en la mirada de Tristan, algo que relució con fuerza antes de desaparecer, como la luz de un fuego artificial. El chico cabeceó.

–Cynthia piensa que yo debería salir con chicas, y esas cosas. Y hacer algo más que jugar con videojuegos y con mis amigos. A ella le va mucho socializar.

–Um… Sí, eso me lo imagino. Creo que fue una de esas chicas tan populares en el colegio.

–Y papá dice que mis notas son una porquería –añadió .

Stella frunció el ceño.

–¿No le parecen bien los notables?

–No.

Ella suspiró y le dio un golpecito en el hombro. Entonces, se puso en pie.

–Hablaré con él. ¿Estás haciendo todo lo que puedes?

–Sí –dijo Tristan.

–Entonces, está bien. Eso es lo importante.

Él esbozó una pequeña sonrisa, pero era mejor que nada.

–Gracias, mamá.

Cuando Tristan la abrazó, ella se quedó tan sorprendida que lo único que pudo hacer fue quedarse rígida entre los brazos de su hijo; cuando intentó abrazarlo ella también, él ya se había apartado. Tristan se detuvo en la puerta y la miró con la boca abierta, como si quisiera decirle algo, pero cabeceó de nuevo y se marchó. Stella oyó que su puerta se cerraba y después oyó la música. Estaba tan cansada que no tenía ganas de ir a decirle que bajara un poco el volumen.

Stella estaba exhausta. Se sentó en la cama y se frotó un punto que le dolía entre los ojos. Recordó la llamada de teléfono y se lo sacó del bolsillo. Era Craig.

El mensaje de voz era breve.

—Hola, Stella, soy Craig. Solo quería hablar contigo antes de que te marcharas a Chicago. Llámame cuando oigas esto, o si no, ya te llamaré cuando vuelvas. Que pases buena noche.

Parecía un mensaje completamente soso y despreocupado, pero ella conocía lo suficiente a Craig como para saber que no lo era. En otros tiempos, le habría respondido rápidamente, pero, ahora estaba muy cansada, tenía por delante un viaje y una semana de trabajo y debía levantarse a las dos de la madrugada.

De todos modos lo llamó con la esperanza de que respondiera el buzón de voz.

—Hola. He visto tu llamada.

—Stella —dijo él. Se puso tan contento que ella se alegró de haber llamado—. No sabía si iba a tener noticias tuyas antes de que te fueras.

—Y yo no sabía si tú estarías despierto todavía.

Stella sujetó el teléfono contra su hombro mientras trabajaba, metiendo en la maleta todo lo que pensaba que podía necesitar.

—Estaba navegando por Internet, perdiendo el tiempo. ¿A qué hora te marchas?

Ella se lo dijo, y la conversación derivó previsiblemente en lo terrible que era tener que tomar el avión tan temprano, y en lo horrible que era tener que trabajar pero lo agradable que era tener un trabajo. Craig y ella solían hablar de sus sueños y preguntarse cosas como la existencia del alma. No mantenían aquellas charlas inanes. Claro que, con solo oír su voz, el corazón se le aceleraba incontrolablemente.

–Bueno, y, cuando vuelvas –dijo él, justo cuando ella estaba intentando acabar la conversación–, ¿podemos salir a cenar?

–¿Cómo si fuera una cita?

Craig se echó a reír suavemente.

–Sí, bueno. Una cita. Podemos ir a cenar y, tal vez, al cine.

Stella carraspeó.

–Sí… supongo que sí. Tendría que mirar mi horario, pero…

–Si no te apetece…

–No, no es eso –dijo ella rápidamente–. Claro que me apetece. Sí, por supuesto.

Craig vaciló antes de responder.

–¿Estás segura?

–Sí.

–No quiero que te sientas obligada a nada. Si me dices que no, volveré a mi oscuro rincón y me pondré a escuchar óperas tristes.

–Oh, Dios. No, no hagas eso –dijo ella, riéndose–. Saldré contigo a cenar.

–¿Y al cine?

–Y al cine.

–Bien.

Hubo otra pausa. Stella bostezó. No quería mirar el reloj, pero sabía que tenía que colgar.

–Bueno, tengo que acostarme. Te llamo cuando vuelva de Chicago, ¿de acuerdo?

–Claro que sí –dijo él, y su tono alegre hizo que ella sonriera–. Que tengas muy buen viaje. Hablamos cuando llegues.

Se dieron las buenas noches y ella colgó. Después, puso a cargar el teléfono y se dio una ducha. Bajo el chorro de agua caliente, sintió nostalgia. Recordó que, aquel día a orillas del río, pensaba que nunca volvería a ver a Craig.

Pero sí lo había visto.

—Me siento como si pudiera contarte cualquier cosa —dice Stella, mientras la lluvia golpea el techo del coche. Su respiración ha empañado los cristales, y los ha hecho invisibles.

—Puedes hacerlo. Lo sabes —dice Craig, y le aparta el pelo mojado del hombro. Le acaricia el brazo y baja hasta su mano. Entrelaza sus dedos con los de ella, y se los aprieta suavemente.

Pero ella no puede contarle nada. Es demasiado lo que tiene que contar y, ¿cómo podría esperar que él lo entendiera? Craig puede intentarlo, y ella sabe que lo haría, pero nunca sentirá lo mismo que siente ella. Nunca sabrá lo que es vivir lo que ha vivido ella. Y, en ese momento, al mirarlo en el asiento de al lado, tiene ganas de desnudar todas sus cicatrices delante de él.

Pero no puede.

Stella se estremeció y se tapó la boca con ambas manos para contener un sollozo. No podía desmoronarse. Temía que, si empezaba a llorar, no iba a poder terminar nunca. Inclinó la cabeza hacia arriba y giró el termostato hacia el agua fría, y se obligó a permanecer bajo aquella ducha helada hasta que se quedó entumecida.

Al final, con un castañeteo de dientes, salió y se secó con una toalla. Se peinó, se lavó los dientes y se puso el pijama. Fue a mirar a Tristan, que se había quedado dormido, y se acostó, conteniendo las oleadas de emoción que estaban a punto de sumergirla y ahogarla. Respiró profundamente, apretó la cara contra la almohada y pensó en lo rápidamente que iba a saltar la alarma.

Mierda. La alarma. Tomó el teléfono para asegurarse de que la había puesto y vio que tenía otro mensaje de Craig. Era corto y dulce: *Me muero de ganas de verte*.

En aquella ocasión, Stella no respondió.

Capítulo 11

Viajar a un destino por un motivo había sido una experiencia distinta a las anteriores. En primer lugar, se había quedado boquiabierta con el precio del billete, aunque su empresa iba a reembolsarle la cantidad. En segundo lugar, estaba acostumbrada a pasar por la seguridad con su equipaje de mano, y tener que arrastrar la maleta y esperar para facturarla y recogerla de la cinta transportadora había sido una sorpresa desagradable. Y, en tercer lugar, en sus viajes de fin de semana nunca tenía que cumplir un horario que pudiera descabalarse por algo tan tonto como el tiempo, o un fallo mecánico. Si su avión se retrasaba, o llegaba tarde, o cancelaban el vuelo, simplemente tomaba otro avión o no se iba. Stella comprendió por qué había tanta gente que detestaba viajar en avión al verse sentada en la terminal con otros doscientos pasajeros malhumorados, mirando las lucecitas de los vuelos en las pantallas.

Había renunciado a su asiento voluntariamente a causa del *overbooking* cuando todavía tenía un margen de varias horas, pero, en aquel momento, ya casi no iba a llegar a casa a tiempo para recibir a Tristan de su viaje de esquí. Y eso, si tenía suerte y él salía más tarde de lo que le había dicho al principio. Conociéndolo, y conociendo a sus amigos, contaba con eso, pero iba a llegar tarde incluso con aquel par de horas extra. Vio a un hombre furioso con el rostro enrojecido, haciendo aspavientos y gritando, exigiendo que lo subieran a un avión inmediatamente. No iba a conseguir nada; la lluvia helada era lo que estaba causando los retrasos.

—Oiga —dijo de repente, en un intervalo entre las amenazas del hombre y las disculpas de la azafata de tierra—. Deje tranquila a la chica. Ella no puede controlar el tiempo.

Él se giró hacia ella.

—Esto es una conversación privada.

Ella miró a su alrededor para hacerle ver que todo el mundo estaba mirando.

—Su tono de voz la convierte en algo muy público.

—¡No estoy hablando con usted!

—Eso ya lo sé —respondió ella pacientemente—. Pero todos estamos en la misma situación que usted. Todos queremos llegar a casa a tiempo. Y estoy segura de que si permite a la azafata que lo ayude sin gritarla...

—Y yo estoy seguro —dijo él, interrumpiéndola— de que usted debería cerrar la boca y meterse en sus asuntos.

—Señor, si me permite comprobar qué otros vuelos puedo encontrarle —intervino la azafata.

—¡No quiero otro vuelo! —gritó él—. ¡Es evidente que no me ha oído la primera vez!

—Sí le he oído, señor. Pero no puedo parar la lluvia —dijo la azafata—. Lo siento. Hago lo que puedo por...

—Pues no es suficiente —dijo el hombre y dio unas palmadas con ambas manos en el mostrador. La azafata y varios pasajeros se sobresaltaron—. Su aerolínea es una basura.

Con aquello, se dio la vuelta, seguramente, para alejarse hecho un basilisco. Se le enganchó la punta del zapato con la maleta de Stella, pero el ímpetu de su movimiento no habría sido suficiente para enviarla tan lejos como la envió. Obviamente, le había dado una patada a propósito.

—¡Eh! —exclamó ella, poniéndose en pie.

El hombre se giró hacia ella y habló con las mandíbulas apretadas.

—Tengo que ir a casa. En ese avión.

Stella no se movió para quitar su maleta del medio del pasillo, porque no quería inclinarse por si él le daba una patada en la cara. Asintió para darle las gracias al joven que la recogió y la puso junto a su asiento, pero no apartó los ojos del idiota que tenía delante.

—Sí, lo entiendo. A todos nos pasa lo mismo. Pero usted se está comportando como un imbécil.

—A mí no me importa nadie más. Es muy importante que vaya a mi casa. Eso es lo único que me preocupa —dijo él, y la miró de pies a cabeza con desprecio.

—Sí, ya lo veo. Cree que es más importante que todos nosotros.

—¡Claro que soy más importante! —gritó él.

Stella susurró. Ya estaba harta de aquel drama, y solo quería sentarse.

—Como quiera. En realidad, no me interesa usted en absoluto.

Él pestañeó rápidamente. Tenía la respiración muy agitada, y parecía que iba a darle un infarto. Entonces, ella tendría que hacerle un masaje cardiaco para salvarle la vida, después de haberlo llevado a una experiencia cercana a la muerte. Stella apartó su mirada de la de él y apartó la maleta para poder sentarse, pidiendo que él se rindiera y se alejara.

–Mi hijo se está muriendo –dijo el hombre.

Stella se quedó paralizada. Todo el mundo inhaló una bocanada de aire bruscamente.

–Tiene un cáncer en fase terminal –prosiguió el hombre–. Creíamos que le quedaban unos cuantos meses, pero mi mujer me ha llamado para decirme que lo han llevado a una residencia para enfermos desahuciados. Se muere. Tengo que llegar a casa.

Se le quebró la voz, pero no de pena, sino de una rabia que era evidente en las gotas de sudor de su frente, en su mandíbula y sus puños apretados.

Ella pensó que iba a sentir comprensión, empatía. Sin embargo, solo sintió ira.

–Usar a su hijo como excusa para poder tratar mal a los demás solo le convierte en un imbécil –dijo ella. Respondió en voz baja, porque, en realidad, solo quería gritar. Porque quería conseguir que él estallara como si fuera de cristal.

–Yo solo quiero ir a casa –insistió él.

–¿Señor? –dijo la azafata, y su voz vacilante hizo que él se girara hacia el mostrador–. Si se acerca aquí, creo que podré ayudarle.

Él miró a Stella, pero no con ira, sino con una expresión de triunfo que a ella le revolvió el estómago. Tuvo ganas de escupirle todo su odio y su bilis en los zapatos caros con los que había pateado su maleta.

Todo el mundo estaba mirando disimuladamente, y ella fingió que no se daba cuenta. Se quedó mirando al suelo durante un rato con tanta concentración que no oyó que la azafata la llamaba. Una señora mayor le tocó el hombro y se la señaló.

Stella se colgó el bolso del brazo y se acercó al mostrador cautelosamente. Su vuelo ya estaba cancelado, y ella sabía que iban a intentar meterla en otro avión, de la misma manera que sabía que iba a ser amable con respecto a lo que le ofrecieran, por muy irritada que estuviera. La azafata sonrió, y Stella consiguió devolverle la sonrisa.

—Gracias —dijo la mujer en voz baja—. Por… ya sabe.

—De nada.

—Lo lamento, pero, como sabe, han cancelado su vuelo. Podemos darle un asiento en el vuelo de las cinco de la tarde en una categoría superior a la de su billete, en business class, por las molestias —dijo la azafata, y volvió a sonreír—. Y por lo que ha dicho.

A veces, merecía la pena ser amable con los demás.

—Es estupendo. Muchísimas gracias.

—De nada, de nada —dijo la azafata y empezó a hacer el cambio. Después, le entregó a Stella la documentación, pero frunció el ceño—. Aunque… con este tiempo…

Stella se puso un dedo en los labios.

—Shh… No sea gafe.

Las dos se echaron a reír. Todavía quedaban unas horas para las cinco, y a Stella no le apetecía quedarse allí sentada tanto tiempo. Sacó el teléfono y le envió un mensaje a Tristan, explicándole que iba a llegar tarde y pidiéndole que él le enviara un mensaje a ella cuando estuviera en casa. Típico de su hijo, no contestó. Ella intentó pensar que solo estaba ocupado con sus amigos, que el hecho de que hiciera mal tiempo en Chicago no quería decir que también hiciera mal tiempo en las carreteras de Pennsylvania. No quería decir que su coche se hubiera salido de la carretera, ni que hubiera pasado nada malo.

Entró en un bar que estaba abarrotado. El camarero le resultaba familiar. Llevaba una camisa blanca, unos pantalones negros y una pajarita. Él sonrió como si la conociera, pero solo se lo diría si ella estaba dispuesta a reconocerlo. Mierda, ¿se habría acostado con él? Stella observó su pelo largo y moreno y su sonrisa burlona. Era muy posible. Algunas veces, no encontraba a ningún hombre de negocios.

Aquella mañana, por supuesto, había tomado una ducha en el hotel, pero no se había molestado en alisarse el pelo ni en maquillarse. Llevaba unos pantalones vaqueros ajustados y una chaqueta de lana. Era un atuendo cómodo, pero nada parecido a lo que se ponía cuando iba de viaje. Aunque se hubiera acostado con aquel tipo que le ponía delante un cuenco de aperitivos y una servilleta, no era probable que él la recordara exactamente.

Sin embargo, siguió observándola mientras ella pedía su té helado y un plato de patatas fritas. Al final, cuando él se acercó para servirle más té, le preguntó:

—¿Te conozco?

El camarero sonrió.

—No, pero creo que yo sí te conozco a ti. Eres Diane Lane, ¿verdad? Saliste en una película con Richard Gere.

—Y en *Rebeldes* —dijo Stella después de una pausa—. Que no se te olvide.

—¡Vaya! ¡Vaya, es cierto!

—No, no soy Diane Lane —le dijo Stella entonces.

—¿No? ¿Estás segura?

Stella se echó a reír. Él tenía mérito por intentar… lo que estuviera intentando con aquella comparación.

—Sí, estoy segura.

—Pues te pareces mucho.

No era la primera vez que se lo decían, aunque a veces la comparaban con Julianne Moore y, otras veces, con Kate Winslet.

—Es por el pelo. Las dos somos pelirrojas.

—Eh… Bueno, no sé. Yo creo que te pareces mucho a ella.

–Gracias –dijo ella, y levantó el vaso.

El camarero se alejó para atender a otro cliente. Stella suspiró y mojó una patata en la salsa de queso. Era asquerosa, y ella hizo una mueca. Le estaba bien empleado por pedir comida basura en un bar del aeropuerto. Debería haberse conformado con los aros de cebolla.

–No te pareces a Diane Lane.

Stella se giró hacia el hombre que estaba a su izquierda, que estaba tomando un whisky.

–¿Disculpa?

–Que no te pareces a ella –repitió el hombre.

A Stella se le escapó una media carcajada.

–No me importaría. Es guapísima.

Él no la había mirado al hablarle. Tenía el vaso agarrado con ambas manos, y lo estaba observando fijamente. En aquel momento se giró un poco y le miró la cara, el pelo. Brevemente, el cuerpo. Después, la cara de nuevo.

–Y tú también –le dijo.

Solo con aquellas palabras, ella sintió calor. Abrió la boca para hablar, pero no pudo articular palabra. Solo exhaló lentamente el aire que tenía en los pulmones.

–Me llamo Matthew –dijo él y le tendió la mano.

Ella se la estrechó.

–Stella.

Dijo su verdadero nombre sin pensar, y se quedó sorprendida.

No pareció que él se diera cuenta. Sonrió.

–Stella, ¿puedo invitarte a una copa?

Aquella no era la primera vez que un hombre se ofrecía a invitarla en un bar. Ella casi siempre decía que sí. Sin embargo, eso sucedía cuando era otra persona, cuando tenía otro nombre y un peinado distinto, cuando llevaba medias y liguero en vez de un jersey demasiado grande y ropa interior de algodón.

–Ya estoy tomando algo, gracias.

Matthew alzó su vaso y le pidió otra copa al camarero. Volvió a mirarla. Tal vez estuviera borracho, pero era difícil saberlo. Tenía los ojos un poco enrojecidos, pero podía deberse al cansancio.

–Te han cancelado el vuelo. Si vas a quedarte en el aeropuerto toda la noche, deberías tomar algo más tonificante que el té helado.

–No voy a estar toda la noche. Me han dado un asiento a las cinco.

Matthew agitó la cabeza cuando el camarero le rellenaba el vaso. Señaló la televisión, donde una presentadora rubia estaba dando las noticias, pero en silencio, mientras sus palabras aparecían sobreimpresas en la pantalla.

–Todos los vuelos de hoy van a ser cancelados, y los de esta noche, también. Lo garantizo.

Ella también lo sospechaba, pero al oírlo así, dicho con tanta firmeza, se irguió un poco.

–¿Y cómo lo sabes?

–He volado mucho –dijo él. Se encogió de hombros y le dio un sorbo a su copa–. Espero que no tengas que estar en ningún sitio importante.

–Tengo que ir a casa con mi hijo. Él ha estado fuera con unos amigos, y vuelve a casa esta noche.

Sacó su teléfono, pero Tristan no había contestado aún. Ella marcó el número de Jeff y le envió un mensaje rápido, diciéndole que habían cancelado su vuelo y que hablara con Tristan. Él tampoco respondió. Al mirar hacia arriba, Matthew la estaba observando.

–¿Y tú?

–Yo tengo un vuelo a Nueva York. Pero, seguramente, también lo van a cancelar, así que me iré a casa –dijo él. Apuró su copa y llamó al camarero–. Otra más.

Aquella era la tercera, como mínimo. Aunque no era

asunto suyo lo que él bebiera. Stella lo estudió con atención. Tenía un corte de pelo de hombre de negocios, un poco plateado en las sienes. Sin embargo, no llevaba traje ni corbata, sino unos pantalones vaqueros y una camisa azul. Tenía una espalda bonita, musculosa, y parecía que los brazos también lo eran. Stella no podía verle los zapatos, pero tenía una chaqueta de cuero colgada del respaldo de la silla, y estaba desgastada por el uso.

—¿Vives en Chicago? —le preguntó.

Él asintió, y señaló su vaso.

—Otro té para la señora. ¿No quieres que le echen un poco de whisky, por lo menos? Tómate un Long Island en honor a mi viaje a Nueva York. Tal vez tenga suerte y no lo cancelen. O… mejor… ¿qué te parece un Manhattan? Eso es mejor todavía. Corey, ponle un Manhattan a la señora.

La sonrisa de Matthew lo transformaba, y ella no tuvo valor para decirle que no quería beber. Estaba cansado, no borracho. Al menos, no mucho. Cuando llegaron las copas, él hizo chocar la suya con la de Stella.

—¿Por qué estamos brindando? —le preguntó.

—Por el mal tiempo.

Ella se echó a reír, y percibió el aroma del alcohol sin probarlo. Nunca se había tomado un Manhattan.

—¿No prefieres brindar por el buen tiempo?

—No. Porque, si hiciera buen tiempo, no habrían cancelado tu vuelo y no estaríamos aquí tomando una copa.

—Ah —dijo Stella. Miró su vaso, pero no bebió.

—¿No te gusta? Puedo pedirte otra cosa —dijo Matthew. Ya estaba haciéndole un gesto al camarero, pero Stella cabeceó.

—No, no es eso. Es que no bebo.

—Ah. ¿Eres de Alcohólicos Anónimos?

Ella se rio.

–¿Yo? Oh, no, no. No es nada de eso. Es que…

Sin embargo, no había ninguna explicación que pudiera dar en aquel bar, con un extraño. Ella podía beber, si quería. No tenía ningún problema con el alcohol. No sabía por qué le importaba que aquel desconocido pensara que era alcohólica, pero quería demostrarle que no era cierto. De repente, le dio un sorbo al licor, y notó su calor en la garganta y en el estómago. También lo notó en las mejillas, y no tuvo que mirarse al espejo que había detrás de la barra para saber que se había sonrojado.

No estaba preparada para aquello, pero estaba sucediendo de todos modos.

Bebieron juntos. Él fue encantador con ella y, si estaba intentando ligar, era tan sutil que ella tenía dudas al flirtear. Cuando se inclinó un poco más hacia delante, él abrió más los ojos, solo un poco. Su sonrisa también creció. Él no se inclinó hacia ella, pero la invitó a otra copa, y no apartó los ojos de ella mientras hablaban. Él le hizo preguntas sencillas sobre sus gustos en música, en televisión, sobre la decoración del bar. Nada demasiado personal. La miró con atención, pero no tan intensamente como para que ella pensara que era un psicópata. Durante sus vuelos había conocido bastantes hombres que la habían hecho pensar eso.

Su segundo vuelo también fue cancelado, tal y como él le había advertido. Stella estaba segura de que Matthew se habría marchado cuando ella volviera de hacer las gestiones para volver al día siguiente, además de llamar a su jefe, a Tristan y a Jeff cuando su hijo no respondió. Intentó fingir que no se sentía decepcionada cuando volvió al bar y encontró su sitio vacío. También intentó, sin conseguirlo, no sentir alivio y alegría al verlo junto a la puerta con la chaqueta puesta.

–No me gusta fanfarronear –dijo Matthew–, pero tenía razón, ¿verdad?

–Sí. ¿Y tu vuelo? –preguntó ella, mirando hacia las pantallas. No vio ningún avión a Nueva York.

Matthew ni siquiera mira a su alrededor.

–Yo no voy a volar esta noche.

–Yo tampoco. Me iré mañana, a las diez y media. Es el primer vuelo que han podido encontrarme –dijo–. Supongo que lo mejor será que busque una habitación de hotel.

–No. Yo tengo una idea mejor.

A Stella se le cortó la respiración. Había hecho aquello muchas veces, pero se sentía como si hubiera olvidado las reglas.

–¿Ah, sí?

–Claro. Puedes quedarte en mi casa. No está lejos de aquí, y no hay chinches. ¿Quieres venir a mi casa, Stella?

Debería preguntarle por qué pensaba que ella era de las que se iban a casa con el primer hombre que se encontraban, pero él sabía que lo era. O, tal vez, esperaba que lo fuera. Tal vez lo había olido en ella, como un perfume.

Lo miró a los ojos y, aunque antes no estaba segura de si él estaba ligando con ella, en aquel momento vio el deseo en sus ojos. Tenía los ojos castaños. Ella se imaginó reflejada allí.

Abrió la boca para decirle que no, pero dijo que sí.

Resultó que Matthew había tomado un taxi para ir al aeropuerto, así que Stella no tuvo que preocuparse por subirse al coche de alguien que se había tomado demasiadas copas. Su piso no estaba lejos y, al entrar en el portal, ella notó un delicioso calor. Era muy bonito, además, con una decoración preciosa que tenía un poco de *art decó*.

Matthew saludó al portero.

—Buenas noches, Herndon.

—Buenas noches, señor.

Era obvio que Herndon sabía ser discreto, porque la saludó amablemente con la cabeza y después apartó la mirada como si ella fuera invisible.

En el ascensor, los dos se quedaron mirando hacia el frente hasta que se abrió la puerta. Matthew le cedió el paso y le señaló a la izquierda del pasillo. Abrió la cerradura y, al oír el clic, ella sintió una emoción que la hizo temblar.

Aquello era real.

Era ella, de verdad.

Antes de que pudiera abrumarla la certeza de que iba a entrar al piso de un desconocido, Matthew abrió la puerta de par en par. Ambos entraron, y él cerró con llave y dejó el llavero sobre una consola que había junto a la puerta.

—Dame tu abrigo para que lo cuelgue —dijo—. Y voy a dejar tu maleta aquí, también —añadió, mientras abría un armario estrecho y tiraba de un cordel para encender una bombilla. Allí había sitio casi solo para sus cosas.

Por un momento, Stella sintió pánico y estuvo a punto de negarle el abrigo y la maleta. En los bares, cuando estaba buscando algún tipo atractivo, su maleta era la excusa perfecta para marcharse si quería hacerlo. Allí, sin embargo, no podía decir que tenía que tomar un avión. No tenía una escapatoria rápida, y tardaría aún más si tenía que recoger sus cosas antes de salir.

—¿Stella?

—Ah, disculpa. Sí, claro.

Se quitó el abrigo húmedo y frío y dejó que él pusiera

la maleta en el suelo, debajo, pero un poco apartada para evitar que le cayeran gotas de agua. Colgó también su bolso. Ella se frotó los brazos nerviosamente.

—Qué frío.

—Ven a la cocina. Allí hace más calor, normalmente. ¿Tienes hambre? —le preguntó él mientras ella lo seguía por un pasillo estrecho, de techos altos, hasta la cocina.

—Me muero de hambre, en realidad —dijo Stella. Se frotó suavemente el estómago, que le dolía de nervios.

Él sonrió.

—Puedo hacer algo. Nada demasiado elaborado. ¿Espaguetis? ¿Pan de ajo?

Oh, sí, el pan de ajo era lo mejor para un encuentro íntimo. Ella se echó a reír, preguntándose una vez más si le había juzgado erróneamente.

—Claro. Me parece estupendo. ¿Puedo ayudar?

—Sí. Hay lechuga en la nevera, por si quieres hacer una ensalada.

Se movieron juntos con facilidad, apartándose uno del camino del otro mientras él ponía al fuego la cazuela con agua y ella lavaba la lechuga y los tomates y los partía en una ensaladera que él sacó de un armario. Matthew le sirvió una copa de vino. Ella no estaba segura de si quería beber más alcohol, pero la aceptó y le dio un sorbo. Era muy rico, incluso para alguien que no bebía vino normalmente.

Cenaron juntos en un pequeño comedor, sentados en una mesa antigua. Matthew mantuvo sus copas llenas. Tomó un tenedor y lo giró para atrapar los espaguetis, y se lo ofreció a Stella. Más tarde, ella hizo lo mismo con un poco de tarta de queso que él había sacado del congelador y había dejado descongelando durante la cena. Entonces, Matthew le agarró la muñeca para que su mano estuviera firme mientras él tomaba la tarta.

No la soltó.

Stella pensó que, si él la besaba, iba a sentarse en su regazo a horcajadas. Ella tendría un sabor a vino y a ajo en la lengua, y a tarta de queso, y sería delicioso. Frotaría su sexo contra el miembro de Matthew y le colocaría las manos en el trasero para que la estrechara contra sí.

Si él la besaba.

Matthew le soltó la mano, pero no dejó de mirarla. Se tocó el centro del labio inferior con la lengua durante un segundo, y pestañeó.

—Stella…

Ella nunca le decía a ninguno su verdadero nombre, y aquel era uno de los motivos. Cuando era otra mujer, no importaba lo que ellos dijeran o pensaran. Maria, Lavinia, Suzanne, Amy, Lisa, Karen, Debbie.

Él cerró los ojos un momento, y frunció el ceño como si tuviera un pequeño dolor. Cuando volvió a abrirlos, Stella vio deseo, pero también algo más. Sentimiento de culpabilidad, quizá. Algún tipo de ansiedad. Se alarmó y echó hacia atrás la silla.

—Quiero besarte ahora mismo —dijo Matthew, en voz baja—. Lo deseo… tanto…

Stella entendía aquello. Tomó aire, y dijo:

—Pues bésame, Matthew.

Él cabeceó ligeramente, como si no pudiera hacerlo. Se agarró al borde de la mesa. Stella se levantó cuidadosamente para no arañar el suelo con la silla. Dio un paso atrás, y otro. Matthew no se movió.

—Voy a pedir un taxi —dijo Stella—. Gracias por la cena. Estaba todo delicioso. Ha sido un placer conocerte, Matthew.

Sus palabras no eran sinceras, pero aquello ya era lo suficientemente embarazoso como para que intentara escapar de allí sin un mínimo de cortesía.

En el vestíbulo, sacó el abrigo húmedo del armario y tomó la maleta y el bolso. Se le escapó un grito al cerrar la puerta y encontrarse frente a Matthew. Él estaba tan asombrado como ella, y tuvo que agarrarla para que no se cayera contra el espejo que había colgado en la pared, junto al armario.

Ella murmuró una disculpa.

—Qué susto me has dado —dijo, poniéndose una mano sobre el corazón.

—Lo siento —respondió él, y se pasó la mano por el pelo, aunque lo tuviera muy corto. Al ver aquel gesto, Stella pensó que quizá estuviera acostumbrado a llevarlo más largo y a tener que apartárselo de los ojos—. Soy tonto.

—No, claro que no —dijo ella. Volvió a ponerse la palma de la mano sobre el corazón y, después, le tocó el brazo—. De verdad.

Los dos miraron hacia abajo, al lugar en el que los dedos de Stella tocaban la piel desnuda de Matthew. Él era más cálido de lo que ella pensaba, o, tal vez, era porque se había quedado helada de repente. El vello oscuro de su brazo le hacía cosquillas en los nudillos. Ella quería soltarlo, sabía que debería soltarlo, pero cuando Matthew se acercó a ella y la abrazó, lo único que pudo hacer fue devolverle el abrazo.

—Quiero besarte —murmuró él, de nuevo—. Pero es que…

Stella no quería perder más el tiempo con palabras. Se estrechó contra él para que no pudiera hacer otra cosa que besarla. Su primer beso fue raro. Duró pocos segundos. Él lo interrumpió y se alejó un centímetro de sus labios, con los ojos cerrados. Después, volvió a besarla, con más fuerza en aquella ocasión, aunque no falto de delicadeza. Ella abrió la boca mientras deslizaba las manos por su pecho, hacia arriba, para entrelazarlas en su nuca.

Él tenía un sabor tan bueno como había imaginado. Hizo que diera un paso hacia atrás, sin dejar de besarla, y otro, y otro. Quedó atrapada entre la pared y Matthew.

Lo que le había detenido en un principio había desaparecido. Él movió las manos por sus pechos, su vientre y sus caderas. Dejó una sobre la parte inferior de su espalda y, la otra, en su nuca. La acarició con la lengua.

Cuando acabó aquel beso, ambos estaban jadeando. Él la miró a los ojos, y estaban tan cerca, que ella vio las manchas verdes de sus iris y las gruesas líneas negras de sus pestañas. Él le lamió la boca de nuevo, y ladeó la cabeza para besarla de nuevo, pero se detuvo justo antes de hacerlo.

—No pasa nada —dijo ella—. Yo quiero.

Matthew le acarició la mandíbula con un dedo. La estrechó contra su entrepierna mientras pasaba la boca por su mejilla para acariciarle la oreja con la nariz. Su respiración era caliente, y ella la notó en el cuello. Stella inclinó la cabeza hacia atrás al sentir el roce de su lengua en la piel y un suave mordisqueo en la clavícula.

—Sí —susurró—. Así.

Le tomó la mano y la metió entre sus muslos. Los pantalones vaqueros eran una barrera desacostumbrada e inconveniente. Sin embargo, cuando él apretó la costura del pantalón con los nudillos, le presionó el clítoris de una forma tan deliciosa que ella se mordió el labio a causa del placer. Él volvió a besarla, de un modo provocativo, hasta que ella no pudo hacer otra cosa que abrir los labios y dejar que él tomara lo que quisiera.

Matthew le desabrochó el botón del pantalón y, después, la cremallera. Deslizó los dedos dentro de sus bragas y encontró su clítoris, y le acarició los pliegues antes de volver a subir. Ella no estaba lo suficientemente húmeda, y Matthew sacó la mano para lamerse los dedos.

Fue un gesto práctico, nada más, pero a ella la excitó y la hizo latir alrededor de sus dedos cuando él volvió a deslizarlos dentro de su cuerpo.

Matthew se estremeció un poco contra ella, y metió la lengua en su boca antes de interrumpir el beso de nuevo. La miró a los ojos. Ella le devolvió la mirada.

Él le acarició la boca con los labios.

—La habitación está al final del pasillo.

Ella lo siguió de la mano. Su habitación tenía pocos muebles: una cama sin cabecero, vestida con una colcha azul claro y varios almohadones blancos. Una mesilla de noche sobre la que había una lámpara con la pantalla blanca, un reloj negro con números rojos y una caja de pañuelos de papel. Había una cómoda en una esquina y un armario precioso en la otra, antiguos los dos, de madera con formas curvas. No había cortinas, solo un estor blanco. A través de una puerta estrecha de madera negra, ella vio lo que parecía un baño de azulejos blancos y negros, y un extremo de una bañera de patas de garra.

En el dormitorio, Matthew le soltó la mano y le señaló el baño.

—Si quieres...

—Ah. Sí, claro.

Stella necesitaba ir al baño. Cerró la puerta y abrió el grifo del lavabo. No miró en el armario, aunque quería hacerlo. Se lavó la cara con agua fría y se miró al espejo.

Todavía recordaba a los hombres con los que se había acostado, y sabía que, de un modo u otro, habían dejado una huella. Todos habían dejado su marca en ella.

Pero no en Stella, sino en otra mujer, en quien se hubiera convertido al pintarse y ponerse la ropa interior de encaje. Sin embargo, la cara que estaba viendo en aquel momento sí era la de Stella.

¿Qué estaba haciendo?

Se agarró al lavabo con ambas manos y escuchó el sonido del agua durante un momento. Debería marcharse de allí, por muy dulces que fueran sus besos. Sus caricias.

Utilizó el inodoro y, automáticamente, se lavó en el lavabo. Se echó a reír en voz baja, con una carcajada temblorosa, al notar sus propios dedos en el calor de su carne. Podía decirse a sí misma lo que quisiera, pero iba a salir al dormitorio y acostarse con él, porque no podía evitarlo.

Porque quería acostarse con él.

Aquella era la verdad, y podía avergonzarse o ser sincera y valiente consigo misma. Iba a aceptar su deseo porque no podía negarlo.

Se miró de nuevo al espejo. Era ella, de verdad, sin un peinado extraño, sin maquillaje, sin disfraz. Allí estaba.

Se quitó el jersey para quedarse con la camiseta que llevaba debajo. Se le notaban los pezones endurecidos contra la tela fina. Lo bueno de tener el pecho pequeño era que podía ir sin sujetador cuando quisiera y, aunque normalmente no lo hacía, se alegraba de no habérselo puesto aquel día. Ya era suficiente con llevar las bragas de algodón grandes. Si también llevara el sujetador gastado y descolorido que había metido en la maleta, se habría sentido demasiado avergonzada como para quitarse la ropa.

Matthew no se había quitado nada, pero había abierto la cama y estaba sentado al borde del colchón, con la cabeza agachada. Alzó la cara cuando ella salió del baño, y su sonrisa pareció sincera, aunque no fuera tan brillante como antes. Ella se acercó y se colocó entre sus rodillas, y le acarició el pelo antes de tomarle la cara entre las manos e inclinársela hacia atrás.

Al principio, no lo besó. Solo lo miró. La lámpara

de la mesilla daba buena luz, una luz dorada, que proyectaba sombras en la mitad de su cara. Ella le acarició las arrugas de preocupación de los ojos y las otras, más pequeñas, que tenía en las comisuras de los labios. Le acarició las canas del pelo y la barba del mentón y las mejillas. Aquel era un hombre que había vivido.

Le pasó un dedo por las cejas. Matthew cerró los ojos, sin dejar de sonreír. Cuando ella le pasó el dedo por los labios, él los separó lo justo para que ella metiera dentro el extremo del dedo índice. Él se lo mordió suavemente, lo succionó, y le causó una sensación deliciosa.

Matthew abrió los ojos. Deslizó las manos por la parte trasera de sus muslos y le agarró las nalgas, aunque no la atrajo hacia sí. Ella pensó que iba a tumbarse boca arriba en la cama y que, tal vez, la tendiera sobre su cuerpo. Sin embargo, él apoyó la mejilla en su estómago, justo debajo de sus pechos. Ella ya había notado el calor de su piel antes y, en aquel momento, volvió a notarlo a través de la camiseta. Matthew era un horno. Ella le acarició la parte posterior de la cabeza y bajó hasta su nuca.

Permanecieron así largo tiempo. Stella se preguntó si él estaría escuchando los latidos de su corazón. Matthew murmuró algo que ella no pudo oír, e inclinó la cabeza hacia atrás para mirarla. El teléfono de la mesilla sonó justo cuando ella lo besaba, pero Matthew cabeceó cuando Stella hizo ademán de apartarse. Él se movió por la cama, llevándola consigo.

—Que suene —dijo él.

Sin embargo, al minuto siguiente alguien llamó a su móvil. Él exhaló un suspiro de derrota y se sacó el teléfono del bolsillo. Miró a la pantalla y frunció el ceño.

—Lo siento. Ella siempre sigue llamando hasta que contesto.

Stella se apartó un poco. Le dio espacio para que pudiera contestar a la llamada. Se sintió azorada. Mientras Matthew respondía, le hizo un gesto para indicarle que ella también iba a sacar su teléfono móvil. Él asintió.

–Sí. Hola –dijo Matthew, con brusquedad.

Stella salió de la habitación para sacar su bolso del armario. No tenía ningún mensaje de Tristan ni de su padre. Intentó no preocuparse, pero envió otro rápido mensaje mientras volvía al dormitorio.

–¿Qué quieres que haga yo? Muy bien, cómprales lo que necesiten. Ocúpate tú. No necesitas que yo te… No. Por supuesto que no. Bueno, si estuvieran conmigo, lo haría yo, pero no están conmigo. Sí, iré a recogerlas el fin de semana que viene. Tú eres la que has dicho que necesitan eso en este mismo instante. Si puede esperar, claro, las llevaré yo. Si no… Mira –dijo Matthew, con exasperación–, no veo cuál es el problema.

Stella se detuvo. No quería inmiscuirse. Le envió otro mensaje a Jeff y, con cierta reserva, añadió otro para Cynthia. A ella no le gustaba acudir a la mujer de Jeff para nada, pero el hecho era que Cynthia se ocupaba mucho mejor de las cosas que su exmarido.

–Pues entonces, ¡ocúpate de ello! Por Dios, Caroline, ¿qué quieres que diga?

Silencio. Un crujido de la cama. Matthew suspiró. Stella abrió la puerta suavemente, y él alzó la vista.

–Eh –dijo ella.

Él sonrió con cansancio.

–Hola. Perdona por esto.

Ella se acercó y se sentó a su lado.

–No pasa nada.

–Es mi exmujer. Quería hablarme de algo de las niñas. Le encanta agobiarme, hacer que me sienta culpable de todo con la excusa de mantenerme informado.

Ella se encogió de hombros y le dio un pequeño empujón.

—No te preocupes, de verdad.

Matthew le apartó un mechón de pelo de la cara y, después, del brazo. Cuando le miró la boca, ella supo que iba a besarla y se inclinó hacia él… Y, justo entonces, el teléfono volvió a sonar. Él murmuró una palabrota.

—No voy a contestar.

Ella se echó a reír y lo besó.

—Deberías hacerlo. O apagar el móvil.

—Sí…

Se derritieron en aquel beso. Él deslizó las manos por su cuerpo hasta llegar a su pecho, y le pasó los dedos pulgares por los pezones.

Su teléfono avisó de que tenía un mensaje de voz y, un momento después, un mensaje de texto. Matthew gruñó y escondió la cara en su cuello. Stella se echó a reír y le acarició el pelo.

—Tal vez debieras llamarla —dijo ella, y le echó un vistazo disimulado al móvil. Era muy fácil leer el mensaje: *RESPONDE A LA LLAMADA*.

Él suspiró. Miró la pantalla y frunció el ceño. No escuchó el mensaje de voz. Se limitó a marcar un número.

—¿Qué?

Ay. Stella se apartó un poco y observó a Matthew. Él se levantó y comenzó a caminar de un lado a otro. Hablaba gesticulando mucho con las manos cuando se irritaba. Tenía un rostro expresivo. Observarlo así era un placer, porque enfadado estaba muy, muy guapo. Ella se alegró de no ser la que estaba al otro lado de la línea.

—¿Y por qué tenemos que mantener esta discusión ahora? Deja que hable con ellas —dijo él. Entonces, frunció el ceño—. Claro, claro. Están acostadas. ¿Para qué ibas a llamarme cuando están despiertas y pudiera hablar con ellas? Sí, las he llamado. Dejé un mensaje. Dios Santo, Caroline, si no contestas al teléfono fijo, me imagino que es porque estás ocupada haciendo algo a lo que tienes que prestar atención y no puedes hablar por el móvil. Como, por ejemplo, conducir.

Él hizo una pausa, y miró con una expresión culpable a Stella.

—Sí, estoy en casa. Sí, estoy solo.

Stella se sintió un poco ofendida, pero supo que ella habría dicho lo mismo en su lugar. Siguió mirando fijamente su propio teléfono. Matthew metió el móvil en el cajón de la cómoda y subió a la cama.

—Lo siento —dijo.

Ella negó con la cabeza.

—De verdad, no pasa nada.

Él se inclinó para besarla.

Entonces, sonó el teléfono de Stella.

—Inmovilizados por la tecnología —dijo ella.

Los dos se echaron a reír.

—Vamos, mira el mensaje.

Stella lo hizo. Era de Cynthia, por supuesto. Le decía que no se preocupara, que Jeff iría a recoger a Tristan a su casa cuando llegara del viaje y lo llevaría con ellos. Añadía un «Abrazos» al mensaje, algo irrelevante, inútil e irritante. Cynthia lo añadía a casi todos los mensajes. Era como su firma.

—¿Es importante? —preguntó Matthew.

Stella dejó caer el móvil en su bolso y lo puso en el suelo.

—No.

Entonces, comenzaron a besarse de nuevo, y él movió las manos por su cuerpo. Le sacó la camiseta por la cabeza y la empujó para tumbarla sobre la cama, todo al mismo tiempo. La cubrió con su cuerpo mientras la besaba en la boca, por la mandíbula y por el cuello, hasta que, finalmente, llegó a sus pechos. Stella gimió cuando él tomó un pezón entre los labios y succionó ligeramente. Después, el otro.

Matthew se apartó lo justo para quitarse la camisa. Tenía el pecho y el estómago tan bonitos y musculosos como los brazos, y un poco de vello masculino en los pectorales y el estómago.

—¿Qué? —preguntó él, al darse cuenta de que lo estaba mirando.

—Solo estoy admirando las vistas —respondió ella.

Entonces, se arqueó hacia arriba para volver a tomar su boca, y él le acarició la piel. Ella tiró del botón de sus pantalones vaqueros y deslizó la mano dentro. Sus dedos tocaron algodón y carne dura y caliente.

Él gruñó, y aquel gruñido amortiguado en su boca le provocó un estremecimiento de placer a Stella. Parecía que ninguno de los dos quería arriesgarse a que volvieran a interrumpirlos. La ropa desapareció. La luz dorada de la lámpara escondía muchos defectos, pero no ocultaría por completo sus cicatrices.

Matthew las vio. Pasó un dedo por la más larga de todas, por la más fea, de un lado a otro de su estómago, pero no dijo nada de ella.

Volvió a besarla, y se colocó entre sus piernas. Ella notó su miembro duro en el muslo y, cuando se lo acarició, a él se le adelantaron las caderas en un movimiento involuntario que parecía que tenían todos los hombres. A ella le encantaba aquel movimiento inevitable, como si no pudieran evitar desear intensamente las caricias de su mano.

—Mierda —musitó él, de repente. Se incorporó y la miró—. No tengo nada.

Stella estaba perdida en una deliciosa excitación, pero,

en aquel momento, pestañeó. Por lo menos, él había pensado que ella querría usar un preservativo.

–Um… Voy a mirar en mi bolso.

Rodó por el colchón, agarró el bolso y encontró el pequeño estuche de plástico en el que llevaba sus accesorios femeninos, sin recordar si había metido uno o dos preservativos allí. Aquella no era la cartera que usaba cuando volaba.

Matthew la miró tímidamente al tomarlo de su mano.

–Lo siento. No me esperaba esto.

Stella recordó cómo bebía en el bar, y cómo la había mirado. Había ligado con ella y la había llevado a su apartamento. Era difícil creer que no supiera hacia dónde iban las cosas. Por otro lado, Matthew había vacilado a la hora de dar el paso cuando habían llegado al momento de la verdad. Y, durante aquel viaje, ella no había pensado en irse a casa con nadie. Cuando se trataba del sexo, siempre ocurrían las cosas más raras, y todo el mundo debería saberlo.

–No te preocupes por eso –le dijo ella–. Ahora ya no hay ningún problema.

Él rasgó el paquete del preservativo, agachando la cabeza de una manera que a ella le pareció atractiva. Sin embargo, cuando parecía que también iba a vacilar al ponérselo, Stella se irguió y lo tomó de sus manos.

–Déjame a mí.

Ella le colocó el preservativo y alzó la vista, y se lo encontró mirándola con una expresión que no supo interpretar. Él tenía un miembro agradablemente grueso, y Stella lo notó lleno sobre la palma de la mano. Besó a Matthew en los labios y le mordisqueó la barbilla. Lo empujó suavemente hasta que él se tumbó boca arriba, y se colocó sobre él a horcajadas, sin soltar su miembro. Él solo movió los dedos. Le apretó un poco las caderas.

A Stella le encantó cómo se miraron cuando Matthew entró en su cuerpo por primera vez. A él se le cerraron los ojos, y se le arqueó un poco la espalda. Se mordió el labio inferior. Aunque todas esas cosas la derritieron como la mantequilla, ninguna hizo que jadeara. Sin embargo, jadeó cuando él se puso ambas manos por encima de la cabeza y se agarró una muñeca.

Aquello fue un detonante.

Se deslizó por su miembro hasta que él la llenó por completo. Cuando se inclinó hacia delante, pudo besarlo y rozar su vientre musculoso con el clítoris a cada movimiento. Se agarró a sus hombros y le clavó ligeramente las uñas. Él embistió con un poco más de fuerza después de eso, mordiéndose el labio, con los ojos cerrados, con el ceño fruncido. Pero no de dolor. No, de eso, no.

Ella se movió sobre él, girando las caderas y, cada vez que se frotaba contra su vientre, el placer aumentaba, hasta que Stella se estremeció. Todo se convirtió en placer, y lo demás perdió la importancia. Lo único que quería hacer era moverse. Lo único que podía hacer era dejar que el placer se apoderara de ella.

Cuando llegó al orgasmo, estaba besando a Matthew. Él inhaló su grito. La rodeó con ambas manos y la agarró por las caderas para poder moverla un poco más deprisa. Sus movimientos se volvieron tan fuertes que le hizo daño, pero fue un dolor pequeño eclipsado por el placer. Ella apartó una mano de su hombro y la posó sobre su corazón acelerado. Él llegó al orgasmo con un estremecimiento y un grito.

Con un suspiro de satisfacción, Stella se inclinó y posó la cara en un lado de su cuello un momento, mientras sus corazones se calmaban. Él fue deshinchándose poco a poco dentro de ella, y fue agradable, porque no salió de su cuerpo inmediatamente. Ella pudo pasar unos segundos preciosos acurrucada contra él, antes de meter la mano entre ellos para sujetar el preservativo en su sitio cuando rodó para tumbarse en el colchón.

Stella bostezó, tapándose la boca con el dorso de la mano. Tenía mucho sueño, aunque no podían ser más de las diez o las once. No tenía demasiadas ganas de salir a la calle, con aquel frío, a buscarse un hotel.

Matthew entró al baño. Sonó la cisterna. Volvió a la cama y apagó la luz, y eso fue suficiente para que ella se moviera entre las sábanas. Todavía no se había acostumbrado a la oscuridad, así que pestañeó para enfocarlo.

—Creo que debería irme.

Él se quedó callado un segundo.

—Ah. Si quieres… No sé… Lo siento —murmuró antes de que ella pudiera decir algo más—. Es que yo… no he… Um… Bueno, normalmente no hago esto. No lo he hecho nunca, quiero decir.

Hizo una pausa, como si estuviera esperando a que ella dijera lo mismo. Sin embargo, Stella no quería mentir.

—No te preocupes. No tienes por qué darme explicaciones —le respondió.

El colchón se hundió un poco cuando él cambio de postura.

—Bueno, solo quería que supieras que no hago esto todo el tiempo, ni nada por el estilo.

—No te estoy juzgando, si es eso lo que te preocupa.

Él se rio suavemente, como si estuviera azorado, y su risa fue algo encantador.

—Me divorcié hace un año, y no he estado con nadie desde entonces.

—Eso puedo interpretarlo de dos formas —dijo Stella, en un tono ligero—: O ya no podías aguantar más y te has conformado con lo primero que has encontrado…

Él soltó un resoplido.

—Dios. No.

—O —añadió ella— yo debería sentirme especial.

—Claramente, debes sentirte especial.

Ella sintió un cosquilleo al oír la respuesta. Tal vez Matthew estuviera mintiendo, aunque no se lo parecía.

—Bueno, ¿y por qué yo?

La única luz que había en la habitación era la que provenía de su teléfono móvil, así que Stella no podía verle bien la cara. Mejor. Era más fácil preguntar cosas como aquella a oscuras. Ni siquiera estaba segura de dónde había salido aquella pregunta, ni de por qué le importaba.

—Ha sido por cómo le has hablado a ese imbécil que estaba gritándole a la azafata.

Aquello significaba que él se había fijado en ella antes de que entrara en el bar, que la había estado observando, lo que no tenía mucho sentido si, tal y como había dicho, no era de los que elegían a cualquier mujer y se la llevaban a casa.

—La gente trata muy mal a los empleados de las aerolíneas —dijo Matthew—. Y se van de rositas porque pueden. Me gustó lo que le dijiste. Ella no podía decírselo, pero tú lo hiciste, y tenías razón.

Stella carraspeó un poco al pensar en lo que le había dicho a aquel hombre furioso y por qué su situación la había hecho reaccionar con tanta fuerza.

—Debería haber demostrado más comprensión hacia él.

—No. Tenías razón.

Stella pensó en la furia del hombre, y en su explicación, y en el hecho de que, al oírla, ella se había enfadado más aún.

—No debería haber utilizado su dolor como excusa para ser un imbécil.

Matthew no respondió, al principio, aunque parecía que estaba pensando su respuesta.

Ella continuó. Las palabras se le escaparon una a una, con la ayuda de la oscuridad.

–Aunque estés en medio de lo peor que te ha ocurrido en la vida, aunque creas que no puedes soportarlo ni un minuto más, o aunque estés tratando con el idiota más incompetente del mundo… Bueno –dijo, y tuvo que carraspear otra vez debido a la emoción–. Eso no es excusa para comportarse así. Porque, cuando lo haces, dejas que todos tus miedos se conviertan en realidad.

Él la agarró y la atrajo hacia sí, hasta que la estrechó contra su cuerpo. Le besó el hombro, la oreja. Puso la mano en su estómago y la abrazó sin hablar durante unos minutos. Ella supo que iba a preguntarle por las cicatrices. Lo sabía.

Lo que la sorprendió fue su propia respuesta.

–Volvíamos de una fiesta de Navidad. Hacía muy malo, y tuvimos un accidente –dijo Stella–. Fue un accidente estúpido. La carretera estaba helada, y alguien iba demasiado deprisa. Yo me desperté en el hospital con la clavícula rota y heridas internas. Mi marido y mi hijo pequeño estaban bien, y pudieron irse a casa. Mi hijo mayor…

–¿Lo perdiste? –le preguntó Matthew en voz baja, al ver que ella no continuaba.

–Sí –respondió Stella–. Pero después de seis meses.

Capítulo 12

Después de eso, no quedaba mucho más que decir. Ella debería levantarse, pero, si se movía, iba a destruir aquella calma que se había creado entre ellos. Tendría que reconocer que le había contado la verdad más espantosa sobre sí misma y, peor aún, tendría que preguntarse por qué se la había contado a él. Había conocido a muchos extraños. ¿Por qué en aquel momento, precisamente?

Debería cerrar los ojos un minuto o dos. Unos segundos. Nada más que eso.

Se despertó sobresaltada a causa de un sueño en el que se caía, y se incorporó de golpe en una cama que no conocía. Tampoco reconocía aquella oscuridad. Distinguía formas y bultos, pero no había ninguna rendija de luz alrededor del baño que pudiera revelarle algo más. Sintió pánico durante unos segundos, hasta que la cama crujió a su lado y algo cálido le rozó la piel. Una respiración. La caricia de una mano en la cadera.

—¿Estás bien?

Era Matthew. Se había quedado dormida. Él había apagado la luz. No tenía nada de lo que preocuparse. Stella se apretó el pecho con una mano para calmarse el corazón.

—¿Qué hora es?

—Casi las cuatro.

Ella se sentó y apoyó la espalda en la pared, porque no había cabecero. Encogió las rodillas y pestañeó mientras su visión se ajustaba a la penumbra. Se sentía pegajosa de sexo y sudor. Tenía la boca reseca. La cabeza le daba vueltas. Era por el cansancio y por el alcohol, al que no estaba acostumbrada. Ese debía de ser el motivo por el que se había quedado tanto tiempo. Al menos, era la excusa que podía poner.

—Tengo que irme.

—Está bien —dijo Matthew, que se incorporó también—. ¿Me dejas que te pida un taxi?

—Tengo el número en el móvil, pero gracias —dijo ella, y se frotó los ojos, intentando conseguir la energía y la motivación necesarias para salir de aquella cama.

—Por lo menos, déjame que te haga el desayuno. ¿Un café?

Era completamente encantador. Ella se rio.

—Tomaré algo en el aeropuerto. Me queda mucho tiempo.

—Te acompaño a la puerta. Por lo menos, permíteme eso.

Ella volvió a reírse.

—Está bien. Puedes acompañarme.

Al principio, ninguno de los dos se movió. Después, él la besó, con suavidad y dulzura. Brevemente.

—Gracias por esto, Stella. Ya te dije que hacía mucho tiempo. De verdad… lo necesitaba. Necesitaba a alguien. Y me alegro de que hayas sido tú.

Era horrible llorar en la cama de un hombre al que acababa de conocer. Eran extraños el uno para el otro. Y, sin embargo, se le cayeron las lágrimas. Las emociones pudieron con ella, aunque luchó por contenerlas.

–Eh. Shhh.

Matthew la rodeó con un brazo y la estrechó contra sí. Le acarició el pelo.

Su piel era caliente, al igual que su respiración. Ella escondió la cara en su cuello y en su hombro, mientras intentaba calmarse. Él debía de pensar que estaba loca. Que era una desequilibrada.

Bueno.

¿Acaso no lo era?

–Hacía mucho tiempo, mucho, que no le hablaba a nadie de Gage –dijo–. Lo siento, pero no hablo de ello ni siquiera con la gente a la que conozco bien, y mucho menos con desconocidos.

–No pasa nada –dijo él. Le acarició la espalda y le besó la coronilla–. Todos tenemos cicatrices.

Stella no respondió nada. Intentó controlarse. Respiró profundamente y posó la mano en su pecho para notar los latidos de su corazón. Eso la calmó. Siguieron así sentados durante unos largos minutos, hasta que a ella comenzaron a dolerle las piernas en aquella postura y tuvo que moverse.

–Debería irme.

–Quédate –dijo Matthew–. ¿A qué hora sale tu vuelo?

–A las diez y media.

–¿Y vas a quedarte sentada en el aeropuerto tanto tiempo?

–No sería la primera vez –dijo ella–. Normalmente, encuentro un buen sitio en la sala VIP. Estaré perfectamente.

Era el momento idóneo para preguntarle por qué volaba tanto, pero él no lo hizo. Le acarició la oreja con la nariz, y le dijo al oído:

–Puedes dormir aquí, Stella. Por la mañana te haré un café y tortitas, si tienes suerte. Y podrás irte en taxi después de haber dormido un poco y con algo en el estómago. Será mucho más agradable que la sala VIP.

Ella cabeceó, pero no dijo que no. Matthew se rio en voz baja. Ella se enjugó los ojos, que le ardían de cansancio y emoción. El enfrentamiento con el hombre del aeropuerto la había dejado herida y vulnerable, y hablar de lo que le había sucedido a Gage no había sido de ayuda.

–¿Estás seguro de que no te importa?

–No, no me importa. De hecho, insisto. ¿Te parezco un idiota por hacerlo?

–No. En absoluto. Estás siendo inesperadamente amable.

Matthew se acercó más aún, y su boca encontró la de ella. Le susurró contra los labios:

–Siento que esa amabilidad sea inesperada.

Se abrazaron durante un momento, como si estuvieran en una balsa y temieran caer al mar. Ella quería soltarlo; necesitaba soltarlo, porque aquello iba en contra de todo lo que Stella buscaba cuando volaba. Pero, de todos modos, se aferró a él durante unos minutos más.

Capítulo 13

Stella no tenía ni idea de qué ponerse.

Era una cita de verdad, y con Craig, ni más ni menos. Después de revisar el armario, se puso unos pantalones vaqueros desgastados que le sentaban muy bien y una camisa de estilo túnica.

Llamó a Jen para pedirle apoyo moral.

—Odio lo que me he puesto.

—Para variar. ¿Qué te has puesto?

Stella le describió su atuendo, y añadió:

—Y un par de zapatillas Converse.

—Qué femenina eres —dijo Jen, riéndose suavemente—. Estarás cómoda, ¿no?

—Pues sí. Además, conozco a este chico. Ya me ha visto vestida de muchas formas.

Stella le había contado a Jen la historia de Craig brevemente, excluyendo los detalles íntimos, diciéndole que se habían hecho amigos antes del divorcio, pero que habían perdido el contacto.

—De amigos a amantes —bromeó Jen—. ¿Estás nerviosa?

Sorprendentemente, estaba tranquila.

—No. Es una cita, pero… no. Aunque esto no tenga sentido.

–Él cree que es una cita –dijo Jen.

–Mierda. ¿Debería ponerme un vestido?

–¿Te apetece ponerte un vestido?

–No. Supongo que no.

–Esta noche vas a divertirte. Y, chica, estoy orgullosa de ti.

–¿Por qué? –preguntó Stella, riéndose.

–Porque por fin vas a salir al campo de juego.

Por primera vez, Stella pensó en contarle a Jen un poco de lo que ocurría durante sus escapadas de fin de semana, pero lo pensó mejor.

–Es solo una cita, Jen.

–Vas a salir con un tipo con el que te sentabas al sol a charlar.

–Eso fue hace mucho tiempo. Las cosas han cambiado.

–Puede que no. No lo sabrás hasta que no lo intentes.

Así que Stella iba a intentarlo. Lo intentó durante la cena y durante la película, y durante la tarta y el café que tomaron después del cine. Con todo el tiempo que habían pasado juntos, aquella cita debería haber sido menos embarazosa que cualquier otra primera cita, pero cuando Craig sacó la silla para ofrecérsela amablemente y le preguntó si quería leche y azúcar en el café, ella no pudo seguir negando que sí estaba nerviosa.

Pero aquel era Craig. Su Craig, con el que había charlado al sol hacía mucho tiempo. Y él no había cambiado, ¿verdad? Tenía la misma sonrisa y el mismo sentido del humor. Llevaba la misma colonia.

Sin embargo, Stella solo sentía nostalgia. Una vez, él fue lo único en lo que podía pensar y, ahora… Bueno, Craig no había cambiado, pero ella, sí.

Él había ido a recogerla a casa. Durante el trayecto de vuelta, ella fue mirando hacia delante. Mantuvieron una conversación relajada, pero vaga. Él la acompañó a la puerta, y todo parecía surrealista. Todavía era temprano, y ella debería invitarlo a entrar. ¿Debía hacerlo? ¿Iba a besarla él?

—¿Te apetece entrar? —le preguntó Stella, antes de pensarlo dos veces.

—¿Quieres que entre?

Antes de que ella pudiera responder, la puerta de la casa se abrió de par en par y Tristan apareció al otro lado. Stella se quedó tan asombrada que se le escapó un grito. Tristan se echó a reír, y Craig también.

—Lo siento. No sabía que estabais aquí. Es que estoy esperando a papá. Iba a volver enseguida.

—Pero ¿qué estás haciendo en casa?

—Se me olvidó el ordenador —dijo Tristan—. Papá me ha traído a recogerlo y se ha ido a echar gasolina, y dijo que volvía rápido… Mira, ahí está.

—Perfecto —murmuró Stella, mientras Jeff entraba en la calle del garaje, aunque, en todas las demás ocasiones, aparcara siempre en la acera de enfrente. Y eso no fue suficiente, sino que, en vez de esperar a Tristan en el coche, salió y se acercó a la puerta.

—Hola —dijo Craig, antes de que nadie pudiera decir nada—. Soy Craig.

—Jeff.

No se dieron la mano.

—Papá, vamos —dijo Tristan. Miró a Craig despreocupadamente, bajó saltando los escalones y se fue hacia el coche.

Jeff no se marchó inmediatamente. Miró a Craig, analizándolo sin disimulo, y Stella lo tomó del hombro y se lo llevó del porche.

—Adiós, Jeff.

—Me alegro de conocerte —dijo Jeff, por encima de su

hombro, con una cara que dejaba claro que estaba mintiendo. A Stella le dijo con desdén–: Qué bonito.

–Yo puedo tener citas si quiero –le susurró ella con ferocidad, con la esperanza de que Craig no los oyera.

–¿Y traerlo a casa?

–Vivo aquí –respondió ella–. Tú no, ¿o es que se te ha olvidado? Y se suponía que Tristan no iba a estar en casa.

Jeff frunció el labio y miró hacia la casa por encima del hombro de Stella. Ella no se atrevió a darse la vuelta para ver lo que estaba haciendo Craig. Jeff se encogió de hombros, entró en el coche y bajó la ventanilla.

–Traeré a Tristan el domingo por la tarde. ¿Quieres que llame primero, para avisar?

–Vete –dijo Stella–. Ahora mismo.

Entonces, puso una sonrisa en sus labios y volvió al porche.

–Lo siento.

Craig se encogió de hombros.

–No pasa nada.

–Bueno, ¿te apetece entrar?

–Solo si tú quieres –dijo él, con una pequeña sonrisa–. Parece que al fin estamos solos.

Stella esperó una oleada de deseo, pero solo sintió nerviosismo. En casa, llevó a Craig hasta el sofá y ella fue a buscar una jarra de té helado y un bizcocho que había preparado antes, a pesar de la cena, el café y la tarta que ya se habían tomado. Puso la comida y la bebida en la mesa de centro y los dos se quedaron mirándola. Ambos se echaron a reír.

–Dios, tú siempre me haces reír –dijo ella, sin pensarlo.

–Te he echado de menos –le dijo Craig–. Mucho.

Ella dejó de reír.

—Yo también te eché de menos. Mucho. Durante mucho tiempo, Craig.

Él se avergonzó.

—He pensado mucho en lo que ocurrió, ¿sabes? Me sentí... tan mal. Tan mal. Lo siento, Stella.

Como estaba sentada en el sofá, a su lado, le pareció natural dejar que él le tomara las manos, pero se puso tensa cuando tuvo la sensación de que Craig iba a tirar de ella para acercarla. Sin embargo, él no lo hizo. Miró sus manos y, después, la miró a la cara.

—¿Puedes perdonarme?

—Sí, claro. Ha pasado mucho tiempo. Tendría que ser una amargada para seguir resentida por eso.

Lo cierto era que había tardado mucho en perdonarlo. Olvidarlo le había costado aún más.

—Me alegré mucho al encontrarme contigo en aquella cafetería. Fue algo como... el destino.

Él siempre había creído en aquel tipo de cosas. Durante una temporada, en sus charlas diarias, Craig siempre le había contado las predicciones para su signo del horóscopo. Era una de las cosas que siempre le habían parecido maravillosas de él: la disparidad entre su actitud sólida y constante de ejecutivo de banca y la creencia en algo que ella consideraba tonterías.

—Tenía que ocurrir más tarde o más temprano —dijo ella, aunque lo cierto era que había evitado aquella cafetería durante años para no toparse con él. El día que había pasado por allí había sido una casualidad, algo completamente inesperado. El azar.

Después de todo, quizá hubiera sido el azar.

Craig le acarició la palma de la mano con el dedo pulgar.

—Quise llamarte muchas veces, pero no sabía si tú querrías que lo hiciera. Pensé que tal vez me pegaras un grito. Supongo que no te habría culpado por ello. Pero no podía enfrentarme a ello. Fui un idiota. Y, cuanto más esperaba, menos probable me parecía que quisieras hablar conmigo, así que… Fui un cobarde. Lo siento. Tenía miedo de lo que pudieras decirme, así que dejé que todo pasara hasta que ya no fui capaz de hablar contigo.

—Yo creo que pensar en el sufrimiento es peor que el propio sufrimiento –le dijo ella.

—Sí, ya lo sé. Fui un idiota –repitió él.

Stella cabeceó.

—Era una situación imposible. No te equivocaste.

—Sí me equivoqué –dijo Craig, en voz baja, mirándola a los ojos–. No tenía que haber sido un gilipollas. Fui un idiota.

—Está bien. Fuiste un idiota.

—Un idiota enorme –dijo Craig, con una sonrisa.

Al final, Stella se echó a reír.

—Sí. Gigante. Inconmensurable. ¿Ya te sientes mejor?

—Me sentiría mejor si me dejaras besarte.

Y, al instante, a ella se le cortó la respiración. Intentó tomar aire, pero solo pudo jadear. Pestañeó, y sintió un súbito calor en las mejillas.

No dijo que no.

Craig la besó, y ella se lo permitió. No era capaz de decirle que no. Cuando él metió la mano en su pelo para inclinarle la cabeza, ella suspiró. No fue un gemido, sino una pequeña exhalación.

El beso terminó, pero ellos no se separaron. Lentamente, Craig sacó la mano de entre sus mechones, aunque su respiración siguió acariciándole la cara. Stella abrió los ojos para mirarlo.

—Lo siento –dijo–. No puedo hacer esto.

Se levantó del sofá en cuanto lo dijo. No quería mirarlo. No estaba segura de lo que iba a ver en su rostro, y no estaba segura de poder enfrentarse a lo que viera.

–Lo siento –dijo, de nuevo.

Craig se puso de pie.

–¿Quieres que me marche?

–Sí –dijo ella y agitó la cabeza–. No. Es decir… No quiero que te marches así. Quiero decir que…

–No pasa nada –respondió él–. Lo entiendo.

Entonces, ella sí lo miró.

–No. No puedes. Ni siquiera lo entiendo yo misma. Lo que pasa es que, después de tanto tiempo, te has convertido un poco en un desconocido para mí. No me siento cómoda retomando las cosas así… y aquí. Ahora.

Él frunció el ceño y se pasó una mano por el pelo oscuro. Después, irguió los hombros.

–Sí lo entiendo. Lo que pasa es que… te he visto, y lo hemos pasado tan bien esta noche, que… Bueno, al menos, yo lo he pasado muy bien. Y sé que ha pasado mucho tiempo, y que fui un gilipollas cuando terminó, pero…

–Sí –dijo Stella, de repente. Su voz sonó fría. La ira que había intentado negar salió a la superficie y le revolvió el estómago–. Lo fuiste.

Al principio, Craig no dijo nada. Luego asintió.

–Bueno. Me voy.

–Creo que es lo mejor. Lo siento.

–No lo sientas –dijo él con algo de tirantez. Después, más suavemente, le preguntó–: ¿Puedo llamarte algún día? Me gustaría ver si podemos ser amigos, por lo menos.

Stella sentía reticencia. Lo habían intentado una vez, después de todo, y las cosas no habían salido bien.

–No sé. Algunas veces, cuando abandonas una cosa, no puedes recuperarla.

—Lo entiendo —dijo Craig una vez más.

En aquella ocasión, ella no lo contradijo.

—Ha habido muchas veces que he querido que me dijeras que lo sentías. Así que, muchas gracias por decírmelo.

Él sonrió un poco.

—Ha habido muchas veces que he querido que me permitieras pedirte perdón. Así que… gracias por dejarme.

Stella lo miró. Quería saltar la distancia que se había creado entre ellos, pero no pudo hacer ningún movimiento.

—Yo también lo he pasado bien esta noche —dijo—, pero no estoy preparada para emprender nada contigo. Y, por favor, no vuelvas a decir que lo entiendes.

Él se echó a reír con ganas. Poco después, ella también se rio. Después, lo acompañó a la puerta y, en el porche, Craig se volvió hacia ella.

—No voy a llamarte si tú no quieres. Pero espero que, al menos, podamos despedirnos en buenos términos —dijo, y le tendió la mano.

Stella se la estrechó.

—Sí. Eso sí podemos hacerlo.

Pareció que él quería decir algo más, pero que se contenía por puro sentido común. Se despidió de ella moviendo la mano, desde el coche, y hubo un segundo en el que Stella tuvo el impulso de salir corriendo tras él, aunque solo fuera por los viejos tiempos.

Sin embargo, al final, lo único que hizo fue verlo marcharse, como hacía tanto tiempo, en el río.

Capítulo 14

—No me importa —le dijo Stella a su hijo, que estaba haciendo un mohín junto a la encimera de la cocina, extendiendo migas como si fueran semillas en un jardín—. No vas a quedarte aquí solo. Ni una noche ni, mucho menos, un fin de semana. Ni hablar. Ya hemos hablado de esto.

—Van a dar una fiesta —dijo Tristan con una expresión que dejaba bien claro lo que pensaba de las fiestas de Cynthia.

Stella miró el reloj. Tenían que dejarlo ya, o ella iba a llegar tarde. Todavía no se había duchado.

—¿Te ha dicho tu padre que no quería que fueras?

—No. Pero yo no quiero ir.

—Oh, Tristan, por Dios. Quédate en tu habitación durante la fiesta. Aquí haces eso, de todos modos.

A él le brillaron los ojos.

—¡Exacto! Así que… ¿por qué no puedo quedarme aquí?

—Porque tienes dieciséis años, y yo voy a salir de la ciudad.

—¿Y adónde vas?

—A un cursillo de Photoshop avanzado —mintió ella.

Tristan se metió la tostada en la boca y masticó furiosamente. Por lo menos, el enfado no le quitaba el apetito.

–No confías en mí.

–No –dijo Stella, con sinceridad–. En absoluto.

Se le había olvidado lo mal que estaba el tráfico por las mañanas y lo idiotas que eran los otros padres. Tristan no le dirigió la palabra ni una sola vez, y ella no intentó hacerle hablar. Contó los minutos y calculó cuánto iba a tardar en llegar al aeropuerto, y qué vuelos iba a perderse. Estuvo a punto de decirle a su hijo que cambiaría sus planes para que él pudiera quedarse en casa en vez de tener que ir a pasar el fin de semana a la de su padre. Sin embargo, hacía dos meses que no volaba y, realmente, quería irse.

Estaba desesperada por volar.

–Volveré a casa el domingo por la noche –le dijo a Tristan cuando el niño salió del coche, ignorándola–. Puedo recogerte…

–No, le pido a papá que me lleve –dijo él, sin mirarla–. Así no tendrás que molestarte.

Cerró de un portazo y se alejó, y Stella se quedó mirándolo hasta que entró en el edificio.

Por supuesto, había perdido el vuelo a Atlanta que tenía pensado tomar. Los otros iban a sitios demasiado lejanos, Houston y Denver. Su política de viajes era no hacer nada con escalas, porque nunca podía estar segura de que iba a volver a casa a tiempo. Había un vuelo que podía tomar si tenía suerte y, saliendo de Harrisburg, era fácil tener suerte, porque la ciudad tenía un aeropuerto muy pequeño.

Chicago.

Había estado antes en Chicago. Varias veces. Sin embargo, de todas aquellas ocasiones, la única que podía recordar era la última, cuando había conocido a Matthew y no solo le había dicho su verdadero nombre, sino el secreto que nunca le contaba a nadie. Lo único que recordaba era a Matthew.

Obviamente, casi no tenía posibilidades de verlo de nuevo. Y, aunque se acordaba de cómo era su apartamento, no se acordaba de cuál era su dirección. No sabía cómo se apellidaba. Y, aunque lo supiera, no lo habría buscado en la guía de teléfono ni se habría presentado en su casa. Habían pasado dos meses desde que se habían acostado y, tal vez, él ni siquiera recordara quién era ella... Aunque algo le decía que sí se acordaría.

Sin embargo, solo podía ir a Chicago. Pasó por el puesto de seguridad y miró el reloj. Faltaba media hora para embarcar. Tenía tiempo de sobra para ir al baño y hacer unos cuantos cambios.

La mujer del espejo tenía los ojos marrones y grandes, perfilados con lápiz negro. Los labios carnosos y rojos. Una melena corta, negra y brillante. Lo primero que se quitó fue la peluca, y la metió en la bolsa especial de satén que llevaba en la maleta. Se desmaquilló, sacó su estuche de cosméticos y lo rehízo todo. Cuando terminó, se observó en el espejo. Vestido negro escotado. Medias y liguero. Zapatos de tacón. La ropa estaba bien, pero la cara y el pelo... quería que fueran los suyos. Se cepilló el pelo para quitarse cualquier enredo y se hizo un moño informal. Girando la cara de lado a lado, se inclinó sobre el lavabo.

—No va a estar allí —se dijo, en silencio, formando las palabras con los labios—. Y, aunque estuviera en el mismo aeropuerto, las posibilidades de que te lo encuentres son ínfimas.

El vuelo a Chicago fue tranquilo. El ejecutivo que iba sentado a su lado habría sido un candidato decente en otra escapada. Sin embargo, flirteó con él, permitiendo que se inclinara hacia ella lo suficiente como para poder percibir el olor a whisky de su aliento. Las pocas veces que sus rodillas se tocaron, ella no se apartó. Incluso le dejó echarle unas cuantas miradas al escote del vestido. Le gustaba ver cómo se le abrían los ojos, y cómo se le estrechaban. El pulso acelerado de su garganta. Le gustaba excitar a los hombres.

Sin embargo, cuando desembarcaron, él no volvió a mirarla. Sacó su maletín del compartimento superior y recorrió el pasillo para salir del avión tan por delante de ella que resultaba casi cómico. Si ella hubiera querido seducirlo, se habría sentido insultada. Se tomó su tiempo, dejando que los demás pasajeros salieran del avión antes de recoger su maleta. Le dio las gracias a la tripulación, algo que casi nadie se molestaba en hacer. Ella recordaba que era una de las cosas que más le molestaban cuando trabajaba de azafata.

En el aeropuerto, lo primero que hizo fue ir al mostrador de Pegasus Airlines y preguntar si tenían vuelos disponibles para el domingo, y se aseguró de que le asignaran un asiento en el primero disponible. Después, fue al baño para arreglarse de nuevo. Y, después, fue al bar. Al sentarse, recibió varias miradas y, aunque se dio cuenta, fingió que no. Era el mismo bar en el que había conocido a Matthew.

—Un té helado —le pidió amablemente al camarero—. Gracias.

—Deberías pedir algo más fuerte que un té helado —le dijo un hombre, a su espalda, y a ella se le aceleró el corazón.

Se giró en el taburete y le sonrió.

—Hola. Matthew, ¿no?

—Te has acordado —dijo él, con una sonrisa más relajada que cuando se habían conocido. Ella pensó que era por el licor que desprendía, y el vaso vacío que tenía en la mano–. Stella.

–Te has acordado –murmuró ella.

En casa, si se hubiera arreglado y hubiera salido a un bar, habría sentido muchas inseguridades que nunca tenía cuando volaba. Sin embargo, allí estaba la paradoja. Iba arreglada, y estaba volando, pero seguía siendo Stella. Si hubiera conocido a otro hombre aquella noche, habría adoptado un nombre distinto. Pero aquel hombre la conocía, la había visto desnuda y había sentido su orgasmo, y ella tuvo que tragar saliva, porque se le había formado un nudo en la garganta.

Matthew se inclinó un poco hacia ella. Tenía una barba de más días, en aquella ocasión, y las arrugas de sus ojos estaban un poco más pronunciadas. Llevaba el pelo incluso más corto de lo que ella recordaba, y tenía más canas plateadas en el pelo oscuro. Aquellos dos meses no habían sido buenos para él. Lo habían desgastado. Pero seguía siendo guapo.

–¿Cómo iba a olvidarte? Stella. Stella Star.

Ella se rio al oír aquel nombre. No era la primera vez que se lo decían.

–¿Llevas aquí un buen rato?

–Corey, ¿llevo un buen rato aquí? –preguntó Matthew, alzando su vaso–. Supongo que lo suficiente. Por esta noche. Eh, Corey, dame otro, ¿quieres?

Corey lo hizo gustosamente, y puso otra copa también para Stella, aunque ella no se la hubiera pedido.

–Corey –dijo Matthew– prepara unos Manhattan estupendos, como tal vez recuerdes.

Stella sonrió.

–Sí, lo recuerdo. ¿Quieres sentarte?

–Sí –dijo Matthew. Se sentó en un taburete, a su lado, no tan inestablemente como ella habría podido suponer al oír cómo arrastraba las palabras–. Stella, Stella, Stella. ¿Por qué sabía que iba a volver a verte?

Ella tomó la copa y enarcó una ceja.

–Ni idea. ¿Por qué?

–Sabía que, si venía a sentarme al bar a menudo, y a esperar, pasarías otra vez por aquí. Y tenía razón, ¿no?

Ella vaciló al oír aquello. No sabía hasta qué punto podía tomarlo en serio.

–¿Me estabas esperando?

–Claro –dijo él, con una sonrisa.

–Aah –respondió ella. Stella sabía cuándo le estaban tomando el pelo, pero no le importó, porque él lo hacía de un modo encantador. Ella le dio un sorbo a su copa, mirándolo. Luego se inclinó un poco hacia él y bajó la voz–. Bueno, pues aquí estoy.

–Aquí estás.

Tal vez Matthew estuviera a punto de emborracharse, pero le sostuvo la mirada durante tanto tiempo que ella sintió calor por dentro. Con su sonrisa, él consiguió arrancarle otra a ella, y se quedaron mirándose el uno al otro como un par de tontos. Parecía que les gustaba mirarse, porque ninguno de los dos dijo nada durante un buen rato.

Por fin, él habló.

–¿Quieres venir a mi casa conmigo?

Stella sonrió.

–¿Por qué crees que he venido a Chicago?

Capítulo 15

Tomaron un taxi, como habían hecho la primera vez, aunque en aquella ocasión ella solo se había tomado su té helado y no había tocado el Manhattan, así que podía recordar el nombre de la calle y el camino que recorrieron. Matthew se sentó a su lado y la tomó de la mano. Le acarició el dorso con el dedo pulgar, una y otra vez, hasta que ella tuvo que apretar los muslos para calmar el latido de su clítoris.

Él la besó en el ascensor. La atrapó contra la pared. Deslizó una mano entre sus piernas y la encontró caliente y húmeda. Él gimió un poco cuando notó el liguero, y separó la apertura de su vestido para mirar. Después, la miró a la cara.

—Eres tan sexy…

A Stella se le cortó la respiración. Los hombres decían eso, o cosas parecidas. A ella se lo habían dicho tantas veces que ya había perdido la cuenta. Sin embargo, Matthew tenía una forma de decirlo que la había dejado sin habla. Cuando comenzó a mordisquearle el cuello, con la mano todavía entre sus piernas, ella se abandonó a la caricia y rezó pidiendo que nadie más entrara en el ascensor.

No entró nadie. Al llegar a su piso, él la tomó de la mano y la llevó rápidamente hacia su piso. Dentro, la besó lentamente, largamente. La acarició con la lengua. Volvió a deslizar la mano entre sus muslos, exploró las tiras de su liguero. Exhaló otro suspiro y la miró a los ojos.

—¿Te has vestido así con la esperanza de encontrarte conmigo?

—Sí.

No era una mentira. Stella se había vestido así para conocer a alguien; aunque había perdido el vuelo a Atlanta y se había dado cuenta de que Chicago era su última opción, no podía negar que tenía la esperanza de volver a verlo.

Matthew se puso de rodillas, despacio, frente a ella. Le abrió el vestido de un rápido tirón. Ella se quedó en sujetador y bragas, con el liguero y las medias.

A la mayoría de los hombres les gustaba aquella ropa interior cuando la veían, aunque a algunos no les había importado en absoluto lo que llevaba, sino solo lo que podían hacer con ella. Casi todos lo apreciaban, algunos se quedaban boquiabiertos y otros se ruborizaban.

Matthew la adoró.

Pasó los dedos por la parte posterior de sus piernas y le hizo cosquillas detrás de las rodillas. Después, por la parte superior de las medias. Le pasó la nariz por los muslos para que ella los separara un poco, y Stella lo hizo. Matthew le rozó el interior de un muslo, justo por encima de la media. Subió un poco más los dedos por su nalga y subió un poco más la nariz por su muslo. Respiró contra su sexo, y el calor de su respiración hizo que ella se retorciera hasta que él la inmovilizó. La presión de sus labios en el clítoris, incluso a través del satén, la arrancó un suspiro.

–Dios, quiero probarte –dijo él.

Stella no tuvo respuesta para aquello, aparte de separar un poco más los pies e inclinar las caderas hacia él. Matthew le bajó las bragas por encima del liguero y las medias, y se las sacó delicadamente por los pies, levantándole un tobillo y, después, el otro. Entonces, ella se agarró a sus hombros, porque sabía que, cuando él le pusiera la boca sobre el cuerpo, se iba a caer.

Matthew apretó los labios contra su clítoris y succionó suavemente. Stella gruñó y le clavó los dedos en el hombro. Matthew se rio en voz baja y la miró. Después, volvió a besarla entre las piernas y la empujó hacia el sofá.

–Siéntate y separa las piernas.

Lo dijo con perfecta claridad, como si no esperara resistencia. En realidad, ella no iba a resistirse. Estaba encantada con la idea de dejar caer el vestido por sus brazos y sentarse en el sofá. Matthew la tomó de las caderas y la sacó hasta el borde del asiento, y se sentó en el suelo para mirarla.

Ella fue separando las piernas lentamente, y se reveló por completo ante él.

–Eres deslumbrante –dijo él, y volvió a incorporarse entre sus piernas.

Antes de que ella pudiera responder a su cumplido, él encontró su carne con los labios otra vez, y ella gritó de placer. Dejó caer la cabeza sobre los almohadones. Él tenía el pelo demasiado corto como para agarrarse a él, así que Stella tuvo que conformarse con posar la palma de la mano en la parte superior de su cabeza.

Matthew le pasó la lengua por el clítoris, y Stella gimió. Y, cuando él metió un dedo en su cuerpo, ella volvió a gemir, pronunciando su nombre en aquella ocasión.

–Estoy deseando follarte –murmuró él, contra su sexo,

y subió por su cuerpo mientras movía los dedos dentro de ella–. ¿Me quieres dentro, Stella?

–Sí.

–Dilo.

–Quiero que estés dentro de mí, Matthew… –dijo ella, y su voz se convirtió en un jadeo cuando él le apretó el clítoris con el dedo pulgar.

–Quiero que te corras antes. Así.

Aquello fue delicioso para Stella, sobre todo, porque ya estaba a punto de tener un orgasmo.

–¿Y después?

–Después voy a follarte hasta que te corras otra vez.

–Qué caballeroso –dijo ella, sin aliento, y dejó que él se pusiera manos a la obra.

Stella se abandonó al placer que le estaban causando su lengua y sus dedos. Todo se hizo tenso y, por fin, el orgasmo recorrió todo su cuerpo y la dejó jadeando, sin fuerzas.

Entonces, lo besó, pestañeando.

–Umm…

Matthew sacó los dedos de su cuerpo y posó la palma de la mano en su vientre. Le acarició el cuello con la nariz.

–He notado cómo te corrías alrededor de mis dedos. Ha sido muy excitante.

Stella se rio un poco y se apartó para mirarlo.

–¿Nunca lo habías sentido?

Matthew titubeó, humedeciéndose los dedos.

–No.

–Umm…

Ella ladeó la cabeza, observándolo con atención, y él miró todo su cuerpo. Aunque aquel escrutinio hizo que se sintiera un poco azorada, Stella no se movió.

–Algunas veces es difícil para las mujeres, ¿no?

–Sí.

Ella se sentó en el sofá y notó la tapicería en la piel desnuda. Estar medio desnuda cuando él seguía vestido le resultaba un poco desconcertante.

–Pero tú… tú –dijo Matthew, y la besó de nuevo– no tienes problemas.

Eso no siempre era cierto, pero se alegraba de que su habilidad para llegar al orgasmo le hubiera agradado tanto. Cuando él se puso en pie, tiró de ella para levantarla también, y Stella le rodeó el cuello con los brazos para que le diera otro beso. Con los tacones, no era difícil alcanzar su boca.

–Creo que has prometido que ibas a follarme –dijo, contra sus labios–. ¿Dónde quieres que me ponga?

Para su sorpresa, Matthew la tomó en brazos. Con un pequeño grito, ella se aferró a su cuerpo, y él se la llevó por el pasillo hasta la habitación, donde cerró la puerta de una patada, al más puro estilo cavernícola.

Ambos estaban en la cama antes de que ella se diera cuenta, rodando. Ella terminó sentada a horcajadas sobre él. Stella se irguió y comenzó a desabrocharle el cinturón. Sentía su erección a través de los pantalones vaqueros. Lo liberó en menos de un minuto, y su miembro asomó por la cintura del calzoncillo. Stella tuvo el deseo de tomarlo con la boca, pero no hubo ni la más mínima posibilidad.

Él la agarró por las caderas y rodó por la cama otra vez, hasta que ella estuvo debajo de su cuerpo. Entonces, alargó el brazo para abrir el cajón de la mesilla y sacar una caja de preservativos, y la arrojó en la cama, junto a ella. La última vez, él no estaba preparado. O ella le había enseñado una valiosa lección, o él se había estado acostando con otras mujeres durante aquellos dos meses… Cosa que no era asunto suyo, y nada en lo que quisiera pensar en aquel momento.

Matthew estaba moviendo la boca por su garganta, hacia su pecho, mientras se quitaba el pantalón. Después, se elevó lo justo para sacarse la camisa por la cabeza y la lanzó a un lado. Se quedó desnudo y erecto entre sus piernas; sacó un preservativo de la caja, lo abrió con cuidado y se lo deslizó por el miembro.

Entró en su cuerpo despacio, hasta que penetró tan profundamente que casi le hizo daño. Stella tomó aire y se movió para mejorar la postura. Alzó las rodillas para presionarle los costados. Le pasó las manos por el pecho. Matthew, que estaba apoyado en ambos codos, no se movió al principio.

—Estar así contigo es una gozada —dijo, en voz baja.

No había respuesta verbal para eso. Ella murmuró una expresión de aliento y apretó las rodillas contra él para pedirle que se moviera. Inclinó las caderas hacia arriba. Su miembro latió dentro de ella, y a ella se le escapó un gruñido.

Matthew empezó a moverse lentamente. Tan lentamente, que Stella tuvo ganas de retorcerse de frustración. Sin embargo, a los pocos minutos tuvo ganas de retorcerse de deseo. Cada vez que él la acometía, su cuerpo presionaba su clítoris y, cuando se deslizaba hacia fuera, su miembro la rozaba en los lugares idóneos.

—Más fuerte —susurró ella.

Su mirada cambió, y él comenzó a moverse más rápidamente. Y con más dureza.

—Más fuerte —repitió ella.

Entonces, él la agarró por la nuca y la atrajo hacia sí para besarla. Las embestidas se hicieron más rápidas y más duras, y Stella lo envolvió y se aferró a él con todas sus fuerzas, enganchándose con los talones en sus pantorrillas. Matthew escondió la cara en su cuello.

—Oh, Dios —dijo.

—Fóllame más fuerte.

Y él lo hizo.

Matthew ya no vaciló más. Le hizo el amor con tanta fuerza que la cama golpeó la pared. Stella gritó a cada acometida, pero el dolor la hizo ascender rápidamente hacia un clímax tan intenso que le arrancó un grito.

Matthew tuvo su orgasmo un momento después y se desmoronó sobre ella. Rodó por el colchón y se puso un brazo sobre la cabeza, y se quedó mirando al techo en silencio. Stella se tendió de costado y le posó la mano sobre el estómago, admirando su musculatura. Ella todavía llevaba el sujetador y el liguero, aunque sospechaba que las medias estaban destrozadas. Se sentó.

—¿Adónde vas?

Ella lo miró con una sonrisa.

—Una chica tiene que ocuparse después de ciertas cosas después de todo. ¿Te importa que vaya al baño?

—Por supuesto que no. Adelante.

Sus bragas y su vestido estaban en el salón, algo que se le había olvidado. Sin levantarse de la cama, Stella se quitó las medias, que estaban llenas de carreras, como había sospechado. Después, se desabrochó el liguero. Estar totalmente desnuda sería menos embarazoso, en aquel momento, que llevar solo un sujetador, pero ¿para qué iba a quitárselo, si tenía que ponérselo a los pocos minutos? Sin embargo, la idea de caminar hasta el baño con el sujetador hacía que se sintiera incómoda.

Miró a su alrededor y vio la camiseta de Matthew muy cerca de sus pies. La tomó y se la puso. Después, entró al baño, donde encontró una manopla de ducha limpia en una repisa que había junto a la ducha. Se lavó cuidadosamente y aclaró la manopla completamente antes de escurrirla. Buscó la cesta de la ropa sucia, pero no la encontró, así que dejó la manopla en el borde del lavabo.

Se estaba aclarando la boca cuando Matthew, todavía desnudo, entró en el baño. Se tambaleó un poco. Después, fue hacia el inodoro y orinó con un chorro largo y duro, apoyándose en la pared con una mano. Ella lo miró por el espejo mientras tomaba más agua en la palma de la mano y se enjuagaba de nuevo la boca. Seguía mirándolo cuando él terminó, tiró de la cadena y se acercó a ella lánguidamente.

Stella se puso un poco tensa cuando él la abrazó por detrás y le acarició el cuello con la nariz. Aquel abrazo era íntimo e inesperado, y a ella se le formó un nudo en la garganta. Hacía mucho tiempo que un hombre no la abrazaba junto al lavabo del baño.

Se giró entre sus brazos.

—Eh.

—Eh —dijo Matthew, y la besó—. ¿Estás intentando huir de mí otra vez?

—¿Otra vez? —preguntó ella, riéndose—. No tengo que irme hasta el domingo, pero no he dado por hecho que…

—Si no quieres quedarte, no tienes que hacerlo —respondió él—. Solo pensaba que…

—Si quieres que… —dijo ella, y se quedó callada.

Se miraron, y sonrieron lentamente. Matthew volvió a abrazarla y la miró a los ojos. Ella sabía que todavía estaba un poco borracho. Que, quizá, se arrepintiera de despertarse junto a ella a la mañana siguiente. Sin embargo, en aquel momento, a ella le gustaba cómo la estaba mirando.

—Deberías quedarte.

—Si tú quieres…

—¿Tienes una oferta mejor?

Ella se echó a reír.

—No. Ni hablar.

—Bien —dijo él, y la besó, bostezando en mitad del beso—. Mierda, estoy agotado. Voy a darme una ducha. ¿Tú quieres ducharte?

—Eh... claro.

—¿Quieres ir primero?

—No, tú primero. Yo voy por mi maleta. Necesito sacar algunas cosas.

Él asintió y abrió el grifo. Stella fue al vestíbulo y encontró la maleta que había dejado allí abandonada cuando Matthew la estaba besando. Sacó un pijama de algodón cómodo y bonito, aunque un poco liguero para el mes de enero en Chicago. En el baño, ella se lavó los dientes mientras él se duchaba.

Descubrió que Matthew cantaba en la ducha. O, más bien, canturreaba. Era una mezcla de *rock* clásico y melodías de programas de televisión que, de algún modo, funcionaba. Stella se lavó la cara mirándose al espejo y observando la sombra de Matthew en la cabina de la ducha. Estaba obnubilada.

Se le encogió el estómago.

Debería marcharse rápidamente. Aquello era peligroso.

—Toda tuya —dijo Matthew. Salió de la ducha, tomó una toalla y se la puso alrededor de la cintura, antes de dirigirse al lavabo. La sorprendió mirándolo—. ¿Qué?

—Nada. Solo que... ¿Tú estás bien con esto?

Matthew se secó las gotas de agua de la cara.

—Stella, te he hecho un cunnilingus en mi sofá y hemos follado en mi cama, con tanta fuerza que casi la rompemos. ¿Qué clase de imbécil sería si no te dejara quedarte a dormir? Además, ¿no te debo unas tortitas de la última vez?

Ella asintió, y sintió otra descarga de emoción que

amenazaba con ahogarla. Se lavó los dientes, observándolo por el rabillo del ojo mientras él se preparaba para acostarse, como si fueran viejos amantes en vez de desconocidos. Después, ella entró en la ducha y él se marchó al dormitorio.

Las luces estaban apagadas cuando ella salió del baño, pero por las cortinas entraba la luz suficiente como para no tropezarse de camino a la cama. Matthew le había dejado el lado más cercano al baño, ya fuera por cortesía o porque siempre dormía en el otro lado. No tenía importancia. Stella se metió bajo las mantas y agradeció su peso.

La almohada era blanda, y las sábanas, lujosas. Se colocó en su posición habitual, de costado, y contó tres veces hasta cien, pero no consiguió dormirse.

–¿Estás durmiendo? –le preguntó Matthew, en un susurro somnoliento.

–No.

Él se acercó a ella y la estrechó contra su cuerpo. Encajaban como si estuvieran hechos el uno para el otro. Stella notó su aliento con olor a menta en la nuca, y sus dedos en el vientre.

Era lo que su cuerpo estaba esperando. Aquel abrazo, tan inesperado como el del baño, pero igual de necesario. Stella se relajó contra él. Su respiración se calmó. Se le cerraron los ojos y comenzó a quedarse dormida.

–No dejaba de esperar que volvieras –oyó que decía.

Y, aunque aquellas palabras deberían haberla despertado por completo, solo sirvieron para sumirla en un sueño profundo.

Capítulo 16

Por la mañana, se despertó al notar un olor a café y beicon y, por un momento, Stella permaneció en la cálida cama sin abrir los ojos. Entonces, al acordarse de dónde estaba, abrió los ojos y se sentó de golpe. Se frotó la cara y miró a su alrededor. Estaba desorientada. Buscó un reloj, porque no sabía cuánto había dormido.

Bajó las piernas del colchón y rebuscó el teléfono móvil en el bolso. Por suerte, no tenía mensajes.

Entró al baño para peinarse y lavarse los dientes. No iba a maquillarse, por supuesto, pero, al menos, iba a intentar que no pareciera que acababa de… bueno, de levantarse de la cama. Se hizo una coleta, se puso el jersey y un par de calcetines. En el apartamento de Matthew hacía mucho frío.

Stella se detuvo con la mano en el pomo de la puerta de la habitación. Oyó voces. Era una voz de mujer. Después, oyó las de dos niñas. No salió al pasillo, pero sí abrió la puerta una rendija.

Se oía ruido de cubiertos y platos. El movimiento de unas sillas. Sonidos domésticos, normales y corrientes, salvo que ella estaba escondida en la habitación como si fuera un secreto vergonzoso, acechando.

Tal vez fuera eso mismo.

Siguió escuchando desde la puerta. No podía salir en pijama a servirse una taza de café si Matthew tenía invitadas. Y, a las diez de la mañana de un domingo, ¿quiénes podían ser esas invitadas?

Su exmujer y sus hijas.

¿Qué clase de hombre invitaba a una mujer a su apartamento e insistía en que se quedara a dormir cuando esperaba la visita de su exmujer y sus hijas al día siguiente?

La clase de hombre que no esperaba una visita de su exmujer y sus hijas, le dijo Matthew, cuarenta minutos más tarde, cuando la puerta del piso se cerró por fin y él fue al dormitorio.

—Louisa, mi hija mayor, quería parar a recoger algo que se dejó aquí, así que Caroline las ha traído.

Y se habían quedado a desayunar.

—Me vieron haciendo tortitas —dijo Matthew, después del silencio que se había creado entre ellos. Stella no dijo nada. ¿Qué podía decir?—. Beatrice, la pequeña, quería quedarse. No sabía qué decirles.

—Parece que no podías decirles que tenías compañía —respondió ella.

Stella lo entendía, en parte. Ella todavía era una extraña y, de todos modos, no le habría gustado que la exhibiera delante de su exmujer y sus hijas. Respetaba que él no quisiera presentarles a ninguna extraña a sus hijas. Pero esa era la superficie. En el fondo, se sentía muy mal por haberse tenido que quedar cuarenta minutos encerrada en la habitación mientras él atendía a sus visitas.

—Lo siento —dijo Matthew, después de otra pausa—. Tenía que haber venido a decírtelo, por lo menos, pero ella no dejaba de hablarme, y tiene la costumbre de seguirme si me alejo antes de que haya terminado.

Stella fue ablandándose. Después de su divorcio, ella había tardado en pensar en salir con hombres de nuevo y, durante el corto tiempo que había tardado en decidir que no merecía la pena, había tenido buen cuidado de exponer a Tristan a sus nuevos amigos. Sonrió, y dijo:

—No pasa nada. Es difícil compaginar las citas y los hijos… Bueno, aunque no es que nosotros… Bueno.

Matthew sonrió lentamente.

—Sí. De todos modos, debería haber venido a explicártelo.

—Siempre y cuando hayan quedado tortitas —dijo ella, medio en broma, pero se quedó inmóvil al ver su expresión—. ¿Me estás tomando el pelo?

—Lo siento, se las han comido todas…

—Tú… —dijo Stella, clavándole el dedo índice en el pecho— ya puedes ir encontrándome unas tortitas. Y beicon. Y café.

Matthew la tomó entre sus brazos y la besó con dulzura. Ella se estremeció. Él la miró a los ojos.

—Te invito a desayunar fuera. ¿Qué te parece?

—¿Adónde?

—A la mejor cafetería de Chicago. Dan tortitas de patata.

—¿Bien grasientas?

—Las más grasientas que he comido.

Ella le tendió la mano.

—Trato hecho.

Él se la estrechó con firmeza y volvió a abrazarla. Le tomó el trasero con las manos, y la estrechó contra su miembro, que estaba endureciéndose.

—¿Tienes mucha hambre?

—Oh, no.

Stella se echó a reír y se apartó de él. Durante su espera, se había lavado y se había vestido por si necesitaba salir rápidamente de allí.

—Ni hablar —le dijo—. Primero, la comida. No esperes que me acueste contigo con el estómago vacío. Vamos, muévete. Me muero de hambre.

La cafetería resultó ser estupenda. Stella pidió tortitas con sirope, beicon y salchichas. Les sirvieron también tortitas de patata y café. Matthew la observó mientras ella se servía la comida y suspiraba de felicidad.

—El desayuno es mi comida favorita —le dijo Stella—. Podría estar desayunando todo el día.

Matthew solo había pedido café, porque él ya había desayunado. La miró, y le preguntó:

—¿Y qué más cosas te gustan?

Ella lo pensó durante un momento.

—Los cumpleaños.

—¿Los tuyos, o los de otra gente?

—Todos —respondió ella—. Me encanta hacer regalos y que me los hagan, y me encantan las fiestas en las que todo el mundo quiere ser agradable con una persona porque es un día especial para ella.

—Yo odio mi cumpleaños. Nunca lo celebro. Para mí, solo es un día más acercándose a la muerte.

Stella se echó hacia atrás, sin saber si él estaba bromeando.

—Vaya.

Matthew se encogió de hombros.

—Además, yo nunca acierto con los regalos, así que esa parte tampoco me gusta.

—Entonces, ¿qué te gusta a ti?

—El desayuno —respondió—. Sobre todo, con una mujer bella que me ha dado una de las mejores noches de mi vida. Y me gusta que te guste desayunar. Me gusta verte comer.

Ella lo señaló con el tenedor y enarcó una ceja.

—Eso da miedo.

Matthew se tapó los ojos con la mano durante un instante.

—Tú eres… distinta.

—Espero que eso signifique algo bueno —respondió ella, y tomó un poco de aquellas tortitas deliciosas con un trago de café.

—Sí, por supuesto que sí —dijo él, y la miró mientras Stella seguía tomando su desayuno—. Me refería a que me gusta que te guste comer.

—En vez de mordisquear una tostada reseca, ¿eh?

Él se quedó callado con una expresión que ella no identificó.

—Sí, algo así —dijo, por fin.

—No he comido nada desde hace veinticuatro horas —le recordó ella.

—Algo me dice que tú no eres de las que se conforman con una tostada reseca.

Stella tomó un poco de café y se apoyó en el respaldo del asiento. Se miraron el uno al otro en un silencio cómodo. Él sonrió. Ella, también.

—No. Supongo que no.

—Bien —respondió Matthew, y pidió la cuenta con un gesto de la mano—. ¿Y qué te parecen los museos?

Fue uno de los días más agradables que Stella pudiera recordar. Y una de las mejores citas que había tenido en la vida. Aunque, en realidad, no estaba segura de si aquello podía considerarse una cita.

Matthew la llevó a conocer el Field Museum y, después, a pasear por la orilla del río. Comieron en un buen restaurante, y volvieron a casa en taxi. Durante el trayecto, él la tomó de la mano. Y, cuando estuvieron en su apartamento, ella no mencionó que tuviera que buscarse un hotel.

Lo cierto era que no quería marcharse a un hotel, ni reservar un vuelo para volver a casa antes de tiempo. Tampoco quería conocer a otro hombre. Él le gustaba.

Oh, mierda.

Sin embargo, tenía que preguntárselo.

—¿Quieres que me vaya?

Matthew alzó la vista de las copas que estaba preparando y frunció el ceño.

—No. Y tú, ¿quieres irte?

—No —respondió ella. Se acercó y se inclinó sobre la encimera para ver cómo agitaba y servía las copas—. Pero tenía que preguntártelo. No quería darlo por hecho. Ni quedarme más de lo debido. Sobre todo, porque…

Él deslizó un vaso de tubo lleno de un licor con un toque verdoso hacia ella. Los cubitos de hielo tintinearon.

—¿Por qué?

—Porque no esperabas tener una invitada este fin de semana. Y acabamos de conocernos.

Stella tomó el vaso, pero no bebió.

—Nos conocimos hace meses —comentó Matthew. Él alzó su vaso—. Salud.

Stella brindó con él, pero no estaba segura de si quería beber.

—¿Qué es?

—Gin rickey.

Le dio un sorbito. Estaba rico. Pero ese era el problema, en realidad. Si un cóctel estaba bueno, el siguiente estaría mejor y, mejor aún, el tercero. Y, antes de que se diera cuenta, se habría emborrachado, si no tenía cuidado.

—No te gusta beber alcohol —comentó Matthew, en voz baja, mientras la observaba—. Siempre se me olvida.

—No es que no me guste. Creo que, en realidad, lo que pasa es que me gusta demasiado.

Matthew se detuvo con el vaso a medio camino hacia los labios.

—Ah.

—No soy alcohólica —dijo Stella.

—Solo te gusta beber.

—Me gusta emborracharme. No tengo que emborracharme, ni siento ningún deseo irreprimible de hacerlo. Nunca pienso en beber cuando estoy disgustada. Nunca me he refugiado en el alcohol para escapar de mis sentimientos, ni nada por el estilo.

—Parece que has investigado mucho sobre lo que convierte a una persona en un alcohólico —dijo Matthew. Apuró su copa y dejó el vaso en la encimera. Acercó la botella de ginebra y se planteó si servirse un poco más.

Stella se preguntó si iba a hacerlo.

Él no lo hizo, al menos inmediatamente, y ella dijo:

—Creo que sí. Y, aunque sé que un alcohólico es el primero que diría que no tiene ningún problema con la bebida, lo mío es verdad. A mí solo me gusta estar borracha.

—A la mayoría de la gente le gusta, y por eso beben —dijo Matthew, y sonrió. Después, preparó otro cóctel de ginebra y lima.

Stella se echó a reír.

—Sí, claro. Es divertido, ¿no? Aunque las resacas no lo son. Ni tampoco lo es perder el control.

—Ah —dijo él. Sirvió el cóctel en su vaso y terminó de rellenarlo con soda—. Y esa es la parte que no te gusta.

Stella lo miró a los ojos, intentando averiguar si él imaginaba más cosas sobre ella.

—¿Es por el accidente? —preguntó Matthew.

Ella no tenía que contárselo. Podría darle cualquier

excusa. Sin embargo, ya le había contado el peor de sus secretos, así que, ¿qué podía importar otra parte de la historia?

—Yo no conducía.

—¿Pero estabas borracha?

Stella asintió.

—Pensé que no pasaba nada, ¿sabes? Estábamos en una fiesta de Navidad con nuestros amigos. Jeff, mi exmarido, estaba allí para llevarnos a todos a casa. Así que tomé unas cuantas copas para pasármelo bien. Tener hijos pequeños te impide hacer muchas cosas y, aquel día, decidí dejarme llevar. Jeff podía conducir de vuelta.

—¿Fue culpa suya el accidente?

—No. Pero yo sí lo culpé a él.

—Pero no fue realmente culpa suya —insistió Matthew, y bebió un buen trago de su copa.

Stella también le dio un sorbo, y se deleitó con el sabor fresco de la lima y las burbujas de la soda.

—Había hielo en la carretera. Chocamos contra la parte trasera de otro coche y nos arrolló un camión. Jeff no pudo hacer nada. Ni los otros conductores, tampoco. Mal tiempo, mala carretera. Mala suerte.

—Pero, si tú hubieras estado sobria y al volante, podrías haberlo impedido, ¿no?

Stella se irguió y dio un paso atrás. Se movió con tanta rapidez, que vertió algo de líquido de su copa en la encimera.

—Es imposible saberlo. Tal vez hubiera sido peor.

—Pero es lo que piensas, ¿no? —dijo Matthew—. Si hubieras conducido tú, no habría pasado nada. Si tú hubieras tenido el control, habrías podido cambiar las cosas. Es lo que piensas, ¿no?

A Stella se le formó un nudo de emoción en la garganta, tan fuerte, que no pudo responder. Le temblaban las manos y dejó el vaso en la encimera. Se metió las manos en los bolsillos. Lo miró, intentando pensar qué podía decir. Cómo podía marcharse de allí.

Matthew dejó también su vaso y rodeó la isla. La abrazó y le acarició la espalda. Siguió abrazándola durante unos minutos. Eso fue todo.

—No hay forma de saber si las cosas podrían haber sido distintas —dijo Stella, con la voz quebrada—. Y es inútil que me culpe a mí misma…

—Pero te culpas —dijo Matthew—. Todo el tiempo.

—Sí.

—Lo entiendo.

Habría sido fácil pensar que su respuesta era algo trillado, pero el tono de voz de Matthew se lo impidió. Escuchó el sonido de su respiración un momento. Y lo creyó.

Stella se tomó el resto de su gin rickey, pero ninguno más. Aquel fue suficiente para proporcionarle un agradable mareo, y la película que puso Matthew le pareció muy divertida. La vieron sentados en el sofá, tomándose de la mano de vez en cuando, apoyándose el uno en el otro, y fue agradable. Y dulce. Y… normal.

Normal como lavarse los dientes a su lado, o ducharse y ponerse el pijama y acostarse junto a él. Cuando Matthew la abrazó, también se sintió como si fuera normal. Stella esperó a que él deslizara la mano desde su vientre hasta sus muslos, que le mordisqueara el cuello, pero Matthew no hizo nada de eso. Su respiración fue ralentizándose hasta que se quedó dormido.

Al día siguiente, Stella se despertó descansada. Hacía meses, años, que no dormía tan bien. Era curioso pensar que habían sido los suaves ronquidos de Matthew lo que la habían relajado y la habían hecho dormir tan plácidamente.

Tal vez él fuera especial. Diferente. Stella pensó en Craig. Ella había soñado, a menudo, que sería perfecto que encontraran la forma de volver el uno al otro y, cuando eso había sucedido, había quedado patente que él ya no era la persona que ella quería.

Matthew seguía durmiendo, con ambas manos bajo la almohada, junto a la barbilla. Parecía angelical. Y era guapísimo. Ella tuvo ganas de besarlo y de iniciar algo, pero al mirar al reloj, se dio cuenta de que no tenía tiempo. Le acarició el hombro desnudo y lo besó allí. Él no se despertó.

Ella se levantó y se vistió silenciosamente. No necesitaba ducharse. Se lavó los dientes y recogió sus cosas. Antes de salir, pensó en si debía besarlo de nuevo o, por lo menos, despertarlo para despedirse de él. Sin embargo, ¿qué haría si él la tendía en la cama y quería acostarse de nuevo con ella?

Y, lo más importante de todo, ¿y si no lo hacía?

Stella decidió escribirle una nota para darle las gracias por aquel maravilloso fin de semana, y la firmó con su verdadero nombre. Después, se le aceleró el corazón y le sudaron las manos.

Le dejó su número de teléfono.

Capítulo 17

Levantarse a oscuras era una lata. También lo era volver a casa después del anochecer. Era una de las pocas cosas que Stella detestaba de su trabajo.

Lo que terminaba de empeorarlo todo era entrar en el garaje sin ninguna luz que le diera la bienvenida, ni dentro ni fuera de la casa. Era evidente que Tristan no estaba, y que no había estado antes, tampoco, porque su hijo no podía entrar en una habitación sin encender todas las luces, ni podía salir de ella sin dejárselas todas encendidas.

Stella paró el motor y recogió sus cosas. Se colgó el bolso del hombro, tomó las cartas y entró en la cocina. Allí, dejó las cosas en la mesa y decidió prepararse un sándwich de mantequilla de cacahuete con unas cuantas patatas fritas. Si Tristan estuviera allí, haría el esfuerzo de preparar una cena saludable, pero, estando sola… ¿qué sentido tenía?

Mientras se comía el sándwich, abrió el correo y revisó mentalmente la lista de tareas de aquella noche. Hacer la colada. Hacer cuentas. Pagar facturas. Preguntarle a Tristan qué horario tenía en el colegio y qué fines de semana iba a pasar con Jeff. Tenía que devolverle una llamada a su madre y otra a Lisa, su mejor amiga del instituto.

Antes de que terminara de cenar, su teléfono la avisó de que tenía un mensaje. Era una sola palabra, *Hola,* desde un número irreconocible. Por el prefijo, era de Las Vegas. Sin embargo, ella nunca había estado en Sin City, ni conocía a nadie de allí, así que pensó que alguien se había equivocado de teléfono.

El segundo mensaje llegó pocos minutos después, cuando iba a servirse un vaso de té helado.

¿Stella?

Ella se detuvo, y tecleó:

¿Quién eres?

Soy Matthew. De Chicago.

Como si conociera a docenas de Matthews. Tal vez él pensara que sí. O que, después de dos semanas, se había olvidado de él. Stella se quedó mirando el teléfono con asombro, mientras se ruborizaba y el corazón se le aceleraba. Pestañeó. Por un momento, le costó respirar.

Dejó el vaso y las cartas que iba a leer y agarró el teléfono con ambas manos, intentando mantener la calma.

¡Hola! Qué sorpresa más agradable, escribió.

Vi tu nota.

«Es obvio», pensó ella, pero no lo escribió.

Estupendo. Me alegro mucho de tener noticias tuyas.

Se abrió la puerta, y Stella atravesó el salón para ir a saludar a su hijo. Su teléfono volvió a sonar cuando vio a Tristan en la entrada, quitándose las zapatillas de deporte y dejándolas allí tiradas antes de ir a la cocina por el atajo del comedor. Estuvo a punto de esquivarla por completo, pero ella consiguió atraparlo.

—Hola —le dijo—. En primer lugar, pon las zapatillas en su sitio, por favor.

—Después. Me muero de hambre.

El teléfono de Stella volvió a sonar, y ella se lo sacó del bolsillo para ver los mensajes. Matthew le había enviado una fotografía de un plato de espaguetis y un vaso de vino, con un mensaje que decía: *Fiesta salvaje de soltero.*

–Eh –dijo ella, de nuevo–. Las zapatillas. Ahora. No después. Hay…

Él ya había descubierto la carne asada y la había apartado para poder tomar un trozo de pizza que había sobrado del fin de semana. Stella cabeceó.

–Tristan, tira eso. Debe de estar malo. ¡O por lo menos caliéntalo!

El teléfono volvió a sonar, pero Stella no lo miró inmediatamente. Por mucho que quisiera seguir con la conversación, tenía que ocuparse antes de su hijo.

–¿No te ha dado de cenar tu padre?

–No estaba en casa de papá –respondió Tristan, con la boca llena de pizza fría.

Ella, que estaba a punto de responder, alzó la vista del teléfono.

–¿Qué? ¿Dónde estabas?

Tristan salió de la cocina con la pizza en la mano. Ella intentó agarrarlo por la camiseta, pero él ya estaba en las escaleras.

–¡Tristan!

Él se detuvo. Se dio la vuelta. Le echó una mirada molesta de adolescente y preguntó:

–¿Qué?

–En primer lugar, no me contestes en ese tono. En segundo lugar, recoge tus zapatillas. En tercer lugar, ya sabes cuáles son las normas de la cena.

Antes de que ella pudiera continuar, Tristan suspiró, gruñó y se encaminó al vestíbulo. Ella oyó el golpe de las zapatillas contra la pared y, después, sus pasos, que se dirigían de nuevo a las escaleras.

—¡Eh!

Stella no necesitaba ir al vestíbulo para saber que Tristan no había puesto las zapatillas en su sitio, porque su sitio estaba en su habitación o en el armario.

—¡Tristan!

—¿Qué, mamá? Por Dios.

—¿Qué problema tienes? ¿Y dónde has estado?

—He ido al centro comercial con Steven y con Joey.

Stella frunció el ceño.

—No me has dicho que ibas a ir allí, ni me has pedido permiso.

—Papá me dijo que podía ir.

Stella apretó los dientes. Tristan no estaba con su padre hasta el fin de semana y, por lo tanto, no tenía que pedirle permiso a Jeff. Su hijo lo sabía y Jeff, también.

—¿Ha ido tu padre a recogerte al colegio y a llevarte al centro comercial? Porque sé que no has pasado por casa.

La culpabilidad se reflejó en el semblante de Tristan.

—Nos ha llevado Steven.

Stella no dijo nada. La mirada fulminante y silenciosa de una madre podía ser más efectiva que los gritos. Tristan le devolvió la mirada con una actitud desafiante poco habitual.

—Papá me dijo que…

—No era tu padre quien tenía que darte permiso —replicó ella—. Cuando te quedas con tu padre, él decide. Cuando estás conmigo, decido yo. Y ya sabes lo que pienso acerca de que vayas en coche con Steven, y sabes lo que te habría dicho si me lo hubieras pedido a mí. Así que pedirle permiso a tu padre es lo mismo que desobedecerme. Estás castigado sin ordenador y sin PlayStation el resto de la semana.

—¿Qué? ¡No es justo!

–Es más que justo –dijo ella, intentando mantener la calma y no levantar la voz.

Tristan se dio la vuelta murmurando palabrotas por las que ella debería ampliarle el castigo, y subió las escaleras de dos en dos. Entró en su habitación y cerró de un portazo. Stella oyó que rompía algo dentro. Estuvo a punto de seguirlo, abrir la puerta y exigirle que tuviera respeto. Sin embargo, aunque tenía el corazón acelerado y el estómago encogido, decidió no seguir con la discusión.

Sonó de nuevo su teléfono.

¿Te he pillado en un mal momento?

Disculpa, respondió Stella. *Estaba ocupándome de mi hijo.*

Pasaron unos minutos hasta que tuvo respuesta, pero el siguiente mensaje de Matthew hizo que sonriera. Le preguntaba si podía llamarla.

Por supuesto. Cuando quieras. Para eso te di mi número de teléfono.

Recibió la llamada un minuto después. La llamada era desde Las Vegas otra vez, no desde Chicago, pero tenía que ser él. Stella respiró profundamente y respondió.

–Hola.

–Hola –dijo Matthew–. ¿Qué tal estás?

–Bien. Cansada. He tenido un día muy largo –contestó ella–. ¿Y tú?

–Muy parecido –dijo Matthew, después de unos segundos de silencio–. ¿Problemas con tu hijo?

Stella empezó a subir las escaleras, y se detuvo junto a la puerta de Tristan para comprobar que no salía ningún ruido de videojuegos de su habitación. Con cansancio, pensó en abrir la puerta y llevarse el ordenador, solo para estar segura, pero, si no podía confiar en que él la obedeciera cuando lo castigaba, quitándole el ordenador no iba a solucionar nada.

–Hay cosas en las que su padre y yo no estamos de acuerdo –respondió ella, en un tono ligero–. Así que a él le gusta pedirle permiso a su padre para hacer las cosas que sabe que yo no le permitiría. Y piensa que no me voy a enterar.

–Pero tú te enteras. Las madres siempre se enteran.

–Por supuesto –dijo ella. Entró en su habitación, cerró la puerta y se sentó en la cama con un suspiro–. Y no quería tener otra discusión más con su padre por eso, pero creo que va a ser necesario.

–Oh, oh. Eso suena mal.

Ella titubeó. Se tendió en la cama y se quitó los zapatos empujando los talones con las punteras. Sabía que su reticencia a permitir que Tristan fuera en coche cuando conducían sus amigos estaba relacionada con sus traumas. Muchos padres no se preocupaban tanto o conseguían controlar su preocupación para darles a sus hijos algunas libertades. Sabía cómo sonaba todo cuando se lo estaba contando a Matthew… como si ella fuera una madre controladora que no era capaz de superar el problema.

–No me gusta que vaya en el coche de su amigo Steven –dijo–. El chico acaba de llegar al límite legal para llevar pasajeros, y ya se ha chocado una vez con el coche de su madre. No me gusta que vayan a conducir por ahí por diversión, sin un destino. El padre de Tristan no lo ve así, y es muy… Bueno. Jeff está más preocupado por todo lo que puede hacerle la vida más fácil que por lo que es mejor. Eso es todo.

–Ah –dijo Matthew, y carraspeó–. Me hace temer los años de la adolescencia.

–¿Cuántos años tienen tus hijas?

–Seis y ocho.

–¿Louisa tiene ocho? Y Beatrice, seis.

—Sí. ¿Cómo sabías que…? Ah, sí, supongo que te lo dije.

Stella sonrió.

—Más o menos.

Cuando se hizo el silencio entre ellos, Stella recordó otro motivo más por el que prefería volar a tener citas. Conocer a alguien era como caminar por una habitación llena de cristales rotos, descalzo y con los ojos vendados. Era demasiado fácil pisar algo que te hiciera sangrar.

—Bueno, y… ¿has tenido un día largo? —preguntó él, interrumpiendo el silencio—. ¿En qué trabajas?

—Trabajo para una empresa que retoca fotografías.

—¿De verdad?

Hizo la pregunta con un tono tan sorprendido, que Stella se echó a reír.

—Sí, de verdad.

—¿La gente todavía necesita eso?

—Hacemos encargos para empresas que hacen fotografías en las escuelas y las iglesias. Cosas así. Algunas veces, arreglo fotografías de boda, por ejemplo, pero la mayoría de los fotógrafos retratistas profesionales utilizan Photoshop y programas parecidos para hacer sus propios retoques. Yo hago paquetes de arreglos.

—Ah —dijo Matthew.

—¿Y tú?

—Yo busco trabajo.

Ella pestañeó, sin saber qué decir, hasta que él se echó a reír. Entonces, se rio también, aunque no estaba segura de qué era tan divertido.

—Doy clases para adultos —dijo Matthew—. En la escuela nocturna.

—¿Y de qué?

—De Lengua Inglesa.

—Ah.

—Así que… retoques. Eso suena sexy –dijo Matthew.

Estaba flirteando. Ella se hundió entre los cojines de la cama.

—¿Sí?

—Sí. Todos esos toques. Y retoques.

Stella se echó a reír al oírlo.

—Ah, claro. Borrar arrugas y lunares. Totalmente sexy.

—¿Te gusta?

—El horario está bien; trabajo en jornadas de diez horas cuatro días a la semana, y tengo libres los viernes o los lunes, así que tengo fines de semana de tres días. Es estupendo, aunque no era lo que me imaginaba que iba a hacer. Pero, bueno, pago las facturas. Tiene muchas ventajas.

—¿Y qué te imaginabas que ibas a hacer?

—Fui a la universidad y estudié… No te lo vas a creer. Químicas.

—¿Eres química? No conocía a nadie que lo fuera.

—Bueno, pues yo lo soy. No me preguntes qué quería hacer con eso. Supongo que trabajar en un laboratorio. Pero nunca trabajé en mi campo.

—¿Y por qué no?

—Me casé. Mi marido era unos años mayor que yo. Lo conocí en mi primer trabajo, de azafata y, después, en las oficinas de Pegasus Airlines.

Hubo un silencio. Después, él preguntó:

—¿Es piloto?

Ella se echó a reír.

—Oh. No, no. Dios Santo. Es el consejero delegado de la empresa. Yo nunca saldría con un piloto.

—¿No? –preguntó Matthew–. ¿Te preocuparías demasiado?

—Los pilotos son muy arrogantes. Se parecen a los médicos –dijo Stella–. Toda esa responsabilidad. Cualquiera pensaría que debería volverles humildes, pero no.

—Así que te casaste con un consejero delegado. Porque ellos no son arrogantes, ¿eh?

Stella se echó a reír otra vez.

—En eso tienes razón. ¿Y tú? ¿Siempre has sido profesor?

—No. Pero, como tú misma has dicho, sirve para pagar las facturas. Me gusta ayudar. Yo estudié Literatura Inglesa, y tampoco sé lo que pensaba hacer con eso.

—Entonces, ¿te gusta leer?

—Sí. ¿Y a ti?

—Me encanta. ¿Cuál es tu libro favorito?

—¿Cómo puedes preguntarme eso? ¡Es como preguntarme cuál es mi mano favorita!

Se echaron a reír juntos.

—¿Qué ibas a hacer antes de que te llamara? —le preguntó Matthew—. ¿Qué estarías haciendo si no te hubiera llamado?

—Umm… Probablemente estaría en la bañera, con un libro. Tal vez con algo de música, y un par de velas. Ya sabes. Romántico.

—Entonces, ¿qué te lo impide?

—Tú.

—Puedes hablar y bañarte al mismo tiempo.

Ella se levantó y cerró la puerta de su habitación. Después, con el teléfono sujeto entre la cara y el hombro, fue al baño.

—¿Sí?

—Sí. Yo también me voy a bañar, ¿qué te parece? Podemos bañarnos juntos.

A ella se le aceleró el corazón. Su boca recordó su sabor, su cuerpo recordó su forma y su longitud. Sintió una opresión entre las piernas.

—Eso suena peligroso.

—Será divertido. Una diversión muy limpia.

Stella abrió los grifos de la bañera y empezó a juguetear con un botón de su blusa.

—¿Y si se nos cae el teléfono al agua?

—Métclo en una bolsa de plástico sellada —dijo Matthew.

—¿Ya has hecho esto más veces? —preguntó ella, mientras se desabotonaba la blusa y la echaba a la cesta de la ropa sucia.

—No. Pero tiene sentido, ¿no?

Ella tenía algunas bolsas de plástico en el cajón. No confiaba en que pudiera proteger el teléfono si se sumergía por completo en el agua, pero, al menos, sí lo protegería de las salpicaduras.

—Claro. Está bien, vamos a hacerlo. Tengo que dejar el teléfono un segundo mientras me preparo.

—Yo también. Nos hablamos dentro de diez segundos.

Stella se rio. Se sentía feliz y ridícula al mismo tiempo. Echó dos cápsulas de aceite de baño al agua y encendió sus velas de olor a lavanda. Se hizo un moño y bajó las luces antes de meterse en el agua caliente con un suspiro.

Se puso el teléfono, metido en la bolsa de plástico, en la oreja.

—¿Estás ahí?

—Sí, estoy aquí. Hace tanto tiempo que no me daba un baño, que he tenido que limpiar la bañera.

Stella oyó un chapoteo.

—¿No te gustan los baños?

—Normalmente me ducho porque es más rápido. Pero esto… —dijo él con un suspiro—. Esto puede estar muy bien.

—Yo me baño casi todas las noches, si puedo. Es muy relajante. Si intento leer en la cama, me quedo dormida. Así que leo unos cuantos capítulos en la bañera.

—Vaya, entonces te estoy impidiendo leer. Diría que lo siento, pero…

—No pasa nada. Me alegro de que hayas llamado. No creía que fueras a hacerlo.

—¿No? ¿Y por qué?

—Era un presentimiento.

—Pero… tú me diste tu número. Querías que te llamara.

Se había arrepentido de hacerlo en cuanto había salido de su apartamento, tanto, que si hubiera podido habría vuelto y habría robado la nota.

—Has tardado bastante.

Matthew no se ofendió.

—Te marchaste de mi casa sin despedirte. Me sorprendió que hubieras dejado una nota, a decir verdad. Me daba miedo que tuvieras dudas. No quería llamarte y quedar como un idiota. Pero, entonces, me di cuenta de que tú no tienes mi número y no podías llamarme, así que, si quería volver a hablar contigo, más me valía llamarte yo.

Aquello estaba tan cerca de la verdad, sobre todo, la parte de las dudas, que Stella se quedó pensativa.

—Debías de tener muchas ganas de hablar conmigo.

—Sí, muchas —dijo con la voz enronquecida.

Sexy. Dios, qué sexy era. Stella cerró los ojos y se pasó la mano por la piel. La notó resbaladiza por el aceite de baño. Clavículas. Pechos. Notó que se le endurecían los pezones bajo los dedos. Descendió por su vientre y se acarició suavemente el clítoris, solo unas pocas veces.

Cuando respondió, su voz también sonó ronca.

—Me alegro de que lo hicieras.

—Stella… ¿pensarías que soy un pervertido si te estuviera imaginando desnuda en este momento?

—Estoy desnuda, Matthew.

–Y húmeda –susurró él.

–Oh, sí. Completamente.

Él hizo un ruido sexual, emitió un gruñido que salió del fondo de su garganta. Ella se estremeció. Los pezones se le endurecieron aún más, y la sensación se extendió hasta su sexo, como si hubiera una cadena que conectara ambas partes de su cuerpo. Los movimientos de las caderas de Stella causaron ondas en el agua, y ella elevó un poco el teléfono para evitar que se mojara.

–Stella…

–Sí, Matthew.

–¿Crees que podría volver a verte?

No era exactamente lo que creía que iba a pedirle, pero sus palabras le provocaron una sonrisa. Se hundió un poco más en el agua.

–¿Quieres verme?

–No te lo preguntaría si no quisiera.

–Creo que… podría organizarlo –dijo ella, y repasó mentalmente sus horarios de las siguientes semanas–. ¿Qué has pensado?

–¿Te resulta muy difícil venir a Chicago?

–Vivo en Pennsylvania –dijo ella, y se rio–. Así que no es fácil.

–Ah… No me había dado cuenta… –Matthew se rio también, y chapoteó–. Voy a salir de la bañera. Me da vueltas la cabeza. Creo que he puesto el agua demasiado caliente.

Ella podía haberse quedado más tiempo, y habría sido bueno leer un poco. Pero miró el reloj y se dio cuenta de que tenía que acostarse. La idea de meterse en la cama mientras seguía hablando con él… tenía potencial.

–Vivo a un par de horas de Filadelfia. En la zona *amish* –dijo Stella, y salió de la bañera. Se quedó de pie, chorreando agua, y escuchó su respiración–. ¿Estás bien?

–Sí, bien. Solo he tenido que sentarme un minuto. Ahora me acuerdo de por qué no me doy baños.

–Es agradable, si no te crees que eres una langosta en una cazuela.

Matthew resopló suavemente.

–Así que Filadelfia, ¿eh? Me encantan los bocadillos de carne con queso que hacen por allí.

–Entonces, has estado por aquí, ¿no? –preguntó ella. Se secó con una mano y salió desnuda al dormitorio. Sacó un camisón limpio de un cajón y se lo metió por la cabeza, sin poder oír la mitad de lo que había dicho él.

–… viajar a Filadelfia.

–Disculpa, no te he oído. Me estaba vistiendo.

–Noooo –dijo Matthew–. ¿Por qué has hecho eso?

Stella se rio. Aquella conversación podía haber sido embarazosa, o podía haber terminado con una sesión de masturbación a dúo, cosa que a ella no le habría importado demasiado.

–Porque no me gusta dormir desnuda.

–Eso no es del todo cierto –dijo él, entre las risas de Stella.

–Yo casi no he dormido contigo. Eso no cuenta.

–Cierto. No hemos dormido demasiado. Bueno, ¿y qué te has puesto ahora?

Stella miró el camisón de franela, que parecía de una abuela.

–Un camisón negro transparente con bragas a juego.

Matthew gruñó.

–Ojalá pudiera verlo.

–Puede que tengas suerte.

Stella abrió la puerta de su habitación para ver qué hacía Tristan, pero su puerta seguía cerrada. No salía luz por la rendija de abajo. Pensó en llamar, pero, sinceramente, no tenía ganas de discutir más. Volvió a cerrar su puerta.

—Entonces, te resultaría difícil volver a Chicago.

—No más que las otras veces. Puedo ir a verte, si quieres. A mí me gustaría.

—Nos lo pasamos bien, ¿verdad?

—Sí.

Hubo un silencio, aunque no fue incómodo. Ella oyó un suave sonido y pensó que, tal vez, él se estuviera poniendo una camiseta. Tal vez se estuviera metiendo entre las sábanas, como ella.

—Stella.

—¿Sí?

—¿Te gusta que te haya llamado?

—Sí —respondió ella, conteniendo un bostezo—. Y tú, ¿te alegras de que te diera mi número de teléfono?

—Sí. ¿Puedo volver a llamarte?

—Cuando quieras —dijo Stella. Apagó la luz y se tapó.

—Es tarde. Debería colgar ya.

«No», pensó ella. «No, no quiero que cuelgues».

Sin embargo, eso sería demasiado para una primera llamada, aunque ya se hubieran acostado más de una vez. Stella sonrió al recordarlo.

—Sí, necesito dormir. Muchas gracias por llamar.

—Volveremos a hablar pronto.

—Cuando quieras —le dijo ella.

—Adiós —dijo él.

Ninguno de los dos colgaba. Los dos se echaron a reír. Stella intentó contenerse para que Tristan no la oyera reírse a carcajadas como si estuviera loca.

—Cuelga —dijo ella, entonces. Después, con otro tono de voz, añadió—: ¡No, no! ¡Cuelga tú!

—Podemos contar hasta tres —dijo Matthew—. Una, dos, tres...

Ella esperó, pero él no colgó.

–Buenas noches, Matthew –dijo Stella por fin.

–Buenas noches, Stella. Que sueñes en color.

Ella estaba a un segundo de colgar, pero aquello la detuvo.

–¿Qué?

Era demasiado tarde. Él ya había colgado.

Capítulo 18

Aquella mañana, Stella se había despertado con un terrible dolor de cabeza y con el estómago revuelto. Estaba segura de que el vuelo que había reservado estaba lleno, y que se iba a quedar en Harrisburg. Sin embargo, la suerte estaba de su lado, porque el avión no estaba lleno y, además, consiguió un asiento en clase business.

—¿Por qué no? —le preguntó la azafata menuda y rubia, mientras ella ocupaba un asiento en una fila vacía—. No hay ningún otro ocupante, ¿no?

Era una gran forma de empezar el día. Stella había elegido aquel vuelo tan temprano para poder aprovechar al máximo el tiempo que pasara en Chicago.

Ya estaba agotada.

Matthew y ella se habían pasado las dos semanas anteriores o charlando *online* o hablando por teléfono, o, a veces, si él no tenía a las niñas, hablando por videoconferencia, manteniendo conversaciones serias o divertidas. Habían flirteado. A Matthew le encantaba hacerlo, y Stella era aficionada a los dobles sentidos. Algunas de sus conversaciones la habían dejado muy excitada, y no había duda de que iba a Chicago con la intención de acostarse con él de nuevo. De hecho, solo podía pensar en eso. Había estado distraída en el trabajo, recordando cómo se deslizaba el miembro de Matthew en su cuerpo. Se había pasado días y días consumida por sus fantasías.

En casa, había tenido mucha paciencia con Tristan, y el niño había mejorado mucho su actitud. Le había hablado de su nueva relación, dejándole claro que no era nada demasiado importante, y se había preparado para el rechazo de su hijo, pero no parecía que a Tristan le importara mucho. A Jeff, Stella no le había contado nada.

—¿Quiere tomar algo? —le preguntó la azafata.

Stella salió de su ensimismamiento y sonrió.

—Ah… sí, por favor. Me vendría bien un poco de zumo de naranja, si tienen. Y café.

—Sí. También tenemos magdalenas y fruta, si le apetece. El vuelo no es muy largo —dijo la azafata, en tono de disculpa, y movió la mano señalando la zona business—. Pero, como puede ver, no estamos precisamente llenos.

—No se preocupe. Con un café y un zumo es más que suficiente —dijo ella. De todos modos, no iba a poder comer nada.

El vuelo duraba dos horas pero, a causa del cambio de zona horaria, llegó solo una hora más tarde de la hora a la que había salido. Ella se había ofrecido a tomar un taxi para ir al apartamento de Matthew, pero él le dijo que iría a recogerla.

—Que tenga un buen fin de semana —le dijo la azafata—. ¿A qué hora vuelve a casa el domingo?

—Tengo el vuelo de última hora de la tarde.

La azafata sonrió.

—Yo hago ese vuelo. Nos veremos entonces.

Stella fue primero al servicio. Se peinó, se dio colorete en la nariz y se retocó la pintura de los labios. Tenía ojeras, debido al nerviosismo y a la falta de sueño. Se apretó el estómago con ambas manos y se giró hacia un lado y hacia el otro para mirarse desde todos los ángulos.

Se había puesto un vestido azul de tela suave y unas mallas a juego, y se había calzado con sus zapatillas Converse preferidas, el par que había diseñado y se había regalado a sí misma por su cuarenta cumpleaños. Era un atuendo cómodo, bonito y sexy. Le sentaba muy bien. No era un atuendo para seducir, aunque se hubiera puesto un conjunto nuevo de bragas y sujetador de encaje.

Respiró profundamente. No podía quedarse para siempre en el baño. Se lavó cuidadosamente las manos y se las secó, pero todavía le temblaban cuando tomó el asa de la maleta y tiró de ella para recorrer la terminal.

Vio a Matthew antes de que él la viera a ella, y se alegró, porque así tenía medio minuto para calmarse. Era Matthew, se dijo. Ya lo conocía. Iba a ser un gran fin de semana. «Deja de preocuparte, Stella».

Cuando él la vio, la saludó con la mano y se abrió paso entre la multitud. Y, entonces, estaba frente a ella.

Era real.

No habían hablado de cómo iban a saludarse, ¿quién iba a hablar de eso? Pero, en aquel momento, Stella se arrepintió de no haberle preguntado si pensaba besarla. Si debería estar preparada para un abrazo, o si solo iban a mirarse el uno al otro con una sonrisa boba mientras que todo el mundo pensaba que eran idiotas.

Matthew la besó. Le dio un beso rápido en la mejilla, justo al lado de los labios. Casi nada, pero, después, la tomó entre sus brazos y la estrechó con tanta fuerza que casi no la dejó respirar.

—Hola —le dijo al oído.

Stella respondió a duras penas.

—Hola.

Se sonrieron. Después, ella se puso de puntillas para darle un beso de verdad. Un beso largo, con un roce ligero de lenguas, antes de que ella se apartara con las mejillas sonrojadas.

—¿Tienes hambre? —le preguntó Matthew.

—Me muero de hambre —respondió ella.

Y, de repente, era cierto. Se había despertado antes del amanecer y tenía demasiado sueño como para comer. Tristan ya se había ido a casa de su padre. Ella no había desayunado y había declinado el desayuno del avión. Tenía el estómago encogido, pero al ver la sonrisa de Matthew, toda la tensión había desaparecido.

Él le quitó el asa de la maleta y la tomó de la mano. Entrelazó sus dedos con los de ella y la llevó hacia la salida.

—¿Desayunamos?

—Yo siempre puedo desayunar —dijo Stella.

—Sí, ya me acuerdo.

Él había aparcado en el garaje que, a aquellas horas de la mañana, estaba muy concurrido. Sin embargo, eso no tuvo importancia cuando él la atrapó contra el coche y empezó a besarla con dureza. Stella le rodeó el cuello con los brazos. El beso le hizo daño, pero a ella no le importó. Se devoraron el uno al otro durante unos minutos, hasta que a ella le temblaban las rodillas y le faltó el aire. Si no interrumpía el beso, iba a desmayarse.

Matthew posó su frente en la de ella.

—Tienes un sabor delicioso. Solo podía pensar en besarte otra vez.

—Vaya —dijo Stella, y se echó a reír con algo de azoramiento—. Está claro que sabes darle la bienvenida a una chica.

—Desayuno. Te he prometido que íbamos a desayunar. Qué anfitrión más malo soy —murmuró él contra su boca.

—Bésame un poco más —le pidió Stella—. Y te perdono.

Él la besó, e hizo algo más que eso. Deslizó la mano

entre ellos para apretarle entre las piernas. Fue algo rápido, unos cuantos segundos, pero aquella presión le causó tanto placer que ella se estremeció. El bocinazo de un coche que pasaba a su lado los separó. Matthew tenía cara de culpable, tal vez de azoramiento, incluso, y Stella se rio por dentro. Ella había hecho algo más que besuquearse y toquetearse en un garaje otras veces, pero, en aquel momento, no quería pensar en lo que había hecho con otros hombres. En aquel momento, estaba con él.

Matthew abrió la puerta del coche y la cerró cuando ella se hubo sentado. Mientras él rodeaba el coche para sentarse tras el volante, ella se miró al espejo retrovisor. Tenía la boca húmeda y el carmín desdibujado, pero la sombra del cansancio había desaparecido de su rostro. Tenía los ojos brillantes y las mejillas rosadas. Se apartó un mechón de pelo de la frente y se giró hacia Matthew, que acababa de entrar.

—¡En marcha, Jeeves!

—Llámame Alfred —dijo él—. Suena mejor.

—Si tú eres Alfred, entonces yo soy Batman —respondió Stella, con un mohín—. No quiero ser Batman.

—¿Quién no quiere ser Batman? —le preguntó él, mientras daba marcha atrás para salir del sitio en el que había aparcado y entraba en la fila de los que estaban esperando para salir del garaje.

Stella se dio cuenta de que tenía un BMW al ver el logotipo en la guantera. Antes no lo había visto, porque estaba demasiado ocupada besándolo. No la impresionó, pero sí la sorprendió.

—Tú deberías ser Batman, no yo.

—Entonces, ¿tú eres Catwoman? —le preguntó él, con una sonrisa.

Stella enarcó una ceja.

–Miau, Bruce Wayne.

Matthew no era un conductor paciente. Ella se dio cuenta durante los primeros minutos, cuando él se puso a murmurar sobre los otros coches y le mostró el dedo corazón a otro conductor que quiso colársele, aunque discretamente y por debajo del nivel del salpicadero. Lo que no esperaba en absoluto era que condujera como un piloto del Nascar. Cuando llegó a la autopista, apretó el acelerador a fondo.

Stella se agarró al abridor de la puerta con una mano y, con la otra, al borde del asiento. Apretó los pies contra el suelo y miró hacia delante mientras Matthew serpenteaba entre el tráfico, y tuvo que hacer un esfuerzo para no ir haciendo un movimiento de freno con el pie cada vez que él se acercaba demasiado a otro coche.

A aquellas horas de la noche no hay demasiado tráfico, y menos con aquel tiempo, pero las luces rojas de los coches que les preceden le recuerdan a las luces del árbol de Navidad de Brad y Janet. Y los semáforos, con sus luces verdes y amarillas. Y el color anaranjado de las farolas. Todo brilla, y ella echa la cabeza hacia atrás y se ríe de lo estupendo que es el mundo. En el asiento trasero empiezan a oírse gruñidos y quejidos de dos niños pequeños que ya tenían que estar en la cama desde hace mucho rato.

–¡Me está tocando!

–¡Él me está mirando!

–¡Me ha quitado el muñeco! ¡Mamá, dile a Tristan que me dé mi muñeco!

–Gage –le dice Stella, girándose en el asiento y mostrándole el dedo índice–. ¿Es que no lo puedes compartir?

Entonces se oye el chirrido de unos frenos, un crujido metálico y la rotura de un cristal, y todo se vuelve frío.

Todo se vuelve oscuro.

—Eh, ¿estás bien?

Stella cerró los ojos para contener las náuseas provocadas por el recuerdo. Miró a Matthew e intentó sonreír y mentir, pero la distrajo el dolor que sentía en los dedos por la fuerza con la que se estaba agarrando al abridor de la puerta. La carretera estaba llena de coches y de luces, pero no era de noche. No había hielo en la calzada.

Matthew no iba a tener un accidente. Y no había niños en el asiento trasero.

Él paró en un semáforo en rojo, se giró en el asiento y le puso una mano en la pierna.

—¿Stella?

Ella se sobresaltó. Tomó aire y le sonrió débilmente.

—Conduces muy rápido.

—¿De verdad? —preguntó él.

El semáforo se puso en verde, y Matthew quitó el pie del freno sin apartar la mirada de ella.

—Mira a la carretera —dijo ella. Fue demasiado seca, y se avergonzó. Cerró la boca y apretó los dientes.

Matthew puso las dos manos en el volante y asintió, y se concentró en la carretera. Durante los cinco minutos siguientes guardaron silencio y, para cuando él entró en el aparcamiento de la cafetería a la que la había llevado la vez anterior, Stella estaba llena de ansiedad otra vez.

—Lo siento… —dijo ella, cuando él paró el motor, pero Matthew la besó y la interrumpió.

—No. Soy yo quien lo siente. Me contaste lo del accidente, y debería haberlo tenido en cuenta. Mi mujer me dice todo el tiempo que conduzco como un loco.

A Stella no se le escapó que había dicho «mi mujer», pero no hizo ningún comentario. Dejó que él la besara.

–He mejorado mucho. Cuando conduzco yo, no tengo ningún problema. Es solo cuando voy de pasajera.

–Lo entiendo.

Sin embargo, Matthew no podía entenderlo. Nadie podía, ni siquiera Jeff, que también había estado en aquel coche.

–Se trata de tener el control –dijo ella–. Cuando conduzco yo, sé que tengo el control de la situación, así que no me pasa nada. Sin embargo, cuando no estoy al volante, a veces todo vuelve.

Matthew no dijo nada, lo cual era una respuesta perfecta. La besó de nuevo, ligeramente. Después, le tomó las manos y se las sujetó durante unos minutos, hasta que ella dejó de temblar.

–Bueno, ¿quieres que entremos ya? O, si quieres, podemos ir a otro sitio.

–No –dijo Stella, entrelazando sus dedos con los de él–. Este lugar es perfecto.

<h1 style="text-align:center">Capítulo 19</h1>

–Necesito ir por algo de beber –dijo él, protegiéndose los ojos del sol, mirando por encima de los puestos y los escenarios que habían montado a la orilla del río–. ¿Estás bien aquí?

Stella asintió. Estaba al sol, y se sentía relajada. Corría algo de viento y, sin el sol, habría hecho frío.

–Sí. Te espero aquí. Que disfrutes de la música.

En realidad, aquella música no era su preferida. En el Riverwalk había un festival de música *rock* independiente y un mercadillo benéfico, además de puestos que ofrecían perritos calientes y bollos. Sin embargo, había sido difícil encontrar un banco libre, y ella no quería dejarlo.

Matthew le dio un beso rápido y se metió entre la multitud, y ella lo perdió de vista después de un minuto. Stella estiró las piernas y observó a la gente que iba y venía. Pasaron cinco minutos. Después, otros cinco. Empezó a buscarlo con la vista, pero no lo vio. Le envió un mensaje de texto. Después, miró su correo electrónico, entró en su perfil de Connex, leyó unos cuantos blogs que seguía. Sin embargo, Matthew no aparecía, y tampoco había contestado a su mensaje.

Cuando casi había pasado media hora, se levantó del

banco y se irguió para ver si localizaba su camisa de cuadros negros y rojos. Nada. Volvió a mirar el teléfono, para ver si se le había pasado por alto su mensaje, pero no había recibido ninguno.

Se le encogió el estómago. ¿Y si le había sucedido algo? Era improbable, en mitad de un festival de música, a plena luz del día, pero…

Rosemarie, la madre de Denise, una de sus amigas del instituto, tenía epilepsia. En una ocasión, había salido sola al centro comercial para comprar unas cortinas, y había sufrido un ataque. No había vuelto a casa hasta seis horas después, porque, después de la crisis, no había sido capaz de decirles a los servicios de urgencias quién era, y alguien había sido lo suficientemente desgraciado para robarle el bolso.

¿Y si a Matthew le había ocurrido algo así? ¿Cómo iba a saberlo ella? Stella se movió de un lado a otro, con el teléfono en la mano, y le envió un mensaje menos amable que el primero: *¿DÓNDE ESTÁS?*

Lo vio precisamente en aquel momento, dirigiéndose hacia ella entre la gente. Tenía una botella de agua vacía en la mano, y la tiró a una papelera al pasar.

—¿Estás bien? —le preguntó ella—. Me estaba preocupando mucho.

Matthew miró hacia atrás.

—Sí. Lo siento. Yo…

Stella sintió tanto alivio, que lo abrazó. Después de unos segundos, él correspondió a su abrazo. Stella se apartó y lo miró a la cara.

—Te he mandado un mensaje y, al ver que no respondías…

—Oh. Mierda. No lo he oído. Perdona, Stella. Me he encontrado con alguien y no podía marcharme.

Ella retrocedió al oír su explicación.

—Han pasado casi cuarenta minutos. ¿No se te ocurrió pensar que yo podía estar preocupada? Podías haberme enviado un mensaje. Yo habría ido a buscarte.

La expresión de Matthew le dio a entender que no era una opción.

Stella irguió los hombros y apretó la mandíbula.

—Por lo menos, podías haberme contestado a los mensajes para decirme que estabas bien.

—Lo siento —repitió él, con cara de consternación—. Ya te he dicho que no he oído el teléfono.

Oportunamente, su teléfono emitió un sonido verdaderamente fuerte. Stella miró hacia el bolsillo de Matthew. Él sacó el teléfono y tocó la pantalla para ver el mensaje. Ella esperó a que él dijera algo, pero Matthew se limitó a meterse el teléfono en el bolsillo.

—No oíste mi mensaje.

—Yo… Tu número… está conectado a una aplicación de mi teléfono. No siempre la tengo activa para que me envíe las notificaciones, así que no he recibido tus mensajes. Tienes razón, yo debería haberte enviado uno, pero… se habría notado si hubiera sacado el teléfono y me hubiera puesto a escribir. Me habría resultado difícil explicarlo.

—¿Una aplicación? —preguntó ella. Eso explicaría por qué tenía un número de teléfono de Nevada cuando vivía en Chicago. El resto de la historia no fue muy difícil de deducir—. Te has encontrado con tu exmujer, ¿no?

—Todavía tenemos el mismo plan de teléfono. Para ella era complicado contratar uno propio; yo tenía que haberla ayudado, pero todavía no lo he hecho.

—Y no quieres que vea que me estás llamando ni enviando mensajes. ¿Es que ella controla ese tipo de cosas?

Su expresión lo dijo todo. Stella exhaló un suspiro de irritación. Se alejó unos cuantos pasos de él, y se puso el jersey que llevaba atado a la cintura. Estaba empezando a tener frío por el viento o, tal vez, por la ira que sentía. Solo llevaba cuatro horas allí, y ya estaba calculando si tenía tiempo suficiente para volver al aeropuerto y tomar el siguiente vuelo a casa.

—Eh, Stella. No te enfades, por favor —le dijo Matthew. La tomó del brazo e hizo que se girara hacia él—. Lo siento mucho. De verdad.

—Entiendo que no quieras restregarle en la cara que yo estoy aquí, pero me parece muy grosero por tu parte que me tengas esperando todo este tiempo sin enviarme un mensaje. Soy tu invitada, Matthew. Aunque solo sea eso, soy tu invitada.

Él también se enfadó, pero a ella no le importó. Estaba furiosa, y no temía hacérselo saber.

—No. No quería restregarle nada por la cara, como dices tú. Caroline estaba con las niñas, y habría sido feo. Eso es todo. No solo para ellas, sino para ti también. No quería someterte a eso. Cuando las conozcas —dijo Matthew—, no quiero que sea por casualidad, ¿sabes? ¿Te resulta difícil de entender?

Stella frunció los labios.

—Oh, no. Está muy claro. Lo entiendo perfectamente. Pero lo que tú no entiendes es que a mí no me importa que te hayas encontrado con tu mujer o con otra persona. Lo que me importa es que me hayas dejado aquí plantada casi tres cuartos de hora sin decirme dónde estabas. Creía que te había pasado algo.

Ella cabeceó y se cruzó de brazos. No quería montar una escena.

—Tienes razón —dijo él, e intentó agarrarla—. Mierda, Stella, lo siento mucho.

Ella se calmó. Dejó que él la abrazara, aunque no le ofreció la cara para que le diera un beso. La parte más recelosa de sí misma todavía quería volver a casa, pero la otra parte, la más oscura y ávida, todavía no había conseguido suficiente de él.

—¿Quieres que nos marchemos de aquí?

Stella ya no quería seguir sentada al sol.

—Sí, claro.

En el coche, él no arrancó el motor. Se quedó mirando hacia delante un minuto, más o menos, mientras Stella esperaba a que dijera algo. Por fin, se giró hacia ella.

—El divorcio ha sido muy duro para ella.

Stella se quedó callada.

—Es duro para todo el mundo –añadió él–. Seguro que tú también lo sabes.

—Sí –respondió ella con cautela–. Pero yo no comparto un plan de teléfono móvil con mi exmarido. Y nunca habría tenido que ocultarle con quién me relaciono o a quién invito de visita, sinceramente.

—¿Y tú hijo? –le preguntó él, con sequedad–. ¿Le presentarías a cualquier desconocido, solo porque estés...

Ella esperó a que terminara la frase, pensando que, si decía «estés follando con él», se bajaría del coche y se marcharía a casa, aunque tuviera que dejarle allí la maleta.

—Mis niñas son pequeñas –dijo Matthew–. Y yo no he salido con nadie desde el divorcio. Caroline, tampoco. Supongo que ninguno de los dos quiere ser el primero en empezar.

—Pero tú estás divorciado, ¿no? Quiero decir, es oficial. ¿Habéis firmado los papeles?

—Sí.

—¿Y ella no quería?

—No es eso –preguntó Matthew, con sorpresa–. Ella fue la que me lo pidió.

Stella se apoyó en el respaldo con los brazos cruzados. Su relación con Matthew era demasiado nueva para soportar aquel tipo de drama. En realidad, ni siquiera era una relación.

—Lo siento, Stella. De verdad. He sido un idiota.

—Sí —dijo ella, sin mirarlo—. A mí no me interesa meterme en tu vida y hacer estragos, ¿sabes? Todos tenemos nuestros problemas. Y entiendo que quieras proteger a tus hijas. Lo que no veo tan claro es por qué todavía estás tan unido a tu exmujer como para tener que comportarte como si la estuvieras engañando.

Él se quedó asombrado al oírla. Entonces, la miró con una expresión de culpabilidad. Tal vez había engañado a su mujer, y por eso ella le había pedido el divorcio. Stella no iba a meterse en eso.

—Yo no tengo por qué restregarle nada por la cara. Y ella miraría la factura para ver si estoy llamando a números desconocidos. Ya lo ha hecho antes. Entonces, se pone como loca. No quiero líos. Eso es todo.

Stella suspiró.

—Creo que deberías llevarme al aeropuerto. Puedo alojarme en un hotel allí y…

—¡No! —exclamó Matthew, y la agarró—. Demonios, Stella, no hagas eso. ¿No puedo compensarte de ningún modo? Me siento fatal, de verdad.

Ella lo observó, intentando calibrar su sinceridad. Matthew no le había parecido de los que estarían dispuestos a pasar por encima de ella para conseguir lo que quería, pero sí tenía aquel encanto que muchos hombres sabían que podían utilizar para salirse con la suya.

Iba contra el sentido común, pero Stella sonrió un poco.

—Vas a tener que trabajártelo bien.

—Está bien. Eso lo puedo hacer —dijo Matthew con otra sonrisa.

—Vas a tener que trabajar muy duro. Muy muy duro.

Matthew se irguió en el asiento y asintió con firmeza.

—Lo que haga falta. De hecho, en este momento ya estoy medio duro.

—Malo. Eres muy malo, ¿lo sabías? —le preguntó Stella.

Matthew se inclinó para darle un beso, aunque ella no le correspondió de inmediato.

—Sí, ya lo sé.

Stella permitió que la besara.

—Estoy llena —dijo Stella y, con un gruñido, se dejó caer en el sofá de Matthew—. No sé dónde puedes meter tú tanta comida.

Habían ido al cine, de compras y al Skydeck de Willis Tower. Y, después, a cenar. Se habían divertido haciendo todo lo que él creía que a ella le gustaría hacer. Sin embargo, lo que verdaderamente quería Stella era pasar tiempo con él. Tal vez él estuviera tratando de impresionarla. Tal vez estuviera intentando impedir que hubiera más tensión entre ellos manteniéndolos ocupados hasta que ambos se desmayaran.

Por lo menos, Caroline le había dejado en paz. Solo le había enviado un par de mensajes de texto anodinos que Matthew le había mostrado, aunque ella no se lo había pedido.

En aquel momento, lo observó mientras él se servía una buena medida de whisky.

—¿Te apetece uno? —le preguntó, mostrándole el vaso.

—No, gracias.

—Tengo vino.

—No puedo —respondió Stella—. Explotaría, en serio.

Matthew se sentó a su lado en el sofá, con un movimiento tan ágil y rápido, que el licor ni siquiera se agitó.

–No, no quiero que explotes.

Al ver cómo la recorría con la mirada, ella sintió calor. Después de la discusión del coche, él había sido encantador durante todo el día. La había tomado de la mano, le había hecho caricias con la nariz en el cuello, le había dado algún abrazo espontáneo... Sin embargo, no la había mirado así hasta ahora, y era lo que ella había estado esperando desde que él la había atrapado contra el coche en el aparcamiento y había asaltado su boca.

Ella lo besó, y notó que sabía a whisky. Matthew gimió suavemente. Stella se sentó en su regazo y le tomó la cara entre las manos para besarlo con más fuerza.

–Se te va a caer el whisky –le dijo contra sus labios–. Será mejor que te lo bebas.

Matthew puso el vaso entre ellos dos y la miró por encima del borde. Sin dejar de mirar su boca, Stella se estrechó contra él. Él le ofreció el vaso, y ella le dio un sorbo. Se estremeció al notar la quemazón del alcohol.

Matthew se echó a reír y apuró el vaso. Después, se estiró hacia atrás para dejarlo en la mesa del sofá. La tomó por las caderas y la besó profundamente, y le puso una mano en la espalda para apretarla contra sí. A los pocos minutos, ambos se estaban frotando uno contra el otro.

Stella interrumpió el beso y jadeó.

–Matthew...

–Sí –dijo él.

No permitió que ella hablara más. Capturó sus suspiros con la boca y movió su erección contra ella, y Stella sintió tanto placer que se olvidó de lo que iba a decir. Si acaso iba a decir algo.

Tal vez solo le gustara pronunciar su nombre.

Metió una mano entre sus cuerpos y le abrió el pantalón. Posó la palma de la mano en su miembro caliente, y él metió las manos bajo su vestido y encontró su clítoris a través de la tela suave de sus mallas. La acarició una vez, y dos, hasta que ella se estremeció.

—Es delicioso —susurró Stella.

—Quiero que te sientas bien. Quiero ver cómo te corres.

—Y a mí —dijo Stella, irguiéndose—, me encantaría que me vieras correrme.

—Noto tu calor. Y aquí —dijo él, acariciándole el clítoris de nuevo— estás dura. Esto me excita mucho…

Stella gimió.

—Es una gozada. Sigue así.

Él siguió acariciándola, con una presión tan ligera que Stella casi no debería notarla, pero que la volvía loca por ese mismo motivo. Quería retorcerse y alejarse, gimotear, pero se mantuvo inmóvil para no bajar de su regazo, y le agarró la pechera de la camisa.

—Esto te gusta —dijo él.

Ella se echó a reír, sin aliento, y lo besó.

—Sí. Me gusta.

Stella quería pedirle que deslizara la mano en sus bragas, que le hundiera los dedos en el cuerpo, pero no se movió. Matthew abrió la boca y, con su lengua, acarició delicadamente la de ella. Siguió ejerciendo aquella presión ligera y frustrante con el dedo pulgar, mientras el placer aumentaba, y Stella dejó caer la cabeza sobre su hombro. Estaba temblando, a punto de llegar al orgasmo, y tenía todos los músculos tensos.

Él se detuvo.

Stella gruñó, pero no se movió. Haría falta muy poco para que ella llegara al éxtasis en aquel momento, pero ni siquiera podía mover las caderas para apretarse contra sus dedos. Lo único que podía hacer era concentrarse en aquella llama de placer que había entre sus piernas.

Él pasó el dedo por su clítoris otra vez, lentamente, mientras le apretaba la nalga con la otra mano. Le besó la garganta y le mordió suavemente el cuello.

—Oh... —susurró ella—. Oh, oh...

—Córrete —dijo Matthew—. Quiero que te corras.

Y ella lo hizo. Se abandonó a la oleada de placer en silencio, salvo por un jadeo de agonía y, cuando todo terminó, se desplomó contra él.

Matthew le acarició la espalda y la abrazó. Estuvieron así un minuto. Stella abrió los ojos y se irguió, aunque podría haber seguido así para siempre.

—Vaya —dijo.

Matthew sonrió.

—¿Te ha gustado?

—Um... sí.

Se movió un poco en su regazo y deslizó la mano entre ellos para tomar su miembro erecto. Se sentía relajada y saciada, pero quedaba aún más por llegar. Eso esperaba.

Al recibir sus caricias, Matthew cerró a medias los párpados. La bajó de su regazo y la puso en el sofá, de rodillas, de cara al respaldo. Se colocó contra su espalda y la hizo apretar las manos sobre los almohadones del sofá y agarrarse a ellos. Stella miró por encima de su hombro hacia atrás, y vio que Matthew le subía el vestido por las caderas y le bajaba las mallas y las bragas, que ya estaban humedecidas.

—Inclínate hacia delante.

Ella obedeció y cerró los ojos de nuevo, esperando sus caricias. Al notar sus dedos en los pliegues de su cuerpo, y dentro, Stella gimió. Matthew encontró su clítoris y se lo acarició también, antes de retirarse.

–Un segundo –dijo él.

Stella oyó que abría el paquete de un preservativo, y esperó la presión de su miembro. Matthew no la decepcionó. Se frotó contra ella para humedecerse y entró lentamente en su cuerpo. Aquel ángulo hizo que la fricción fuera un poco extraña para Stella, pero ella se inclinó aún más hacia delante, separó las rodillas y elevó las caderas para que él pudiera hundirse más profundamente.

–Dios –susurró Matthew–. Oh, Stella, estás muy húmeda…

Ella ya lo sabía, porque él se había deslizado en su interior con facilidad, pero, al oír que él lo decía como si le hubiera hecho el mayor de los regalos, sintió escalofríos de placer.

Matthew se movió despacio y, poco a poco, con más fuerza y más rapidez. Hizo movimientos cortos y secos y, después, largos y pausados. Estaba jugando con ella, y a ella le encantaba. De vez en cuando, él le pellizcaba el clítoris, provocándole descargas de deseo. Sin embargo, a ella no le preocupaba si iba a tener otro orgasmo o no. El viaje ya era delicioso de por sí.

Matthew siguió así durante una eternidad. Stella posó la cabeza en los almohadones y empujó con las caderas contra su cuerpo. El sonido de sus cuerpos al chocar la excitaba aún más, como los gemidos de Matthew. Él le apretó el ano con el dedo pulgar, y aquella presión inesperada hizo que ella se impulsara hacia delante. El movimiento le causó otro orgasmo.

–Oh, Dios, noto que vas a correrte… –dijo Matthew–. Yo también…

Stella emitió un suspiro entrecortado y movió las caderas para conseguir que él se hundiera aún más en ella. Matthew gritó con la voz ronca, y ella sonrió. Un momento después, ambos cayeron sobre el sofá.

Stella se movió, y el vestido cayó hasta sus muslos. Ella se subió las bragas y las mallas, y lo miró.

–Ummm....

Él abrió un ojo. Sin moverse, agitó un brazo en dirección hacia la mesa.

–¿Podrías… acercarme…?

Stella se echó a reír y le acercó la caja de pañuelos de papel para que pudiera deshacerse del preservativo. Después, tomó el puñado de pañuelos usados y la caja para tirarlo todo en la cocina. Se sirvió un vaso de agua fría y se lo bebió, mientras hacía un catálogo de los deliciosos dolores que él le había causado. Le dolían, sobre todo, las rodillas, pero también tenía un pequeño tirón en el cuello y en los hombros. Con un gesto de dolor, se frotó la zona.

–¿Estás bien? –le preguntó Matthew, que había entrado en la cocina. Abrió la nevera y sacó una cerveza. Se la ofreció. Stella negó con la cabeza.

–Solo es un pequeño tirón –dijo Stella. Se lo frotó mientras él abría la cerveza y le daba un sorbo–. Es una vieja lesión que algunas veces se reaviva.

–Siéntate –dijo él, y le señaló una de las sillas de la cocina. Dejó la lata en la mesa y le puso las manos en el cuello–. ¿Aquí?

–Más abajo. Sí. Ahí. ¡Ay!

–Tienes un nudo bien duro ahí –dijo él.

Le masajeó los músculos con firmeza, tocando los nudos musculares de un modo que hizo que ella tuviera ganas de llorar, aunque, al mismo tiempo, se sentía muy bien.

Sin darse cuenta, Stella empezó a llorar de verdad. Intentó contenerse, pero se le escaparon unos pequeños sollozos. No sabía por qué, solo que, mientras él le masajeaba los músculos tensos, todo el estrés y el miedo volvieron a invadirla, y la euforia que había sentido durante aquella hora en el sofá con él había conseguido bajar sus defensas, de modo que ya no podía contener las emociones.

—Eh —dijo Matthew, al darse cuenta—. Lo siento. ¿Te he hecho daño?

—No, no. Lo siento. Me siento como una tonta. Lo siento.

Stella se enjugó los ojos y se los apretó para impedir que siguieran cayéndosele las lágrimas. Respiró hondo, para contener la avalancha de emociones que la estaba abrumando. Todo aquello era mucho más de lo que ella estaba buscando y ¿qué se suponía que iba a hacer ahora que se lo había encontrado?

Matthew no dijo nada más. La abrazó contra su camisa y le acarició el pelo. Y eso era realmente lo que ella necesitaba, no palabras ni tópicos, sino el consuelo silencioso de su contacto.

—Ojalá no tuvieras que irte —le dijo Matthew, hablando contra su cuello.

Habían hecho una tienda de campaña con la sábana, y la luz que entraba por la ventana se filtraba a través de la tela. Ella movió las rodillas para ver cómo cambiaba la luz. El roce de sus labios en la piel le causó un escalofrío, pero no quería que Matthew se apartara de ella.

—Pero tengo que irme —dijo.

—Ya lo sé.

Matthew suspiró y la estrechó contra sí. Bajó una mano por su vientre y jugueteó con sus rizos. Sus dedos le rozaron el clítoris una vez, pero nada más.

Ella rodó para colocarse de frente a él, y apartó la

sábana con los pies para que pudieran estar tumbados y desnudos. Le acarició la cara y lo besó.

—Ha sido un fin de semana maravilloso, Matthew. Gracias.

Volvió a besarlo, pero se alejó cuando él quiso hacer el beso más profundo. Se echó a reír y agitó el dedo mientras se levantaba.

—Tengo que irme. Necesito darme una ducha y salir para el aeropuerto...

Matthew gruñó y se dejó caer sobre la almohada...

—Pff.

Stella se rio de nuevo, y el corazón se le aceleró un poco al pensar en que, tal vez, él quería de verdad que se quedara.

—Puedes llamarme, ¿sabes? Cuando quieras. No es que no podamos hablar nunca más.

—¿Y si no podemos? ¿Y si sales por la puerta y no vuelvo a verte?

Estaba tan sumamente guapo desnudo... Matthew se encontraba cómodo en su propia piel, y eso le hacía glorioso. Le cortaba la respiración. Tuvo que hacer un esfuerzo para no abalanzarse sobre él otra vez. No podía perder el vuelo, porque no había otro hasta el día siguiente.

—Volverás a verme —dijo ella.

Él sonrió lentamente.

—¿De verdad?

Stella vaciló. Hacer promesas era la forma más rápida de acabar diciendo una mentira.

—Bueno, a mí me gustaría mucho. Y estoy segura de que podemos arreglarlo, si tú también quieres. Podrías ir a visitarme a Pennsylvania. Volar a Filadelfia. Yo te enseñaría la ciudad.

Él la miró durante un largo instante sin decir una palabra. Después, le tendió la mano. Tiró de ella. La besó con dulzura, lentamente, hasta que a ella empezó a darle vueltas la cabeza.

–Podrías volver aquí –murmuró Matthew, contra sus labios–. Y podríamos quedarnos todo el tiempo en casa.

Ella se rio y le devolvió el beso.

–Bueno… si te empeñas…

–Sí –dijo él–. Por supuesto que sí.

Capítulo 20

Así era como había comenzado aquello entre los dos. Con una promesa que ella no había podido hacer un par de meses antes. En realidad, pensó Stella, mientras tomaba otro avión en Chicago para volver a casa después de otro fin de semana con Matthew, había empezado en el bar de un hotel del aeropuerto, donde ella había elegido a un desconocido una vez más… pero las cosas habían sido diferentes desde el comienzo.

Dos meses no era mucho tiempo, sobre todo teniendo en cuenta que ella solo había podido hacerle tres visitas en ese tiempo. Sin embargo, hablaban por teléfono y mantenían videoconferencias todos los días. No era tan gratificante como verlo en persona, pero era mejor que nada.

Le sonó el teléfono en el bolsillo cuando se sentaba en el asiento, y lo sacó. Al ver el mensaje de Matthew, sonrió. *Te echo de menos.*

Ambos se habían descargado una aplicación llamada Kik para enviarse mensajes. Le molestaba un poco tener que evitar de ese modo la neurosis de su exmujer, pero tenía que admitir que las funciones de la aplicación le gustaban más que los mensajes de texto.

Una de ellas era la posibilidad de ver si él había leído el mensaje y de saber si estaba contestando.

Rápidamente, Stella tecleó varios emoticonos. Una cara sonriente soplando un beso, un corazón, la cara de una mujer y la de un hombre. Era su código. Giró la cara hacia el hombre que estaba sentado a su lado, mirando descaradamente lo que ella estaba haciendo. Stella envió el mensaje, apagó el móvil y se preparó para el despegue del avión.

—Hola —le dijo el hombre.

Un ejecutivo. Era su tipo. Sin embargo, ella solo le contestó con una sonrisa distante y sacó de su bolso el libro que estaba leyendo.

Las cosas habían cambiado mucho.

En casa, por el contrario, las cosas no habían cambiado. Antes de entrar por la puerta, Stella oyó la música de los altavoces conectados al iPod de Tristan, a un volumen atronador, y se encontró la cocina llena de adolescentes. Uno de ellos tenía la nevera abierta de par en par y estaba saqueándola. El fregadero estaba atiborrado de platos sucios. La mesa estaba cubierta de cajas de pizza y otras porquerías.

—Hola, chicos —dijo ella, y oyó un coro de «Holas» y de «Qué tal, señora Cooper». Ella miró a Tristan con una ceja arqueada, y le dijo—: Estoy segura de que después vas a limpiar todo esto.

—Pensaba que ibas a llegar más tarde —respondió Tristan.

—Eso está claro —replicó ella.

Miró a su alrededor, calculando cuánto tiempo debía de llevar el grupo destrozando su cocina. Parecía que algo más de unas cuantas horas, y eso no debería ser así si Tristan había estado en casa de su padre hasta aquella mañana.

—Voy arriba a deshacer la maleta. Tristan, si tienes ropa sucia, por favor, bájala al cuarto de la lavadora para poder hacer la colada antes de mañana.

Tras ella, la cocina se llenó de carcajadas mientras salía. Ella no estaba contenta al pensar que, tal vez, Jeff había sido negligente, o que Tristan había estado solo en casa todo el fin de semana. Sus amigos eran buenos chicos, y ella prefería que estuvieran allí mejor que en otro sitio, pero no era buena idea que no hubiera ningún adulto con ellos.

Llamó a casa de Jeff, sabiendo que iba a responder Cynthia.

—Cynthia —dijo—. Hola, soy Stella.

—¡Ah, hola, Stella! —dijo Cynthia, en su tono alegre de siempre. Era tan pizpireta que daba repelús.

—Eh… ¿está Jeff? Necesito hablar con él sobre Tristan.

—No, Jeff se fue a Atlanta a pasar el fin de semana porque había un torneo de póquer. No va a volver hasta esta noche —dijo Cynthia.

Stella se detuvo mientras revisaba su ropa sucia.

—¿Y ha estado Tristan contigo este fin de semana?

—No —dijo Cynthia, en un tono dubitativo—. ¿Se suponía que tenía que estar aquí?

—Sí. Yo he salido de viaje.

—Oh, Stella, lo siento. No lo sabía. Creo que Jeff tampoco. ¿Quieres que le deje un mensaje?

—No —respondió Stella—. Ya lo llamo yo a su móvil.

—Oh, oh —murmuró Cynthia.

—Yo me ocupo, Cynthia. Muchas gracias.

Stella colgó antes de que la otra mujer pudiera decir nada, y marcó el número de Jeff. Como de costumbre, él no contestó, pero para eso estaba el buzón de voz.

–Jeff. Por favor, dime que no te has ido a Atlantic City sabiendo que tu hijo adolescente se quedaba a pasar el fin de semana solo en casa. Estoy segura de que no me vas a devolver la llamada cuando oigas esto, pero no pienses que no vamos a hablar sobre ello.

Bajó las escaleras, y al ver su cara, los chicos empezaron a dispersarse como hojas barridas por el viento. Apenas tuvo que decir una palabra, y todos empezaron a dar excusas y a salir corriendo. Tristan se quedó solo, con cara de culpabilidad, entre todos los detritos de lo que había sido un fin de semana de comida preparada y videojuegos y de lo que hicieran los adolescentes cuando se quedaban solos. Ella no quería pensarlo demasiado.

–¿Tienes algo que decirme?

–Iba a limpiarlo todo antes de que llegaras a casa.

Ella arqueó una ceja.

–Sabes que no me refiero a eso.

Tristan se quedó callado, lo cual fue inteligente por su parte. Ella señaló la cocina.

–Limpia todo esto. Ahora mismo.

Arriba, el teléfono la avisó de que tenía un mensaje de Matthew. En vez de responder por medio de la aplicación, marcó su número.

–Hola.

–Hola –dijo él, en un tono cauteloso.

Stella se quedó callada. Después, preguntó:

–¿Es mal momento?

–Las niñas están aquí. Caroline las acaba de traer.

–Ah. Perdona que no te haya avisado de que te iba a llamar. Acabo de llegar a casa y me he encontrado un caos. Tristan se ha pasado aquí todo el fin de semana con sus amigos. Su padre dejó aparcadas sus responsabilidades para irse con sus amigos durante el fin de semana.

–Ah. Sí. Bueno…

Ella volvió a quedarse callada. Cerró los ojos y se pellizcó el puente de la nariz.

—Caroline sigue ahí, ¿no?

—Sí. Sí, claro…

Ella exhaló un suspiro de irritación, y justo en aquel momento, vio a Tristan intentando pasar por delante de su puerta sin que ella se enterara.

—Bueno, te llamo luego. Quizá —se corrigió—. Seguro que estarás ocupado con las niñas y no tendrás tiempo.

—Eh, eso es… Sí, está bien. Sí, claro, me parece bien.

Su tono de voz, tan neutral, hizo que ella frunciera el labio superior.

—Lo que sea —dijo ella, y colgó. Se metió el teléfono en el bolsillo y llamó a la puerta de Tristan. Esperó a que él respondiera, y entró en su habitación—. Tenemos que hablar.

Tristan suspiró y bajó la cabeza.

—Sabía que te ibas a enfadar.

—Entonces, ¿por qué lo has hecho? Ya sabes que no quiero que te quedes solo en casa.

—¡Voy a cumplir diecisiete años, mamá! ¡No pasa nada! ¡Sé cuidarme solo!

—Sé que sabes cuidar de ti mismo, Tristan. Lo que pasa es que no quiero que la casa se llene de niños mientras no estoy y no puedo llegar a tiempo si sucede algo malo. Además, estoy segura de que los padres de tus amigos tampoco quieren que ellos anden por ahí sin la supervisión de un adulto. Soy madre. Lo sé.

Tristan no dijo nada, aunque, al menos, tenía una expresión avergonzada, y no beligerante.

Stella suspiró y se apoyó en el poste de la cama.

—Quiero confiar en ti —le dijo—, pero no puedo, exactamente por cosas como esta.

—No hemos hecho nada malo —respondió él, a la defensiva–. Solo hemos jugado a Honor Bound 3 y hemos visto películas.

–¿Cuándo te enteraste de que tu padre no iba a estar en casa?

–El viernes por la noche. Después de que tú te fueras.

Stella frunció el ceño.

–A mí no me dijo que hubiera cambiado de planes.

–Yo no quería tener que estar todo el fin de semana con Cynthia. A ella no le importa que mis amigos vayan a casa, pero es raro, mamá. Nos hace sándwiches, y es un poco… fastidio.

Stella lo entendía, pero eso no cambiaba nada.

–Deberías haberme enviado un mensaje inmediatamente.

–¿Habrías vuelto a casa? –inquirió Tristan, y ella no supo responder–. No. Ya lo sabía. Estás demasiado ocupada con tu novio como para molestarte.

Stella todavía no había empezado a llamar «novio» a Matthew. No habían hablado de lo que eran. Sin embargo, no lo mantenía en secreto, y oír a su hijo adolescente decirlo de ese modo hacía que no sonara muy bien.

–Eso no es justo.

–Bueno. Tampoco es justo que siempre estés marchándote para estar con él y yo tenga que fastidiarme.

Ella enarcó una ceja.

–Yo no estoy siempre marchándome para estar con él, Tristan. He ido a Chicago tres veces en dos meses.

–Todo el tiempo estás al teléfono con él.

–Tú estás al teléfono todo el tiempo con tus amigos –replicó ella con calma.

–Eso es distinto.

–¿Porque tú eres el hijo y yo soy la madre? ¿A mí no se me permite tener amigos? –preguntó Stella, y cabeceó–. Tristan, eso no es justo. Y, mira, siento que pienses que Matthew me ocupa demasiado tiempo. En realidad, no podemos pasar mucho tiempo juntos...

–Tú estás todo el rato con el teléfono, mandándole mensajes –respondió Tristan, malhumoradamente.

Aquello, en boca de un chico al que había que separar quirúrgicamente de su teléfono, tenía gracia. Sin embargo, Stella no se rio, porque sabía que aquella discusión podía empeorar rápidamente. Estaba cansada, enfadada y molesta.

–Eso es asunto mío, no tuyo –dijo–. Limpia la casa, Tristan, o te prometo que no te va a gustar lo que suceda.

Él no respondió. Cuando ella estaba saliendo por la puerta, murmuró:

–Lo que sea.

Era exactamente lo que habría dicho ella, y tuvo que tragarse una respuesta afilada. Se volvió hacia él, y le dijo:

–Cuando termines, podemos ver una película juntos, o algo así, ¿de acuerdo? Si no es demasiado tarde. Estaba pensando en pedir comida china. Si quieres, puedes llevarme conduciendo a recogerla.

Aquello captó toda la atención de Tristan. Necesitaba cierto número de horas de conducción para poder sacarse el carné de conducir, y aún no las tenía.

–¿De verdad?

–Sí.

Parecía como si le estuviera recompensando por portarse mal, pero Stella no quería pelearse con él.

–¡Genial! –exclamó Tristan, y comenzó a saltar de alegría.

Stella alzó una mano.

–Antes tienes que limpiar.

Tristan asintió.

–Ya lo sé.

De vuelta en su habitación, Stella comenzó a deshacer la maleta, y sacó una camiseta que no era suya. Se la había puesto para dormir, pero era de Matthew. Se sentó en la cama y la olió. Inhaló su olor con todas sus fuerzas.

No debería echarle tanto de menos, y tan pronto. Matthew no debería significar tanto para ella... pero así era.

—¿Mamá?

Stella dejó rápidamente la camiseta en su regazo y respondió con toda la despreocupación que pudo.

—Termino dentro de un minuto. ¿Ya has acabado de limpiarlo todo?

—Sí.

—¿Crees que a mí me va a parecer que está limpio si bajo?

Tristan sonrió tímidamente, y ella se echó a reír.

—Vamos, baja otra vez y termina.

Cuando él se fue, ella se sacó el teléfono del bolsillo. No tenía ningún mensaje de Jeff, pero eso no la sorprendió. Abrió la aplicación y le envió un mensaje a Matthew. La cara de la mujer, un bocadillo de diálogo y la cara de un hombre. *Estoy pensando en ti.*

Sin embargo, aunque la aplicación le indicó que el receptor había leído el mensaje, Matthew no respondió.

—¿Ya estás? —preguntó Tristan desde la puerta.

Stella guardó el teléfono para dedicarle a su hijo la atención que, supuestamente, no le estaba dedicando.

Capítulo 21

—¡Stella! ¡Qué guapa estás! —exclamó Jen, e hizo que Stella girara sobre sí misma para admirarla—. Parece que hace un siglo que no te veo. ¿Cómo va todo?

—Bien, bien. Tú también estás estupenda. Me encanta tu falda, es preciosa.

Stella abrazó a su amiga, a la que llevaba varias semanas sin ver. Jen había dejado su trabajo en la empresa para empezar en una galería de arte en el centro de Harrisburg y, como ya no trabajaban juntas, les había resultado difícil verse.

—Bueno, ¿y qué tal en la oficina? —preguntó Jen, mientras tomaba un palito de pan—. ¿Me echáis de menos?

—Oh, no sabes cuánto. ¿Crees que antes había mucho silencio? Pues ahora parece un cementerio —dijo Stella, y ella también tomó un palito de pan—. No debería comer esto.

—Sí, claro que sí.

Stella se rio.

—Últimamente como mucho, y no hago ejercicio.

—Lo de hacer ejercicio es un rollo —respondió Jen, y miró a Stella astutamente—. ¿Es buen cocinero?

—Oh, no. Pero le gusta salir a comer fuera —dijo Stella.

–Seguro que también le gusta comer en casa –dijo Jen, moviendo las cejas.

Pues sí, le gustaba. Al pensarlo, Stella se sonrojó. Hacía una semana y media que no veía a Matthew, y ya estaba deseando que llegara el día siguiente para tomar un vuelo a Chicago.

–Entonces, ¿te va bien con él?

–Sí.

–A veces, las relaciones a distancia son difíciles –dijo Jen.

Stella asintió.

–Sí, pero ahora es más fácil que antes. ¿Te imaginas cómo era antes de Internet y los teléfonos móviles? Yo tuve un novio en la universidad. En verano, tenía suerte si conseguía hablar con él una vez a la semana o me llegaba alguna carta por correo.

–Yo también tuve un novio así –dijo Jen, moviendo el palito de pan–. Me enteré de que se estaba tirando a otra porque me mandó una carta equivocada.

Stella hizo un mohín.

–Vaya.

–Aunque no creo que tú tengas que preocuparte por nada de eso –añadió Jen, rápidamente.

Stella se echó a reír.

–No, no me preocupa. Bueno, es que no hemos hablado de exclusividad. No hemos hablado de todo esto en serio.

Sin embargo, no era necesario hablar: entre Caroline, las niñas y el tiempo que Matthew pasaba con ella, era improbable que pudiera ir a ligar por ahí, y Stella nunca le había hablado de sus escapadas previas.

–Se te pone cara de soñadora cuando piensas en él. A mí me parece bastante serio.

–Me gusta.

—Y es tu nooovio —bromeó Jen—. Pensé que no querías tener una de esas cosas tan molestas.

—Es cierto. No quería. Pero sucedió, y es perfecto. Nos vemos cuando podemos, pero no podemos vernos todo el tiempo, así que cada uno tiene su espacio sin tener que luchar por él, ¿sabes a lo que me refiero? Hablamos mucho por teléfono, pero podemos estar haciendo otras cosas, también. Él tiene su vida, yo tengo la mía y, hasta el momento, no hemos tenido que hacer grandes cambios.

—Pero... ¿no le echas de menos? ¿No te apetecería poder verlo cuando quisieras?

—Bueno, pues claro que sí, pero no puedo hacer nada al respecto. Él tiene niñas pequeñas, y no va a venir a vivir aquí, y yo tampoco me voy a mudar hasta que Tristan no se vaya a la universidad, así que, como mínimo, faltarían un par de años.

—¡Pero le has dado vueltas! —exclamó Jen—. Lo has estado pensando. Lo veo en tu cara.

—Sí, lo he pensado. No hemos hablado de ello, pero, sí. Yo sí lo he pensado.

—Sabía que querrías tener novio más tarde o más temprano —dijo Jen con una sonrisa petulante.

—Pfff... —respondió Stella, y puso los ojos en blanco, pero se rio con su amiga.

El tema de conversación cambió. Hablaron de la relación de Jen, que también estaba convirtiéndose en algo más serio. De la exposición que se inauguraba en la galería aquel domingo. Jen tenía algunas piezas en la exposición, y quería que Stella fuera a verla y llevara a Matthew.

—Vaya, este fin de semana me voy a Chicago. ¿Cuánto tiempo va a durar la exposición?

—Un par de semanas. Bueno, tal vez el fin de semana que viene —dijo Jen.

–Es que… nos vemos solo cada quince días –explicó Stella.

–Ah. Bueno… Pues tráelo el fin de semana siguiente. Será el último de la exposición.

–Tendría que venir él aquí, entonces.

–Claro, eso es –respondió Jen–. ¿Es que él nunca ha venido a verte aquí?

–Yo tengo vuelos gratis, ¿no te acuerdas? Por cortesía de Pegasus Airlines. Así que, no, Matthew nunca ha venido aquí. ¿Cómo voy a pedirle que gaste tanto dinero en un fin de semana, cuando yo puedo viajar tan fácilmente? Y Chicago tiene mucho más que ofrecer que Harrisburg.

–Zona de amish –dijo Jen–. No sé por qué dices eso de Harrisburg. Es interesantísimo.

Las dos se echaron a reír. Harrisburg era la capital del estado, pero era una ciudad pequeña sin demasiadas cosas interesantes. Sin embargo, sería agradable poder ir a la exposición con Matthew. Presumir de él ante sus amigas.

–Se lo preguntaré –dijo.

Cuando volvió al trabajo, Stella ocupó su sitio y comenzó a retocar las fotografías que le habían asignado. Aquel día tenía muy pocas, y había terminado antes de las dos. Pensó en fichar temprano e irse, pero, seguramente, irían llegando más fotos y, como al día siguiente era viernes y no iba a trabajar, cabía la posibilidad de que el lunes tuviera una cantidad ingente de arrugas y granos que eliminar. No quería tener que enfrentarse a eso después del fin de semana con Matthew.

Así pues, hizo algo que llevaba siglos sin hacer: abrió la ventana de mensajería instantánea. Cuando había empezado a utilizarla, siempre la tenía abierta en un rincón de la pantalla para estar en contacto con Jen, con otros dos compañeros de trabajo que le caían bien y con algunos amigos que había hecho por Internet.

No estaba pensando en Craig al abrir el programa, aunque su nombre de usuario todavía estaba disponible en su lista de contactos. Al ver todos aquellos nombres, tuvo la sensación de que había vuelto atrás en el tiempo. Recordó todos aquellos días en la cafetería, las horas que había pasado buscando trabajo y chateando con desconocidos. Las horas que había pasado chateando con él.

Y allí estaba.

¡Hola!

El icono del mensaje rebotó con su nombre hasta que ella hizo clic en la ventana del mensaje.

Hola, escribió. *¿Cómo estás?*

No había vuelto a saber nada de él desde su desastrosa cita. Esperaba que él la llamara, pero Craig no lo había hecho, y ella se había sentido aliviada. Y, cuando las cosas habían empezado a animarse con Matthew, se había quitado a Craig de la mente casi por completo. Hasta aquel momento.

Bien, bien. Muy ocupado con el trabajo. He visto aparecer tu nombre y he pensado en saludarte.

Me alegro de que lo hayas hecho, respondió Stella.

Y se dio cuenta de que era sincera. Las cosas habían sido un poco raras y embarazosas, pero pensó que siempre quedaría algún tipo de lazo emocional entre ellos. Y, aunque ella había estado enfadada con él durante mucho tiempo, ya no lo estaba.

Él le envió una cara sonriente sin palabras. Unos minutos después, cuando ella estaba retocando una sombra en una fotografía, volvió a aparecer la ventana. Era Craig otra vez.

Me alegro de que hayamos hablado un poco. Tengo que marcharme. ¿Hablaremos en otra ocasión?

Sí, respondió ella, pero él ya había desconectado.

Stella pensó en Matthew. Aquella era la noche en que le tocaban las niñas, así que no esperaba que respondiera hasta después de haberlas acostado, pero, cuando habían pasado unas horas y ella estaba preparándose para acostarse, todavía no tenía ningún mensaje suyo.

—Odio que no me contestes —le dijo Stella a su teléfono, en voz alta.

La casa estaba muy silenciosa. Tristan se había ido a casa de su padre aquella noche, porque al día siguiente no tenía colegio y Jeff le había prometido que iba a llevarle a sacarse el carné de conducir, por fin. Ella había pensado en pedirles que la esperaran. Le parecía que era algo que debían hacer juntos, y quería formar parte de ello. Sin embargo, ya no eran una familia, y Tristan estaba tan emocionado con la idea de sacarse el carné que no había podido pedirle que lo retrasara solo porque ella quería ir a ver a Matthew.

Y lo vería, al día siguiente por la tarde. Sintió una oleada de calor al pensarlo, como de costumbre. Se estiró en la cama. Estaba demasiado agitada como para dormir. No tenía que levantarse muy temprano, y todavía no era muy tarde.

La casa estaba demasiado silenciosa.

Se incorporó, pensando en tomar su libro y leer un capítulo. O bajar a navegar por Internet un rato. Incluso ver una película. Sin embargo, todo eso requería un esfuerzo y, aunque no estaba lo suficientemente cansada como para dormir, tampoco estaba lo suficientemente despierta como para hacer ninguna de las otras cosas.

Se sentía sola. Y estaba aburrida. Frunció el ceño y se obligó a cerrar los ojos. Cualquier otra noche habría estado hablando con Matthew hasta demasiado tarde, aunque tuviera que madrugar al día siguiente. Y, precisamente aquella noche, cuando podía pasarse una hora charlando con él, él no estaba disponible.

Miró el teléfono, pero no tenía ningún mensaje suyo. Se recordó que iba a verlo al día siguiente, y que entonces tendrían tiempo para hablar. Si acaso se molestaban en hablar, claro. Sonrió al imaginarse otras formas en las que iban a usar sus bocas.

Y, justo antes de que ella se quedara dormida, llegó el aviso del móvil.

BNS.

BNM, respondió ella. No tuvo contestación, pero, en aquella ocasión, no le importó tanto, porque lo que había estado esperando era que él le diera las buenas noches. Ya podía dormir. Ya podía soñar.

Pero no soñó con él.

—Puede que seas más feliz si me voy —dice Jeff con los brazos cruzados. Está tan enfadado que parece que le va a dar un puñetazo a la pared. No sería la primera vez que lo hace.

Han estado discutiendo por la colada. Por una tontería. Él ha tirado su ropa sucia a la cesta sin prestar atención, y ha ensuciado la ropa limpia que Stella todavía no ha podido recoger.

—Sí. Eso es lo que quiero —dice ella—. Márchate, por favor.

—¿Por qué? ¿Ya tienes a alguien esperando para ocupar mi sitio?

—No. No tiene nada que ver con eso.

No consigue sentirse culpable. Después de todo, sabe que cuando Jeff llega tarde a casa, oliendo a tabaco y a perfume, probablemente es porque se ha acostado con otras mujeres. Llevan meses sin mantener relaciones sexuales, y la última vez que lo intentaron fue horrible. Jeff no soporta sus cicatrices, y no consiguió mantener su erección. Stella se marchó al baño rota de dolor.

–Entonces, ¿qué ocurre? –pregunta él.

–Que ya no te quiero. No quiero seguir casada contigo. Quiero que te vayas de casa. Quiero el divorcio.

La verdad de lo que su marido siente por ella es evidente. Él no se hunde, ni protesta, ni intenta que ella cambie de opinión. Se limita a asentir. Se miran el uno al otro, y Stella sabe que nunca podrá olvidar aquel momento.

Y, unas semanas después, cuando está cansada y la casa está silenciosa porque Jeff se ha llevado a Tristan a pasar la noche con él, ella se queda delante de la puerta del dormitorio, sin poder abrirla. Llama a Craig por teléfono y le susurra que quede con ella en algún sitio. En cualquier sitio. Que vaya a verla para que puedan hablar.

Empieza a llover antes de que ella llegue al coche, y la lluvia hace que llegue un cuarto de hora tarde. Cuando entra al aparcamiento de la cafetería donde han quedado, piensa que Craig ya no estará allí.

Pero sí está.

Stella entra en su coche, se sienta en el asiento del copiloto y se echa a temblar.

–Lo he perdido –dice, una y otra vez, sin poder explicar que no se refiere a Jeff.

Se refiere a su hijo.

A su Gage. A su primogénito. Lo perdió, y nada de lo que haya podido ocurrirle después tiene comparación con aquel dolor que no es capaz de compartir.

No hay lágrimas. Solo unos ojos secos y muy abiertos, y un temblor. Tiene el pelo mojado, y se le pega a la cara. Fuera empieza a llover con más fuerza, y el agua forma una cortina a su alrededor. Craig no ha intentado abrazarla, y Stella no sabe si está enfadada o aliviada por el hecho de que él no le haya ofrecido aquel consuelo.

—No sé qué quieres que diga —responde él cuando ella por fin se queda callada.

Stella pestañea y lo mira.

—No tienes que decir nada, Craig. Solo bésame, por favor.

Sin embargo, cuando ella se inclina hacia delante para besarlo, él retrocede. Lo justo para herirla.

—Mira, Stella, sabes que me gustas mucho. Y me ha sorprendido mucho que me llamaras después de lo que… Bueno.

—Las cosas han cambiado. Jeff se ha ido. Yo se lo pedí.

—No sé qué decir —responde Craig.

—No tienes que decir nada. Solo tienes que besarme —repite ella.

Pero él no lo hace. No puede. Ella lo ve en su cara, y el rechazo es demasiado doloroso. Stella pone la mano en la puerta para abrirla y huir. No puede mirarlo. ¿En qué estaría pensando? ¿En que él todavía iba a quererla cuando ya podía conseguirla? No, las cosas no funcionan así.

—Me siento como si pudiera contártelo todo —le dice Stella.

—Y puedes. Lo sabes —dice Craig.

Sin embargo, no es cierto. No puede contárselo todo. Quiere hacerlo, pero no puede. ¿Cómo va a contárselo, después de haberlo mantenido en secreto durante todos aquellos meses de amistad?

Al final, ella sale del coche y camina hacia el suyo. Está a medio camino cuando él la alcanza y la toma entre sus brazos bajo la lluvia. Ella abre la boca para capturar las gotas, porque él sigue sin besarla.

–Quiero ser una elección, no alguien a quien recurres como segunda opción –dice Craig–. Tal vez puedas arreglar tu matrimonio...

–No –dice ella, negando vehementemente con la cabeza–. Eso no va a suceder.

«Ahora», piensa. «Dile que has perdido a tu hijo. Que culpas a tu marido, que no acepta esa culpa. Dile a Craig que te despiertas por las noches intentando oír el sonido de la respiración de Gage y que, durante esos breves momentos en que todavía no estás consciente del todo, sigues oyéndola».

–¿Qué quieres de mí? –le pregunta él.

–Quiero que me beses. Que me lleves a alguna parte. Que me quites la ropa y me hagas el amor. Quiero que me lo hagas hasta que olvide.

Él cabecea.

–No. No creo que eso esté bien.

–Maldita sea, Craig –grita ella–. ¡Cualquier otro hombre no tendría que pensárselo dos veces!

–Entonces, ¡búscate a cualquier otro hombre! –responde Craig–. ¡Yo no quiero acostarme contigo sin más, Stella! Porque, ¿qué ocurre después? Sé que piensas que todos los hombres están deseando acostarse contigo, pero, si yo solo quisiera eso, me buscaría a otra. Yo no quiero eso contigo, Stella.

–¿No me deseas?

–Sí, te deseo, pero no así. Stella, yo... te quiero.

No, no, no. No puede aceptar eso. En este momento, no. Así, no. Porque, cuando él lo dice, Stella se imagina despertándose a su lado. Piensa en estar a su lado, tomándole la mano, construyendo una vida nueva. Todas las oportunidades aparecen ante ella.

¿Y cómo va a poder hacer algo así? ¿Cómo va a dejar atrás el pasado, si es el único lugar donde puede estar con su hijo? ¿Cómo va a avanzar sin olvidarlo?

—Yo… tengo un vínculo emocional muy fuerte contigo —le dice. Las palabras son amargas, y le obstruyen la garganta.

Craig asiente, y su semblante se oscurece.

—Lo entiendo. Bien. Mira, Stella, me alegro de ser el tipo al que has llamado cuando estabas desesperada por echar un polvo sin más, pero, la próxima vez, pierde mi número, ¿de acuerdo?

Ella debería decirle que esperara. Llamarlo. Debería explicárselo todo, pero no puede.

Días después, le llega una carta. Él nunca le ha escrito una carta, y Stella no conoce su letra. Sin embargo, en cuanto ve su propio nombre escrito en el sobre, sabe que es de Craig. La carta no es muy larga, pero sí es brutal. Sincera. Implacable. Stella sabe que se merece todas y cada una de sus palabras.

Quiere explicarse, pero Craig no responde al teléfono. Ella le deja mensajes que él no contesta nunca. Le envía correos electrónicos, pero él no se los devuelve, y el hecho de que ya no vea su nombre en la lista de mensajería instantánea le da a entender que la ha bloqueado.

Craig la ha expulsado de su vida, y Stella no puede perdonárselo.

Capítulo 22

—Tienes cara de cansada —le dijo Matthew, y la besó en la boca y en la mejilla. Después, le quitó la maleta, para que ella no tuviera que arrastrarla.

—No he dormido bien —admitió Stella—. He tenido pesadillas.

No había podido dejar de dar vueltas por la cama. Había soñado con los errores del pasado, y todos aquellos recuerdos le habían dejado un intenso dolor de cabeza.

Durante el trayecto al apartamento, se mantuvo en silencio. Matthew le tomó la mano a medio camino y se la sujetó el resto del tiempo. Stella se sentía bien mirándolo mientras conducía, cuando él no podía mirarla a ella. Con su mano en la de él, no era necesario mantener una conversación.

—Me gusta estar contigo —le dijo cuando él le soltó la mano para aparcar.

Matthew apagó el motor del coche y se volvió hacia ella.

—¿Sí?

—Sí —respondió Stella con una sonrisa. Él le sonrió también.

—Bienvenida a Chicago, a propósito. ¿Qué quieres hacer hoy?

—Me gustaría que encendieras el fuego y que me hicieras el desayuno. Después, me gustaría tumbarme todo el día a ver películas y a leer. Ah, y en los descansos, puedes besarme.

Matthew arqueó las cejas.

—Ah, ¿puedo?

—Sí. Y, quizá, si te portas bien, te deje que me toques las tetas.

—¡Ah, bien! —exclamó Matthew, elevando el puño al aire. Después, la besó—. Te he echado de menos.

Volvieron a besarse y, cuando se separaron, él murmuró:

—¿Estás segura de que no quieres ir a ninguna parte?

—Solo quiero estar contigo. Estoy cansada. ¿Te parece bien?

—Claro, por supuesto —respondió él, y la miró con curiosidad—. Pero, ¿estás bien?

Estaba bien y no lo estaba. Cuando subieron al apartamento, ella dejó su maleta en el dormitorio, fue al baño y se arregló un poco. Mientras, Matthew encendió la chimenea de gas y preparó una bandeja con fresas y dos copas de champán. Le entregó una de las copas cuando él se sentó a su lado, en la alfombra.

—Es pronto —dijo Stella, pero le dio un sorbito.

—Nunca es demasiado pronto para el champán. Además, no vamos a ir a ninguna parte. Tenemos todo el día para hacer lo que queramos.

Estiró sus largas piernas, tomó una fresa y se la ofreció a Stella.

Stella se inclinó para tomarla y le rozó los dedos con los labios. Entonces, él tiró de ella para sentarla a su lado y la besó. Matthew alineó sus cuerpos, la sujetó por la nuca y metió una rodilla entre sus muslos. La besó minuciosa, lentamente. Cada vez que ella intentaba moverse, él la mantenía inmóvil con una presión suave, pero constante, hasta que, al final, ella tuvo que rendirse.

Él deslizó su lengua a lo largo de la de ella, y la succionó. Le mordisqueó los labios. Después la barbilla y la garganta, mientras deslizaba la mano entre sus piernas y la apretaba hacia arriba. Ella llevaba pantalones vaqueros, y la tela era demasiado gruesa como para sentir algo que no fuera la presión de sus nudillos, pero aquella sensación fue aumentando su deseo hasta que ella tuvo que interrumpir el beso con un jadeo, y murmuró su nombre.

—Déjate llevar —le susurró Matthew—. Córrete, Stella.

Aquella petición la lanzó al orgasmo. Fue un clímax tan implacable como sus besos, y la dejó sin respiración. Su cuerpo se arqueó, y se le cerraron los ojos mientras temblaba de placer. Escondió la cara en su cuello e inhaló su olor.

Cuando, por fin, se calmó, Matthew dijo contra su pelo:

—Me encanta ver cómo te corres. Es muy fácil para ti, ¿verdad?

—No siempre.

Stella se acurrucó contra él. No quería moverse.

—¿Solo conmigo?

Parecía que Matthew estaba bromeando, pero ella detectó algo más en su tono de voz. ¿Celos? ¿Inseguridad? Stella lo miró a los ojos.

—Solo contigo.

No era mentira. Ella no había estado con ningún otro hombre desde que lo había conocido. Ni siquiera podía imaginárselo. Y al pensar en que no era porque no hubiese conocido a nadie, sino porque había dejado de buscar, se sentó de golpe.

–Tengo sed. Voy a beber agua –le dijo–. Y tengo hambre. ¿No podríamos pedir comida?

–Claro que sí –respondió él y, al ver que se levantaba, él también se puso de pie y la abrazó para besarla con fuerza. Después la miró a los ojos, pero ella apartó la mirada, porque no podía enfrentarse a él con todas sus emociones reflejadas en el rostro.

–Eh –dijo él en voz baja–. ¿Estás bien?

Ella sonrió forzadamente.

–Sí, muy bien. Aunque me muero de hambre. Y era demasiado temprano para beber champán. Ahora tengo sueño otra vez.

Él sonrió y deslizó las manos por su trasero.

–Yo puedo despertarte.

–Antes dame de comer –dijo ella–, y ya veremos lo que pasa después.

Decidieron que iban a pedir sándwiches del deli de su calle. El problema era que el chico de reparto estaba enfermo, pero Matthew se puso una cazadora de cuero y prometió que volvería con la comida a los veinte minutos.

Ella lo despidió con un beso en la puerta. Se alegraba de tener algo de tiempo para recuperar la compostura.

Diez minutos más tarde, fue a la cocina para preparar un té y entrar en calor. Puso agua en el fuego y, en aquel momento, se abrió la puerta de la calle.

–¿Quién eres? –preguntó una niña que tenía los mismos ojos que Matthew, y el pelo oscuro y enredado–. ¡Mamá! Hay una señora en la cocina de papá.

«Oh, mierda».

Caroline era exactamente igual que en la fotografía de la boda que Matthew no había borrado aún de su álbum de fotos de Connex. Tenía el pelo rubio, con las raíces negras, y los ojos oscuros. Llevaba un maquillaje ligero, unos pantalones de yoga y una sudadera a juego. La mamá deportiva perfecta... salvo por su expresión, que era la de una mujer que acababa de pisar una enorme caca de perro.

—Hola —dijo Stella, al ver que Caroline se quedaba sin habla—. Me llamo Stella. Soy una amiga de Matthew. Tú debes de ser Caroline. Y tú —le dijo a la más pequeña de las niñas— debes de ser Beatrice. Y tú, Louisa.

La hija mayor permaneció junto a su madre, mirando a Stella con cautela.

—¿Dónde está mi padre?

—Ha ido a buscar algo de comer.

Stella esperó a que Caroline dijera algo, pero la exmujer de Matthew la estaba observando con el labio fruncido.

—No me dijo que tuviera... visita —dijo, por fin. Miró a Stella de pies a cabeza, como si quisiera matarla.

Stella sonrió con tanta diplomacia como pudo. «Ni se te ocurra montar un escándalo delante de las niñas», pensó. «Ni se te ocurra».

—Tampoco mencionó que fuerais a pasar por aquí.

—Íbamos al cine, y las niñas querían preguntarle a su padre si nos acompañaba —respondió Caroline, alzando un poco la barbilla.

—Ah —dijo Stella, y sonrió amablemente a las niñas, que seguían mirándola fijamente—. Seguro que habría sido divertido.

—Solo queremos que venga él —dijo Beatrice—. Tú, no.

A Stella no le tembló la sonrisa. La tetera silbó, y ella se dio la vuelta para apagar el fuego. Abrió el armario, sacó dos tazas y le ofreció una a Caroline, que palideció y luego negó con la cabeza. Stella dejó la taza rechazada en la encimera, sacó las bolsitas de té y puso agua hirviendo en la taza, consciente de que tenía clavados tres pares de ojos furiosos en la espalda. Al final, cuando se dio la vuelta con la taza entre las manos, se apoyó en la encimera.

—Volverá pronto —dijo—. Podéis esperarlo si queréis.

La expresión de Caroline lo dijo todo: por supuesto que podía esperar en la cocina de su exmarido, y no necesitaba permiso para hacerlo. Stella le dio un sorbito a su té. Prefería una lengua quemada que una llena de amargura.

—Eh, te traigo comida… —Matthew se quedó parado en la puerta con un par de bolsas marrones en las manos—. ¿Caroline?

Las niñas corrieron hacia su padre, y él dejó las bolsas en el suelo y las abrazó. Por encima de sus cabezas, miró a Stella. Ella no pudo descifrar su expresión. Tomó otro sorbo de té y dejó la taza en el fregadero.

—Disculpadme, necesito mirar mi correo electrónico.

Se sacó el teléfono del bolsillo y, sin dar ninguna otra explicación, se marchó al dormitorio.

Diez minutos después, él entró en el cuarto y se acercó a ella que estaba sentada en la cama.

—Las niñas… —empezó a decir, pero se quedó callado.

Ella enarcó ambas cejas. Al ver que él no decía nada más, dobló las rodillas contra su pecho y entrelazó los dedos a su alrededor.

—No vas a irte al cine con ellas, ¿no?

Él no respondió.

—¿Te vas?

Stella agitó la cabeza con asombro. Estaba levantándose cuando Matthew la tomó de la muñeca.

—¡No! Stella, siéntate. Por favor.

Ella lo hizo, pero mirándolo con los ojos entrecerrados.

—Entra en tu casa como si fuera suya. O como si viviera aquí. No tenía ni idea de que yo estaba aquí. Ni siquiera de que existía. Entiendo que no quieras restregarle nada por la cara, pero, por Dios, Matthew, podías insinuarle que estás saliendo con alguien. O que no estás disponible los fines de semana que yo venga aquí. Algo. Ha entrado en la cocina mirándome como si yo le hubiera pegado una puñalada.

Stella hizo una pausa, frunció el ceño y añadió:

—Y las niñas, Matthew. Yo no quería conocerlas así.

—Lo siento.

—¿No le has dicho que estás saliendo con alguien?

Él gimió en voz baja.

—Es que no lo estoy haciendo.

—No, supongo que no. Solo te estás acostando conmigo de vez en cuando.

Tiró de la muñeca para zafarse de él.

—Eso no es lo que quería decir, y lo sabes —replicó Matthew.

—En realidad, no, no lo sé.

Se miraron fijamente el uno al otro, y se hizo un silencio incómodo entre los dos.

—No estoy seguro de lo que quieres de mí —dijo él, por fin.

Stella suspiró y agitó la cabeza.

—¿Sabes lo que quiero de ti, Matthew? Que no seas un imbécil conmigo. Es lo único que te pido.

En aquel momento, sonó su teléfono, y él puso la mano automáticamente sobre el bolsillo de su pantalón, pero se contuvo. El teléfono volvió a pitar.

—¿No vas a contestar?

—Es Caroline.

Stella se cruzó de brazos, mirándolo fijamente. Matthew le sostuvo la mirada. El teléfono avisó de que tenía otro mensaje.

—Lo siento —dijo Matthew—. Stella, tengo la sensación de que te lo digo demasiado.

Ella se suavizó.

—¿Te parece que soy exigente?

—No —respondió él. Sin embargo, hubo un titubeo que hizo pensar a Stella que tal vez no estuviera diciendo la verdad. Se sentó en la cama, cerca de él, pero no lo tocó.

—Me gustas, Matthew.

—Tú también me gustas a mí.

—Entonces, no creo que tenga sentido jugar a ningún juego. Ya sabes, a esos juegos de citas, en las que yo me hago la indiferente y tú tienes que perseguirme. O en los que yo espero que tú sepas lo que pienso o siento, o lo que quiero de ti. Sea lo que sea, me gusta, y me gustaría seguir haciéndolo.

—A mí también —dijo Matthew.

Ella lo miró.

—¿Qué es esto, Matthew?

—No lo sé. ¿Tú qué piensas que es?

—Buen sexo. Buena comida. Diversión. Conversaciones estupendas. Tú me haces reír, y me gusta cómo encajamos el uno con el otro.

Matthew se rio suavemente.

—A mí también me gusta eso.

—Mira, no tenemos que ponerle nombre a todo eso. A mí no me importa. Pero sí me importa ser un secreto vergonzoso. Es muy pronto para formar parte de tu vida y de la de tus hijas, y no espero que me invites a pasar la Navidad contigo...

—¿Y si yo quisiera?

—Podríamos hablar de ello. Si quisieras, realmente.

–Tú no eres un secreto vergonzoso, Stella. Lo único que pasa es que no sabía cómo decírselo.

–Y, claramente, ella no tiene ningún límite –dijo Stella–. Tal vez debieras pensar un poco en eso.

Matthew frunció el ceño.

–Yo nunca debería tener que preguntarme lo que sientes por mí, ni lo importante que soy para ti, Matthew. Ni como amante, ni como lío ocasional, ni como amiga. Y no tengo por qué conformarme con el hecho de no ser importante.

Matthew se suavizó.

–A mí no se me da muy bien expresarme. Es uno de los motivos por los que ella me dejó.

Tal vez Caroline se hubiera divorciado de él, pero no lo había dejado, pensó Stella. Se levantó, se puso de puntillas y le ofreció los labios para que la besara. Él lo hizo, gracias a Dios. Fue un beso breve y dulce.

–No tienes por qué decirme lo que sientes por mí, siempre y cuando no me hagas dudar –le dijo Stella, y volvió a besarlo.

Entonces, él la abrazó, y correspondió a su beso profundamente. Se besaron con dureza mientras caminaban hacia la cama. Matthew la tendió sobre el colchón y la cubrió con su cuerpo.

Pero, en aquella ocasión, Stella rodó y se sentó a horcajadas sobre él. Le acarició el cuerpo por encima de la camisa y luego metió las manos por debajo de la tela y le acarició la piel cálida. Le arañó ligeramente, y sonrió al ver que él se movía.

Se inclinó y lo besó mientras le abría la camisa, y descendió con los labios por su pecho. Le pasó la lengua alrededor de un pezón, que se endureció de una manera agradable con sus atenciones.

Él no dijo nada, pero a ella le encantó la forma en que su pecho subía y bajaba con su respiración, y su gemido cuando el mordisqueó la cadera. Cuando descendió para frotarle el miembro a través del pantalón, vio que él cerraba los ojos.

Stella le desabrochó el pantalón y bajó la cremallera, encontrando su erección bajo la suave tela del calzoncillo. Lo acarició. Él se mordió el labio. Su miembro asomaba por la cintura del calzoncillo, y ella lo acarició ligeramente con las yemas de los dedos. A él se le elevaron las caderas.

Ella descendió y pasó la lengua por la carne expuesta.

—Shh —murmuró contra su carne cuando él empezó a hablar.

Lentamente, le bajó los pantalones y los calzoncillos por los muslos, y terminó quitándoselos. Se concedió unos segundos para admirarlo y después lo acarició. Sin embargo, cuando él se arqueó hacia sus caricias, ella paró y sonrió, porque él gruñó de frustración. Aquello iba a ser… divertido.

Aunque la mañana hubiera empezado mal, aquello era estupendo. Sin prisas, Stella movió la boca por los muslos de Matthew y dejó que su respiración le acariciara los testículos sin tocarlo. Movió la mano lentamente, posando finalmente la palma sobre el extremo de su miembro mientras le mordisqueaba la piel suave del interior del muslo. Matthew se movió y suspiró, y Stella paró. Su miembro latía dentro de su puño. Él empujó hacia arriba, pero ella no se movió.

Cuando se quedó quieto, ella volvió a acariciarlo. Lo lamió y lo besó hasta que, por fin, trazó un rastro delicado con la lengua, en sus testículos y en la base de su miembro. Su gruñido fue tan satisfactorio que ella comenzó a llevarlo hacia el orgasmo con la boca y las manos. Se abandonó al placer de proporcionarle placer, hasta que, al final, Matthew susurró dos palabras:

—Por favor…

Stella dejó de juguetear con él. Lo tomó en la boca y mantuvo un ritmo constante hasta que él tuvo un orgasmo y dejó escapar un grito. Entonces, ascendió por su cuerpo y se acurrucó contra él. Posó la mano en su vientre, notando los últimos latidos de sus músculos.

El teléfono de Matthew se había salido del bolsillo de su pantalón cuando ella se lo había quitado, quedando entre los dos. En aquel momento, sonó. Matthew gruñó, pero no lo miró. Stella lo tomó y se lo mostró.

—Deberías responder.

Él abrió un ojo y, sin decir una palabra, leyó el mensaje. Entonces, giró la pantalla hacia ella para mostrárselo. *No me importa que tengas novia, pero contéstame al teléfono.*

Stella se sentó y se apoyó en la pared. Se encogió de hombros, pero no le dio su opinión. Matthew frunció el ceño y se giró para llamar a Caroline.

—Eh. Sí. Lo siento, estaba ocupado. Sí, ya lo sé. Iré a recogerlas. Sí. Lo tengo. Lo envié. Lo siento, tienes razón, debería habértelo dicho. No, no es eso… ¿Sabes qué? Sí, sería estupendo que empezaras a hacerlo. Muy bien. No, pero si te lo quieres tomar así, es asunto tuyo. Sí… me ocuparé de ello.

Entonces, puso cara de desagrado y diversión a la vez, y miró a Stella.

—Me ha colgado.

Stella no dijo nada. Matthew se acercó a ella y le sonrió.

—Dice que va a empezar a llamar antes de pasar por aquí de ahora en adelante.

Ella sonrió en silencio.

—Está enfadada —añadió Matthew.

—No me extraña —respondió Stella—. Habría sido agradable para nosotras dos no tener que encontrarnos inesperadamente. En realidad, cualquier mujer que tú trajeras aquí iba a tener que vérselas con Godzilla.

Él se echó a reír.

—No…

Stella enarcó las cejas.

—Um, sí.

Entonces, él miró el teléfono.

—Ha dicho que no le importa que tenga novia.

—Oh, claro que le importa. Le importa mucho —dijo Stella, y volvió a sonreír—. Es una suerte que no tengas novia, ¿eh?

Matthew la besó.

—Sí la tengo.

—¿Sí? —le preguntó ella.

Matthew tomó su cara con ambas manos y la miró a los ojos.

—Sí, creo que sí. ¿La tengo?

—¿Quieres tenerla?

—Y tú, ¿quieres salir conmigo? Señale la respuesta correcta —dijo él—. Sí, no, quizá.

—Sí —dijo Stella—. Sí, sí, sí.

Capítulo 23

Stella estaba tapada con una manta, con los pies sobre el regazo de Matthew, dormitando con el sonido de la televisión de fondo. Matthew le había dado unas cuantas copas de vino mientras él se tomaba un whisky y, con el calor de la chimenea, el estupendo sexo y el estrés en general de aquella mañana, la habían dejado agotada. Cuando sonó el teléfono en su bolso, que estaba en la silla que había al otro lado de la habitación, ella lo ignoró. Sin embargo, el teléfono no dejó de sonar.

—Yo te lo traigo —dijo Matthew.

Se apartó con cuidado sus pies del regazo y le llevó el bolso.

Stella abrió los mensajes y vio una fotografía de Tristan, muy sonriente, junto a su padre. No había texto, solo la foto.

Ella frunció el ceño y estudió la imagen. Después, respondió: ¿Qué?

Papá me ha comprado un coche.

Mierda.

—Oh, no —dijo Stella en voz alta—. ¿Qué demonios…?

Matthew la miró con curiosidad. Ella le mostró la foto. Él se quedó desconcertado.

—Mi exmarido le ha comprado un Mustang a mi hijo de dieciséis años. Acaba de sacarse el carné, y Jeff le ha comprado un coche de treinta y cinco mil dólares. ¿En qué demonios está pensando?

—Ojalá mi padre me hubiera comprado un coche a mí cuando cumplí los dieciséis.

Ella se levantó del sofá. Necesitaba moverse. Caminar. Correr. Desde que había leído el mensaje, su corazón no había dejado de acelerarse, y se apretó el pecho con la mano para intentar calmarlo. No lo consiguió.

Luces de freno. Rojas, relucientes. Los limpiaparabrisas cortan el color intermitentemente, y Stella quiere decirle a Jeff que vaya más despacio, pero se ríe, porque todo es muy gracioso. Los niños empiezan a pelearse en el asiento de atrás, y ella se gira para decirles que no lo hagan, pero eso también es divertido. Está borracha. ¿Cuánto tiempo hace que no se emborracha? Muchos años, desde antes de que naciera Gage. Seguro. Muchísimo tiempo.

—Para —dice, o intenta decir. Sin embargo, las risitas interrumpen sus palabras y ella no puede explicar por qué todo es tan luminoso, brillante y alegre—. Es Navidad.

Tristan grita y pega a su hermano, y exige que Gage le devuelva el muñeco. Da patadas al asiento de Stella, por detrás, y ella se gira para quitarles el juguete a los dos, pero Gage lo aleja de sus manos.

—Ya basta —dice Stella, pero Tristan no para.

Ella se desabrocha el cinturón para poder llegar al asiento trasero y separarlos, pero está a medio camino cuando Jeff grita.

Cuando se oye un bocinazo.

Cuando las luces rojas de freno dejan de ser intermitentes y se convierten en un rojo fijo delante de ellos.

—Eh, nena, ¿estás bien? —le preguntó Matthew.

Ella negó con la cabeza.

—Jeff y yo no hemos hablado nunca de comprarle un coche a Tristan. Y, menos, un Mustang. Tiene dieciséis años. Es imprudente. Todavía no sabe controlarse bien, y acaba de sacarse el carné...

Matthew la abrazó, sin decir nada, y le acarició el pelo.

—No le va a pasar nada.

Stella intentó relajarse contra él, pero no pudo.

—Tengo que llamar a Jeff.

—No —dijo Matthew—. Si vas a montarle un escándalo, no.

Ella se apartó de él con ira.

—¿Cómo?

—¿Quieres llamarlo para despellejarlo vivo? Mira, no conozco a tu exmarido, pero ¿crees que va a servir de algo? ¿Que él va a vender el coche? Y, tu hijo... está emocionado con el coche. ¿Se lo vas a quitar? ¿Qué crees que le va a parecer a él?

Stella pestañeó para contener las lágrimas. Se alejó de él cuando Matthew trató de sujetarla.

—No creo que tú seas el más adecuado para darme consejos en cuanto a las relaciones.

—Pero no te importa dármelos a mí, ¿eh?

Ella se cruzó de brazos, dolida, pero no dijo nada. Si decía algo, no iba a ser agradable. El hecho de que él tuviera razón le enfadaba aún más.

Matthew se sentó en el sofá y cambió de canal con el mando. Después de unos segundos, Stella se sentó a su lado. Tomó el teléfono y le envió un mensaje a Jeff.

No hemos hablado de esto.

Un momento después, Jeff contestó: *Me han dado una prima en la empresa.*

Es demasiado joven para tener coche. Además, ¿un Mustang?

No hubo respuesta, y eso la enfureció aún más. Sin embargo, no le envió ningún mensaje a Tristan. El niño no tenía la culpa de que su padre se excediera en sus compensaciones y, aunque le producía terror imaginárselo conduciendo a toda velocidad por las calles oscuras, no tenía valor para arrebatarle algo que le causaba tanta euforia.

Matthew se levantó del sofá y se acercó al mueble bar para servirse una copa.

—¿Te apetece algo?

—No, gracias.

Pasaron unos minutos sin que ninguno de los dos hablara. Matthew siguió viendo la televisión, y ella lo ignoró. Siguió mirando las redes sociales en su teléfono, y abrió Connex. Entonces, vio un vídeo de Tristan, y soltó una imprecación.

Su hijo se había grabado al volante del Mustang y, después, había grabado la carretera que se extendía ante él. Había puesto la música muy alta, y se oían risas. Steven apareció en una imagen borrosa, en el asiento de al lado.

«Oh, no, ni hablar».

Stella entró en la página web de Pegasus Airlines y encontró un vuelo a Harrisburg que salía a las pocas horas. Podía estar en casa antes de las once de la noche. Hizo la reserva y se puso en pie.

—Tengo que irme a casa.

Matthew alzó la vista. Apuró su copa, dejó el vaso en la mesa de centro y se recostó contra el respaldo del sofá.

—¿Ahora?

—El vuelo sale dentro de dos horas, así que, sí, tengo que irme ya —dijo ella, mirándolo fijamente.

Él le devolvió la mirada. Después, cuidadosamente, se giró hacia la televisión.

—De acuerdo.

—Voy a prepararme. No te preocupes, voy a llamar a un taxi.

Stella recogió sus cosas del baño e hizo la maleta con las manos temblorosas. Se lavó la cara con agua fría, intentando no pensar en que Tristan estaba conduciendo aquel Mustang demasiado rápido. O, peor aún, sin prestar atención, grabando un vídeo mientras conducía. Intentando no pensar en el crujido del metal, el ruido de los cristales rotos y en el sonido de un bocinazo. En el olor a tubo de escape, a gasolina y a sangre. En el sabor de las lágrimas.

Aunque tenía tiempo para quedarse un rato más allí, no le apetecía, tal y como estaban las cosas con Matthew. Tirando de la maleta, llamó a un taxi mientras entraba al salón.

—Mierda —dijo Matthew, que se irguió en el sofá—. ¿Te vas de verdad?

Stella frunció el ceño.

—Claro. Ya te lo había dicho. Mira, mi hijo está conduciendo por ahí como un loco, sin supervisión paterna, y haciendo vídeos para colgarlos en Connex. Estoy asustada, y tengo que irme a casa. Júzgame si quieres, Matthew, pero es mi hijo.

Él se puso en pie. Ella se dio cuenta de que se había servido otra copa y se la estaba terminando. Se tambaleó un poco al levantarse del sofá, y Stella dio un paso atrás.

—No te estoy juzgando. Ojalá no tuvieras que irte. No creía que…

—Te dije que me iba —respondió Stella con tirantez—. También te he dicho que a mí no me gusta jugar de ese modo, diciendo lo contrario de lo que pretendo.

—No, ya lo veo. Por lo menos déjame que te acompañe al aeropuerto.

Ella se rio sin ganas.

—¿Con lo que has bebido? No.

—Iré en el taxi contigo —dijo Matthew.

—No, no. No te molestes. Creo que será mejor que me vaya sola.

—Stella. Quiero ir contigo al aeropuerto. No quiero que te marches así —dijo Matthew. Suspiró, y le tiró de la manga, aunque no intentó acercarla a él—. ¿No puedo convencerte de que te quedes hasta mañana?

Él pensaba que ella estaba siendo irracional y, lo peor de todo era que Stella sabía que estaba siendo irracional. No podía hacer nada por evitarlo.

—Ven conmigo.

—¿Qué?

—Que vengas conmigo. Yo te pago el billete, si es un problema, pero puedes venir conmigo y… —ella agitó la cabeza. ¿Qué? ¿Acaso necesitaba su apoyo? ¿Necesitaba que estuviera a su lado?

—No puedo ir contigo, Stella, con tan poca antelación.

Era lógico que no pudiera ir, pero la expresión de su cara decía que era una excusa. Stella contuvo las lágrimas y respiró hondo para intentar calmarse.

—Me sentiré mejor cuando llegue a casa y vea a Tristan.

—No vas a conseguir que deje de conducir. No para el resto de su vida.

—¡Tiene dieciséis años! ¿Sabes cuáles son las estadísticas de los adolescentes al volante? ¿De los chicos, en concreto? ¿Y de los chicos con coches deportivos?

–No lo sé en concreto, no, pero sí sé que, hagas lo que hagas, nunca podrás dejar de preocuparte por él. Y, sinceramente, tu preocupación no va a servir para cambiar las cosas. No puedes impedir que haya un accidente preocupándote de antemano. Lo único que vas a conseguir es angustiarte.

Ella tragó saliva.

–Pues me angustiaré. Me voy a casa con mi hijo. No te estoy pidiendo consejo. Lamento haber tenido que acortar la visita, pero tengo que irme a casa. Tengo que cerciorarme de que está bien. Sé que es una locura, pero…

–Yo nunca he dicho que fuera una locura –respondió Matthew–. Por favor, ¿me dejas que te acompañe al aeropuerto?

Ella asintió. Él llevó su maleta. Durante el trayecto no hablaron, pero, al llegar, él la sorprendió al bajarse del taxi, pagar al taxista y despedirse de él.

–No era necesario que…

–Después encontraré otro –le dijo.

Stella fue hacia el mostrador de Pegasus y confirmó su reserva. Matthew la siguió hasta la seguridad, y ella se giró hacia él. Sin billete, él no podría entrar.

–Bueno, adiós –dijo ella.

Él vaciló. Habría sido el momento perfecto para besarse o abrazarse, pero ninguno de los dos dio el paso.

–Llámame cuando llegues a casa –dijo Matthew–. Para decirme que has llegado bien.

–De acuerdo.

Ella esperó, pero él no hizo ademán de acercarse. Stella tiró de la maleta y asintió con tirantez. Entonces, se giró y fue hacia el puesto de seguridad. Cuando pudo mirar de nuevo para ver si él la estaba observando, Matthew ya se había marchado.

El vuelo fue tranquilo, aunque ella no consiguió pegar ojo. Cuando llegó a Harrisburg, fue directamente a casa de Jeff. Estaba cada vez más nerviosa.

Cynthia abrió la puerta en pijama, solo una rendija. Al ver que era ella, abrió de par en par.

—Oh. Hola, ¿qué…?

—He vuelto a casa antes de tiempo.

—Jeff se ha ido con Tristan al cine. Eh… en el coche nuevo. ¿Quieres pasar? —le preguntó Cynthia, y se hizo a un lado.

Ella había estado muy pocas veces en casa de su exmarido. Prefería evitarlo, porque se sentía incómoda. Cuando entró en el vestíbulo, vio una enorme fotografía de Jeff, Cynthia y Tristan colgada en la pared.

—Eso es nuevo —dijo.

Cynthia se quedó sorprendida.

—Ah, sí. Pensé que tal vez Jeff te lo hubiera contado.

—Jeff no me cuenta demasiadas cosas —respondió Stella.

Cynthia se quedó azorada.

—¿Te apetece tomar algo?

—¿Sabes cuándo van a volver a casa? Es que… —a Stella se le escapó un suspiro tembloroso—. Necesito saber que Tristan está bien.

Cynthia asintió.

—Ven a la cocina. Volverán pronto. Toma un vaso de agua, o algo.

Stella se dio cuenta de que estaba comportándose como una loca. Se avergonzó e hizo un gesto negativo con la cabeza.

—No, debería irme a casa.

—Stella… —dijo Cynthia—, puedes esperarlo, si quieres.

Ya era casi medianoche. Stella volvió a cabecear. Quería odiar a Cynthia por ser tan comprensiva. Quería odiarla por muchas cosas, pero, como siempre, no pudo hacerlo.

—Que me llame cuando llegue, ¿de acuerdo? Quiero darle la enhorabuena.

Cynthia asintió.

—Por supuesto. ¿Estás segura de que no quieres quedarte?

—No. No puedo, gracias. Estoy agotada.

Stella escapó con aquella excusa. En casa, intentó contenerse y calmarse. Miró hacia la habitación de Tristan, por costumbre, no por ningún motivo en especial. La otra habitación, cuya puerta no abría nunca, la llamaba, pero ella ignoró aquel impulso.

Cuando se acostó, apretó la cara contra la almohada y miró el reloj cada pocos minutos. Por fin, sonó el teléfono.

—Tristan. Hola.

—¡Mamá! ¿Has visto la fotografía del coche que me ha comprado papá? —le preguntó su hijo, con entusiasmo. Después, se quedó un poco desconcertado—. ¿Cómo es que has vuelto a casa antes de tiempo?

—Ah… porque quería, eso es todo —dijo ella. Cerró los ojos para contener las lágrimas. En aquella ocasión, eran lágrimas de alivio y de amor, un amor tan feroz que la consumía.

Estuvieron charlando unos minutos. Stella escuchó a su hijo hablar extasiado de su coche nuevo y, cuando terminó, su angustia no había disminuido pero, al menos, había conseguido controlarla. Después de confirmar que volvería a casa al día siguiente, Tristan se despidió, diciéndole:

—Te voy a llevar en coche, mamá. Podemos ir a cenar. Yo invito.

De repente, Stella lo vio de pequeño, con unos pantalones cortos y un osito de peluche en la mano. Aquellos días habían terminado. Tristan estaba creciendo.

Y ella tenía que permitírselo.

Sorprendentemente, sintió mucho sueño después de colgar. Como no tenía nada que hacer al día siguiente, no puso la alarma. El sonido del teléfono la despertó un rato después, y se puso frenética al pensar que eran malas noticias.

—¿Qué ocurre? ¿Qué ha pasado?

—Dijiste que me llamarías cuando llegaras a casa —dijo Matthew, arrastrando las palabras.

Stella se frotó los ojos y miró el reloj. Tenía la sensación de que llevaba durmiendo toda la eternidad.

—Perdóname —dijo.

—Estaba preocupado, Stella.

—Lo siento —dijo ella. Sabía lo que era preocuparse.

Él no respondió, y Stella escuchó con atención. Al otro lado de la línea se oían ruidos, no de la televisión, ni música tampoco, sino el tintineo de unos vasos y el murmullo de unas voces. Eran las dos de la mañana.

—¿Dónde estás?

—En el bar del aeropuerto.

Stella frunció el ceño.

—¿En el aeropuerto?

—Sí.

—¿Y qué haces ahí?

—Beber.

—En el aeropuerto —repitió Stella.

—Sí. Sí. Aquí mismo. Este bar es como Cheers. Todo el mundo se sabe mi nombre.

Ella frunció el ceño.

—Qué bien.

—Es muy agradable —dijo él—. Estaba esperando a que me llamaras.

–¿Y por qué estás en el aeropuerto? –le preguntó ella, con desconcierto. Matthew podía beber en casa, o en algún bar de su barrio. Pero… –. ¿Cómo has podido pasar por seguridad sin billete?

–Me compré uno.

Ella se incorporó.

–¿Por qué? ¿Adónde vas?

–Iba a ir a Harrisburg –respondió él. El nombre de la ciudad sonó casi ininteligible.

Ella sintió un calor que no conseguía identificar. No era vergüenza. Ni excitación. Era como un miedo a que sucediera algo terrible. O milagroso.

–¿Ibas a venir a Harrisburg a la aventura?

–Para verte –dijo Matthew–. Quería saber que estabas bien.

–Entonces, ¿por qué no has venido?

–Perdí el avión.

Ella lo pensó bien. Él la deseaba tanto como para ir a verla sin decírselo. Aquella idea le aceleró el pulso.

–Y –añadió Matthew– no sé dónde vives.

A Stella se le escapó una carcajada.

–Eso te habría puesto en una situación muy dura, seguro.

–¿Sabes qué otra cosa está dura?

Stella no mordió el cebo.

–Estás borracho. Vete a casa.

–Ojalá estuvieras aquí conmigo.

Ella se emocionó por aquella sencilla frase, por mucho que se hubiera enfadado antes con él. Por mucho que estuviera influyéndole la bebida… o no.

Suspiró.

–No, no, estoy bien –dijo Matthew, pero no a ella–. Ahora ya me voy a casa. Me voy solo, a acostarme en mi cama vacía.

-Ven a verme la semana que viene -le dijo Stella, impulsivamente-. Te diré dónde vivo, y todo.

Matthew murmuró algo al teléfono, algo que ella no entendió. Después, añadió en voz alta:

-Te llamo mañana, ¿de acuerdo?

-Sí. De acuerdo. Llámame cuando llegues a casa -le pidió ella-. Quiero cerciorarme de que llegas bien.

-Voy a decirte que lo haré. Pero tal vez no lo haga.

Ella suspiró.

-Entonces, llámame mañana.

-Te llamo mañana. Mañana, ¿de acuerdo?

-Matthew -dijo Stella, pero él ya había colgado.

Capítulo 24

—Bueno, así que ya habéis tenido vuestra primera pelea —comentó Jen, mientras mojaba una patata frita en un cuenco de salsa de queso.

Stella dio un sorbito a su té helado. El camarero había intentado convencerla para que se tomara una margarita, pero su apetito por el alcohol se había desvanecido, ahora que Matthew no estaba para tentarla. Se encogió de hombros.

—No estoy segura de si lo llamaría «pelea». Estaba disgustada, y las cosas no habían ido bien. Problemas con su exmujer.

Jen hizo un mohín.

—Aj.

«Aj» era exactamente lo que pensaba ella.

—Todo se volvió incómodo, nada más. Pero, ahora, llevo una semana entera sin tener noticias suyas. Ni un puñetero mensaje. Yo le escribí a la mañana siguiente, pero él no me respondió.

—¡Eso lo odio!

—Yo también. Y, aunque sé que leyó el mensaje, no respondió. He pensado en mandarle otro, pero… —Stella se encogió de hombros otra vez.

–Umm… –dijo Jen, y mordió una patata–. Es un asco.

Verdaderamente era un asco. Stella llevaba toda la semana con un nudo en el estómago.

–Me está ignorando –dijo Stella–. ¿Cómo es posible que pase de un: «Te echo de menos, ojalá estuvieras conmigo», a olvidarse de mí por completo?

–Porque los hombres son unos capullos –dijo Jen, alegremente.

–Él fue quien me pidió que fuera su novia. Quien me invitó a su casa, quien me dijo que había estado esperando a que yo volviera a pasar por aquel bar. Seguramente todo eran mentiras. Tal vez les diga esas cosas a todas las mujeres que se liga en la barra…

Sin embargo, eso no era cierto, y Stella lo sabía. Tal vez fuera una ingenua, pero había volado mucho, y sabía cuándo una persona estaba actuando. Matthew nunca había hecho eso con ella.

–Lo siento –dijo Jen.

–Yo también. Creía que… Bueno, no sé lo que creía.

–¿Por qué no lo intentas otra vez?

Stella apretó los labios.

–No quiero perseguirlo.

–No, claro que no. Pero puedes intentarlo una vez más. Puede que él crea que estás enfadada.

–¿Y si me ignora otra vez? ¿Y si me dice que ha estado muy ocupado?

–Bueno, puede que haya estado muy ocupado. Sé que no es excusa, pero, ya sabes, los tíos son idiotas.

–Odio los jueguecitos –dijo Stella–. Le he mandado un mensaje. Él no ha respondido. Yo no soy una bruja desesperada y dependiente.

–Pero te gusta mucho, ¿no?

Stella suspiró.

–Sí. En realidad, estoy loca por él.

—Bueno, pues envíale un mensaje. Lo peor que puede pasar es que te ignore y, sinceramente, si ya te ha dejado de lado, por lo menos tú sabrás que lo intentaste. Eso no te convierte a ti en la imbécil del asunto.

Stella pensó que tenía sentido, y sacó el teléfono. Escribió un breve *Hola, ¿qué tal estas? No he sabido nada de ti, espero que todo vaya bien* y le dio al botón de enviar. Después, le mostró a Jen lo que había escrito y guardó el teléfono en su bolso.

Matthew no respondió.

Ni durante toda la cena. Ni durante la película. Ni durante el trayecto de vuelta a casa.

Sin embargo, el teléfono sonó justo cuando estaba entrando en casa. Resultó que era Craig. Era de lo más oportuno.

Stella esperó para responder, dándole a Matthew la oportunidad de que la escribiera. Se duchó y se preparó para acostarse. Al final, cuando ya casi se había hecho demasiado tarde para que él respondiera por una cuestión de cortesía, Stella decidió contestar a Craig.

¡Eh, hola! Por aquí todo va bien, espero que en tu mundo todo vaya estupendamente también.

Solo quería saludarte. No te he visto online *últimamente.*

Me alegro de tener noticias tuyas, escribió Stella, con sinceridad.

Después no tuvo ningún otro mensaje, y tuvo la certeza de que él no iba a responder. Sin embargo, en la pantalla apareció una cara sonriente, acompañada de tres palabras: *Buenas noches, Stella*.

Aunque esperó por si recibía un mensaje de Matthew, no le llegó ninguno.

Capítulo 25

Diez días. Eso fue lo que él tardó en responder y, para entonces, Stella había estado a punto de borrarlo de su lista de contactos una docena de veces. Sin embargo, cada vez que tenía el dedo sobre el botón, cambiaba de opinión.

Cuando él respondiera, ella iba a mandarlo a la mierda.

Cuando respondiera, por fin, se mostraría distante. Se comportaría como si no hubiera pasado nada.

«Por favor», le rogó a las fuerzas del universo. «Por favor, que llame».

Estaba pagando facturas cuando sonó el teléfono. Estaba dentro de su bolso, y ella pensó que se lo había imaginado. Sin embargo, volvió a pitar al cabo de un minuto y, cuando miró la pantalla, se encontró con el aviso de que tenía dos mensajes. Cerró los ojos y suspiró de alivio.

¿Puedo llamarte?

¿Stella?

Por supuesto, respondió ella.

El teléfono sonó un minuto después, y ella respondió rápidamente. Sin juegos.

–Hola.

–Hola, Stella. Soy Matthew. ¿Qué tal estás?

–Bien. ¿Y tú? –preguntó ella.

Detestaba aquella conversación tan tirante. Nunca jamás habían hablado así entre ellos, y las palabras le sabían mal.

–Bien. Ocupado.

–Ah.

Silencio.

–Bueno –dijo Stella, después de haber estado medio minuto escuchando su respiración–. Será mejor que colguemos.

Las lágrimas hicieron que le temblara la voz, y tuvo que tragar saliva. Esperó a que él dijera algo. Cualquier cosa. Cuando estaba a punto de colgar, Matthew dijo:

–Espera.

–¿Sí, Matthew?

–¿No podemos hablar de ello?

Stella apoyó los codos en la mesa de la cocina, donde estaba ocupada con el ordenador portátil, y se apretó los ojos con una mano.

–No sé si tenemos algo de lo que hablar, en realidad.

–Y yo no sé por qué tuviste que largarte y dejarme plantado sin querer hablar conmigo de lo que estaba pasando. Eso es todo.

Ella suspiró.

–Fue por muchos motivos. No sé qué decirte. Estaba el lío con Caroline. Y después, mi hijo… Sé que tal vez sea difícil de entender para ti, Matthew, pero un accidente puede cambiar el resto de tu vida. Lo que ocurrió influye en todo lo que ha pasado después, lo que pasa y lo que pasará, seguramente. A mí no me gusta, pero no voy a disculparme.

Él permaneció en silencio otro instante.

—No creas que no te entiendo. Y no te pido que te disculpes. Pero yo no sabía qué estaba pasando. Estás tan tranquila, conmigo, y, al minuto, te cabreas y no me hablas.

—Yo no estaba cabreada. Estaba disgustada. Y tú eres el que has dejado de hablarme. Durante diez días, para ser exactos.

Él se quedó callado.

—No sabía si querías hablar conmigo.

—Te envié un mensaje, ¿no? Pensaba que podíamos hablar de que vinieras a verme —dijo ella—. Mira, ¿podemos hablar por vídeo? Necesito ver tu cara.

Un minuto después, se habían conectado. Al ver su cara y su sonrisa, ella pensó que había cometido un error. Estaba desarmada ante él. Sin pensarlo, acarició la pantalla del ordenador, siguiendo la línea de su mandíbula.

—Te he echado de menos —dijo Stella.

—Yo a ti también.

Era lo mejor que él podía decir.

Dos pasos hacia atrás, uno hacia delante. En eso se había convertido su relación, y a Stella no le importaba. Debía de ser porque sentir cierta cautela era normal en ella. Aunque habían empezado a hablar de nuevo casi todos los días, si pasaba uno sin tener noticias de Matthew, era más fácil no preocuparse. No echarlo de menos.

Aquella noche estaba hablando con él, sujetando el teléfono contra el hombro mientras lavaba los platos de la cena.

Tristan había salido con una chica a cenar y al cine. Stella conocía a la chica; era una rubia muy guapa a la que le gustaban los videojuegos y que había sido compañera de clase de su hijo desde la guardería. No la tranquilizaba mucho pensar en ellos dos montados en el Mustang, pero intentaba hacer lo que le había dicho su hijo: «Respira hondo, mamá».

–Voy a ver una película. ¿Quieres ver alguna conmigo? –le preguntó a Matthew al terminar la conversación mientras se secaba las manos.

–Claro. Tengo mi whisky. ¿Tienes un poco tú también?

Ella miró automáticamente el reloj, pero eran las siete; no demasiado temprano para tomar una copa, sobre todo si él estaba en casa. Sin embargo, ella no tenía ninguna botella en casa.

–No. ¿Qué te apetece ver?

Eligieron una película de terror que tenía buenas críticas. Los dos entraron en sus cuentas de Interflix y empezaron al mismo tiempo, mientras estaban conectados al *videochat*. Verlo en la pantalla del ordenador mientras estaba sentada en el sofá no era ni parecido a estar con él, pero era mejor que nada.

–Vaya, esta noche tengo una cita –dijo Matthew, y alzó su copa hacia ella–. Gracias a Dios por la tecnología.

Stella se echó a reír.

–Sí.

–Ojalá estuvieras aquí.

Ella vaciló. Solo hacía una semana que habían empezado a hablarse de nuevo, y habían pasado aquellos días sin ninguna tensión. La película estaba terminando, así que ella giró el ordenador para tenerlo de frente.

–Podrías venir a visitarme –le dijo.

Matthew apagó la televisión y miró a la cámara de su ordenador.

–Creía que te gustaba venir aquí.

–Y para mí, es gratis. Ya lo sé. O, por lo menos, más barato –dijo Stella.

Frunció el ceño. Nunca le había preguntado a Matthew por su situación económica, aunque, a juzgar por su coche y su apartamento, parecía que le iba bien. Aun así, el divorcio podía ser caro.

—No es eso —dijo él. Se pasó una mano por la cabeza. Parecía que estaba incómodo, pero dijo—: Podría ir a verte. Claro. Sí. ¿El próximo fin de semana?

Ella se incorporó.

—Sí, Matthew. Me encantaría eso.

—Deja que vea cómo está la cosa y te aviso, ¿de acuerdo?

Ella ya estaba emocionada con solo pensar que él iba a ir a su casa, y sonrió.

—No es tan interesante como Chicago, pero a mí me encantaría verte.

Matthew le sonrió también.

—Mientras…

—¿Umm? —murmuró Stella. Tardó un segundo en comprenderlo, pero, cuando él movió la pantalla del ordenador hacia abajo y le mostró su mano en la bragueta del pantalón, ella se echó a reír—. Aaah. Ahora lo entiendo.

Matthew se inclinó hacia delante y llenó toda la pantalla con su boca. Vaya labios.

—Te he echado muuucho de menos.

Ella también lo había echado de menos. Miró el reloj. Tristan no iba a volver a casa hasta dentro de un par de horas. Stella se inclinó hacia la cámara.

—¿Cuánto? —le susurró.

Él le mostró cuánto, y a ella se le cortó la respiración. Matthew era increíblemente guapo y más aún con su miembro en la mano. Cuando empezó a masturbarse lentamente para ella, Stella tuvo que apretar los muslos. Se llevó el ordenador a su habitación y cerró la puerta con el pestillo para ver cómo se acariciaba.

—Tú también —le dijo Matthew—. Quiero verte.

–Ahora mismo –respondió Stella.

Se desnudó lentamente para que él pudiera verla. La escena podría haber resultado ridícula, pero el brillo de sus ojos al mirarla, su forma de humedecerse los labios y su gemido al ver cómo metía los dedos en su cuerpo… Nada de aquello era ridículo.

–Eres muy sexy –dijo Matthew.

Si no se sentía así, el evidente aprecio que él sentía por ella habría conseguido que se sintiera sexy. Stella se echó hacia atrás y se acarició el clítoris, abandonándose al placer. Era difícil no distraerse al verle hacer lo mismo. Hacía tiempo que no estaban juntos, así que ella llegó al borde del orgasmo a los pocos minutos, pero esperó a Matthew.

–Esto es tan… estupendo… –dijo él, con un gruñido–. ¿Vas a correrte conmigo?

–Oh, sí –murmuró ella, sin dejar de acariciarse–. Quiero verte.

Stella no se olvidó de su propio orgasmo, pero, por supuesto, pasó a un segundo plano al ver a Matthew llegar al clímax. Él gritó con la voz enronquecida, y ella solo tuvo que acariciarse con un poco más de fuerza para seguir su camino. Se echó a temblar observando a Matthew. Él ralentizó sus caricias hasta que se detuvo, y se echó a reír con la respiración entrecortada.

–Dios mío. Vaya.

–Ummm –dijo Stella–. Ha sido una gozada.

–Ahora mismo vuelvo. No te muevas de ahí.

Ella solo se movió para vestirse. Cuando él apareció en la pantalla, desnudo todavía, ella apoyó la barbilla en una mano y lo miró. Matthew fue a su cómoda y sacó unos pantalones del pijama. Miró hacia atrás por encima de su hombro y meneó un poco el trasero, hasta que ella se echó a reír.

—Ven a verme —le dijo—. No puedo soportar esto mucho más tiempo.

—Veré lo que puedo hacer —respondió él—. Yo también tengo ganas de verte.

De repente, se abrió la puerta de la casa, y Tristan dijo en voz alta:

—¡Mamá! Mandy y yo vamos a jugar a Hazard Station, ¿de acuerdo?

—¡Mierda! Tristan ha vuelto ya. No me ha avisado. Tengo que dejarte. Avísame de lo de este fin de semana.

—Lo haré —le prometió Matthew.

Pero no lo hizo.

Pasaron un par de días. Stella esperó pacientemente. Después, perdió la paciencia, y le envió un mensaje a Matthew.

¿Puedes llamarme?

Él la llamó.

—Lo siento. He estado ocupado. No puedo ir este fin de semana. Tengo a las niñas.

—Ah.

—Tenía que habértelo dicho antes —dijo Matthew.

Stella frunció el ceño.

—Habría estado bien, sí. ¿Es que no quieres venir a verme? ¿Te preocupa conocer a Tristan? Porque podría planearlo para que cuando vengas esté con su padre.

—Claro que quiero ir a verte. No digas eso. Estás exagerando. Me tocan las niñas a mí.

Oh, cuánto detestaba que le dijeran que estaba exagerando.

—¿Y no lo sabías cuando hablamos el otro día? Podías habérmelo dicho entonces.

—Pensaba que podría cambiarlo.

Aquello sonó tan falso que ella tuvo que esperar un momento antes de contestar.

—Matthew, prefiero que seas sincero conmigo a que trates de no herir mis sentimientos mintiéndome.

—Yo no estoy mintiendo —dijo él. Parecía que estaba enfadado, pero a ella no le importó. También estaba enfadada.

—Prefiero que me digas que no a que me digas que quizá cuando sabes que es que no. Para cualquier cosa.

Matthew suspiró.

—No era que no cuando dije que iba a ver si podía. ¿De acuerdo?

—Está bien.

Aquello tenía pinta de convertirse en otra discusión, así que Stella cambió a un tema más relajado.

Después de un rato, dejó de haber tensión entre ellos. Bromearon y se rieron. Se contaron historias, y Stella le habló de su trabajo y de algunas fotografías asombrosas que había tenido que retocar. Matthew le habló con afecto de algunos de sus alumnos de la clase de educación para adultos.

—Estamos estudiando poesía —le contó—. *Limericks*. Eh, es una forma de arte, en realidad.

—¿Cuál es tu favorito? El único que yo conozco es sobre Nantucket.

—Todos los buenos son sobre Nantucket —dijo Matthew.

Habló más sobre su clase, sobre cómo sus estudiantes habían pasado de no ser capaces de formar frases coherentes a publicar sus propias piezas en un folleto de poesía. El orgullo con que hablaba la conmovió.

—Tú has mejorado su vida —le dijo—. Eso debe de ser muy gratificante. Es asombroso.

—Bueno, yo no lo veo así. Solo estoy intentando enseñarles que hay más de una forma de ver el mundo.

–Es muy importante y bello lo que haces, para cualquiera, Matthew.

–No es… Gracias. Supongo que nunca lo he considerado bello. Ni importante.

–Bueno –replicó Stella–. Pues lo es.

Capítulo 26

A Stella le dio un salto el corazón al oír el tono con el que el teléfono la avisaba de un mensaje. Se sacó el teléfono del bolsillo, abrió la aplicación y se echó a reír. Matthew le había enviado una foto de su cena: macarrones con queso. Con kétchup. Y una salchicha que asomaba por una esquina de la imagen.

Padre del año, escribió ella.

¿Qué pasa? Está delicioso, y contiene alimentos de todos los grupos.

Stella le envió una foto del interior de su horno. Estaba asando un pollo con tomates. También le envió una de la mesa puesta para dos, en la que había una ensalada y una cesta de panecillos.

Muy bonito, dijo Matthew. *La próxima vez que vengas a Chicago, ¿me vas a preparar pollo?*

Si te portas bien, sí. ¿Qué tal están las niñas?

Louisa tiene catarro. Beatrice se está peleando con su mejor amiga. Que Dios me ampare cuando lleguen a la adolescencia.

Stella se rio de nuevo, pero con lástima. Tristan había vuelto del colegio hacía una hora y había subido directamente las escaleras para encerrarse en su habitación, casi sin decirle una palabra. No había vuelto a salir, ni se oía una mosca desde el piso de arriba, aunque ella tenía que admitir que eso era mejor que el volumen atronador al que ponía la música o el ruido sordo y constante que hacía cuando levantaba pesas o corría en la cinta.

¿Y qué plan tienes para esta noche?, le preguntó a Matthew.

Sin embargo, él no respondió en ese momento.

–¡Tristan! –gritó–. ¡La cena es dentro de media hora! ¡Recoge tu ropa sucia y bájala al cuarto de la lavadora!

Parecía que aquella noche nadie respondía. Stella frunció el ceño y se acercó a las escaleras para repetírselo. En aquella ocasión, oyó un grito amortiguado desde la habitación de su hijo, que parecía una respuesta. Estaba demasiado cansada como para subir las escaleras, así que volvió a la cocina.

El teléfono pitó.

Ver una película con palomitas en casa. Mañana nos vamos a levantar pronto, iremos al museo a modo de fiesta de cumpleaños y, por la tarde, iremos a la bolera para seguir celebrándolo.

Qué de actividades, escribió Stella. *Que lo paséis bien.*

Hizo una pausa, y continuó:

¿Puedes llamarme después, cuando estén acostadas?

Lo intentaré.

Sabía que no debía molestarse por aquello, pero se molestó. Se metió el teléfono al bolsillo y se sirvió una copa de vino. Después, abrió el correo y lo organizó, y recogió la cocina hasta que sonó el temporizador del horno. Volvió a llamar a Tristan, pero su hijo no respondió ni bajó las escaleras. Entonces, lo llamó por última vez y, finalmente, él bajó las escaleras pisando los peldaños como si fuera un elefante y se dejó caer en su silla con un gran suspiro.

El teléfono sonó otra vez.

Ella lo ignoró, pero volvió a pitar y fue imposible fingir que no lo había oído. Tristan puso cara de pocos amigos cuando ella puso el pollo sobre la mesa y se sacó el teléfono del bolsillo, pero no dijo nada.

Louisa se ha olvidado el inhalador, y creo que tiene fiebre.

¿Tienes un termómetro?

Sí.

Pónselo. Así lo sabrás con certeza.

—Tristan —le dijo a su hijo—: Saca el té helado. Vamos. Ni siquiera debería tener que pedírtelo.

—Yo ni siquiera quiero cenar esto.

—¿Cómo?

—Mamá, ya te lo dije. Hoy voy a salir con Mandy. ¿No te acuerdas? Tengo que marcharme dentro de diez minutos.

Se le había olvidado, pero no debería sorprenderle. Era viernes por la noche, y él no tenía por qué quedarse en casa con su madre. Sin embargo…

—¿Y adónde vas? ¿No quieres cenar antes?

—Vamos al cine. Después comeremos una pizza, o algo así.

—¿Y después? —preguntó Stella, mirando la comida que había preparado.

—Daremos una vuelta.

Ella apretó los labios. Su teléfono volvió a pitar, pero no le prestó atención, porque estaba concentrada en su hijo.

—¿Por dónde?

Tristan se encogió de hombros.

—No lo sé.

—Bueno, pues tienes que saberlo, Tristan. No quiero que andes por la calle buscando un sitio al que ir. ¿Por qué no venís aquí?

Él la miró de reojo.

—Pero aquí vas a estar tú.

—Sí, claro —dijo ella, con tirantez, intentando no sentirse ofendida por segunda vez en menos de media hora—. Ese es el objetivo. Pero llámame y dime adónde vas a ir después de la película. Te lo digo en serio. Y, sea donde sea, necesito saber que hay un adulto.

—¡Muy bien!

Tristan salió de casa y cerró de un portazo antes de que ella pudiera decir una palabra más. Aunque no tenía nada que decir, pensó Stella, con un suspiro. Miró a su alrededor. Se tomó el resto del vino. Viernes por la noche, sola en casa.

Su teléfono volvió a pitar. Stella abrió la aplicación y vio los mensajes.

Fiebre. ¿Qué hago?

El siguiente mensaje había llegado un minuto después:

Caroline va a traerle el inhalador y Tylenol para niños.

Caroline.

Stella frunció el labio y se quedó mirando el teléfono, pensando en cómo responder.

No te preocupes, a Louisa se le pasará. Tiene catarro, ¿no? Los niños se acatarran, Matthew. ¿Cuánta fiebre tiene?

Matthew no respondió.

Stella se sirvió otra copa de vino. Recogió toda la cocina, puso música y empezó a bailar, aunque no estaba de humor para bailes, en realidad. Dejó el teléfono en la encimera, pero permaneció en un silencio frustrante.

El vino la había mareado un poco. De repente, tuvo la imperiosa necesidad de fumar.

¿Qué tal está Louisa?, escribió. Sin embargo, aunque él leyó el mensaje, no respondió.

—Imbécil —dijo ella en voz alta.

El vino habló por ella. La parte racional de su mente le dijo que se tranquilizara. Que él estaba con su hija enferma. Que tal vez hubiera vomitado, y que él la estaba cuidando. Sin embargo, todo eso no eran más que tonterías, y ella lo sabía. Podía buscar excusas para él durante toda la noche, pero la pura verdad era que Matthew no estaba contestando a sus mensajes deliberadamente, y no era la primera vez, y eso la ponía furiosa.

Pensó en que volar era mucho más fácil que aquella… aquella supuesta relación con Matthew. Nada de intercambiar números de teléfono, ni de repetir visitas, ni de tener expectativas.

Nada de decepciones.

El tercer vaso de vino no le pareció un lujo, sino una necesidad. Y, al final, también los cigarros que rebuscó en el fondo de un cajón de su cómoda. Antes de dejar de fumar, tenía un paquete guardado en una lata antigua para sus momentos de emergencia. Y, por algún motivo, incluso aunque hacía mucho tiempo que había dejado el tabaco, saber que aquel paquete seguía allí era como un salvavidas. Sin embargo, cuando abrió la lata, se quedó mirando un paquete de cigarrillos vacío y arrugado que ella no se había fumado.

Se dejó caer sobre la cama con el paquete vacío en una mano y el vaso de vino en la otra. Se bebió el vino en dos tragos y dejó el vaso en la mesilla de noche. Demasiado al borde, aunque consiguió atraparlo en el aire antes de que se rompiera contra el suelo. Unas cuantas gotas de vino salpicaron la colcha blanca y la llenaron de manchas rojas.

–Mierda –murmuró ella, pero solo ella tenía la culpa.

Siguió allí sentada unos minutos, mirando el paquete. Era posible que Jeff hubiera tomado en algún momento aquellos cigarros, pero él nunca había fumado y, si lo hubiera hecho, no habría tenido por qué robar cigarrillos a escondidas.

Eso significaba que su hijo había estado hurgando en sus cajones y robando. Y fumando. Demonios.

Stella se paró delante de la puerta del cuarto de Tristan y respiró profundamente. Siempre se había jurado que respetaría la privacidad de sus hijos.

Sin embargo, ¿y si no solo eran los cigarros, sino algo peor? Ella había fumado unos cuantos porros en la universidad. Sabía que experimentar con la bebida y la marihuana era parte del crecimiento. Y no tenía ningún motivo para pensar que Tristan estuviera tomando algo peor, aparte de su reciente malhumor, que ella había atribuido a la furia adolescente y a la tensión del divorcio poco amigable de sus padres. La privacidad y el respeto eran importantes, pero su deber de madre era asegurarse de que su hijo no tuviera problemas.

Sin embargo, vaciló. Podía entrar en la habitación de Tristan y registrarla, pero si encontraba algo malo tendría que enfrentarse a él, y él sabría que había fisgado. Además, tendría que llamar a Jeff, y tratar aquel asunto con su exmarido, aunque prefiriera encargarse del problema ella misma. Por otra parte, si no encontraba nada, sabría que había fisgado sin motivo, y eso también sería horrible.

El vino le estaba poniendo difícil tomar aquella decisión. Sacó el teléfono del bolsillo y observó el icono de la aplicación. Matthew no había respondido, y ella le escribió de nuevo.

¿Qué tal está la niña? Yo estoy aquí, delante de la

puerta del cuarto de Tristan, intentando decidir si debo entrar a registrarlo. Creo que me ha robado de uno de los cajones unos cigarros que yo guardaba desde hace siglos.

Añadió unos cuantos emoticonos: una cara avergonzada y otra con una lágrima.

Tener un adolescente es difícil.

Matthew leyó el mensaje, pero no respondió.

—Matthew —dijo ella en voz alta—. Sabes que odio que me ignores.

Stella se cuadró de hombros, respiró profundamente y abrió la puerta del cuarto de su hijo. Al percibir el olor, arrugó la nariz. Zapatillas deportivas, ropa sucia de hacía días y el olor acre e inconfundible de un adolescente. Stella tuvo que apartar unas toallas húmedas que había en el suelo para poder pasar. En el centro de la habitación, giró sobre sí misma.

Estaba en medio de lo que parecía una explosión de ropa sucia, libros, papeles, videojuegos y carátulas de DVD, un millón de pedazos de madera rotos y de herramientas? ¿Qué demonios había estado haciendo allí? ¿Fabricar un arco? Con un resoplido de disgusto, movió con la punta del pie la funda de una almohada que había en el suelo y debajo encontró calcetines y ropa interior.

¿Dónde estás?, tecleó rápidamente. *Te dije que me llamaras cuando terminara la película.*

Tristan tampoco respondió a su mensaje.

Ella ya ni siquiera estaba segura de lo que estaba buscando en su habitación, aparte de una prueba de que fumaba. O tomaba drogas. O que… Oh, Dios, ¿y si se estaba inyectando heroína en los globos oculares, o algo por el estilo? Quien hablaba era el vino de nuevo, pero, de repente, ella se puso a abrir los cajones de su cómoda para buscar, entre su ropa desordenada… algo. Cualquier cosa que le diera una pista de dónde se había ido su dulce niño.

Y lo encontró.

Bajo una pila de revistas de videojuegos, en una caja de zapatos, Tristan había escondido un par de encendedores vacíos y una cajetilla de Marlboro a medio terminar. No era marihuana, ni drogas, pero ella no se sentía mejor sabiendo que su hijo fumaba. Y eso fue suficiente para empujarla a registrar el resto de sus cosas. En el último cajón de su mesilla atisbó carne desnuda y pelo rubio en una revista brillante, y lo cerró rápidamente.

Sin embargo, animada por su descubrimiento y por el tercer vaso de vino, siguió buscando hasta que encontró otras cosas. Cosas que no eran peores, pero que hicieron que se le encogiera el estómago.

Había un sobre marrón y estropeado lleno de fotografías. Al verlas, a Stella se le escapó un jadeo. En una de las imágenes aparecían dos niños pequeños, cada uno con un brazo sobre los hombros del otro, con idénticas camisetas de rayas. Con idénticas sonrisas. Tristan tenía los dientes arreglados después de años de ortodoncia, pero Gage nunca los tendría.

Gage nunca llevaría aparato.

A Gage nunca se le quedaría pequeña aquella camiseta.

Gage nunca le robaría cigarrillos de la cómoda.

Gage nunca podría hacer nada.

Con los dedos trémulos, Stella metió las fotografías en el sobre y lo guardó. La cabeza le daba vueltas.

Estuvo a punto de dejar de abrir cajones pero, cuando lo hizo, encontró una pila de pantalones de deporte y camisetas perfectamente doblados, que le pareció incongruente con el resto del desorden de la habitación. Levantó la ropa y, bajo ella, encontró otras prendas mucho más pequeñas, dobladas con el mismo esmero. Sacó una camiseta y la abrazó contra su pecho. Era de Gage. Junto a ella estaba su jersey favorito, que tenía al Monstruo de las Galletas dibujado. Y, al lado, una mantita cuadrada, de color azul claro, ribeteada con unas tiras de satén.

La mantita de Gage.

Stella sollozó y se cubrió la cara con la mantita. Se dejó caer al suelo y lloró, meciéndose con la manta, durante mucho tiempo.

Hacía años que no la veía. Muchos años. La última vez que recordaba haberla visto estaba en la cama de Gage, bajo su almohada, donde él la tenía guardada, porque ya había crecido demasiado como para llevarla a todas partes consigo.

Unos meses antes, ella había encontrado en la cama de Tristan un bebé de peluche que era el favorito de Gage. Se había apartado de la cabeza el disgusto que había sentido, pero, aquello… aquello… significaba que Tristan entraba frecuentemente en la habitación de Gage, que llevaba cerrada desde que ella había perdido a su precioso hijo, a su primogénito. Tristan entraba en su habitación y tocaba sus cosas. Se las llevaba. ¿Cuántas cosas había robado?

Stella sacudió el colchón, vació los cajones, sacó cajas de apuntes viejos y de recuerdos del fondo de su armario. Le escribió cada cinco minutos, pero no obtuvo respuesta, hasta que, al final, se detuvo en medio del caos. Jadeando, llorando, recogió todas las cosas de Gage: su mantita, su bebé, la pequeña ropa. Las fotos. Lo sacó todo del cuarto de Tristan y se puso delante de la puerta de Gage, pero no pudo abrirla.

El dolor se apoderó de ella y la hizo temblar.

Tuvo que apoyar la frente en la madera pintada. Puso la mano en el pomo, pero no lo giró. No podía abrirla; llevaba demasiado tiempo cerrada. No pudo obligarse a sí misma a entrar y ver que todo estaba igual, que no había cambiado, salvo por las pocas cosas que había tomado Tristan. Salvo por sus vidas enteras.

Metió las cosas de Gage en la caja de unas botas que sacó de su armario. Oyó un ruido en el vestíbulo y salió, tambaleándose y con los ojos hinchados, al pasillo. Vio a Tristan, que estaba mirando el interior de su habitación.

Estaba muy pálido, excepto por dos manchas rojas y brillantes que tenía en las mejillas. Se giró hacia ella.

—¿Qué demonios has hecho? —gritó.

Mandy se detuvo en las escaleras, sin atreverse a seguir subiendo. Tristan retrocedió para alejarse de su madre, agitando la cabeza. Stella salió del dormitorio y se dio cuenta, demasiado tarde, de que necesitaba el apoyo del marco de la puerta para no caerse.

—Tu habitación estaba hecha un desastre —le dijo a Tristan—. ¡Y no me has llamado, como te dije! ¡Te he mandado muchos mensajes! Estás en un buen lío, Tristan.

Se dio cuenta de que había otros dos chicos detrás de Mandy, y todos se miraban con cara de culpabilidad. Tristan la miró con tanto horror, con tanto disgusto, que Stella dio un paso atrás.

—Estás… borracha —dijo él—. No te he contestado a los mensajes porque me dijiste que podíamos volver aquí, así que eso es lo que hemos hecho… ¡Pero ahora me marcho! ¡Has destrozado mi habitación! ¡Has destrozado mis cosas! ¿Qué estabas haciendo en mi cuarto, mamá?

—¡Buscar los cigarros! —gritó ella, y vio al instante la culpabilidad y el disgusto reflejados en la cara de su hijo—. ¿Acaso creías que no me iba a dar cuenta de que los habías robado de la cómoda?

Tristan se quedó tan callado que ella pensó que se

había equivocado. Entonces, su expresión cambió y se llenó de desdén.

–Te robé esos hace un siglo –dijo.

Stella miró más allá de su hijo, y vio que sus amigos estaban avergonzados. Se dio cuenta de que ella estaba borracha. El suelo se movía bajo sus pies, y se agarró al marco de la puerta para guardar el equilibrio.

–Tus amigos deberían irse a casa ahora, Tristan. Tenemos que hablar de algunas cosas.

Él cabeceó y siguió retrocediendo. Empezó a bajar las escaleras.

–Me marcho de aquí.

–¿Qué? Espera un minuto.

Sin embargo, él ya estaba abajo y, aunque ella pensaba que los adolescentes no podían caminar sin dar patadas como truenos en el suelo, los cuatro salieron casi completamente en silencio.

–¿Adónde vas?

–A casa de papá –respondió Tristan. Su voz sonó distante, y se desvaneció.

La puerta se cerró de golpe. Stella se dejó caer sobre el primer escalón y se tapó la cara con las manos. Debería habérselo prohibido. Debería haber ido tras él. Pero no había podido. «Que Jeff se encargue de él», pensó, y tragó saliva convulsivamente. «Que su padre se encargue de él por una temporada».

Necesitaba tumbarse. O darse una ducha. Tenía el estómago revuelto. Veía la puerta cerrada del cuarto de Gage desde allí. Podía verla cuando cerraba los ojos. ¿Cuánto tiempo llevaba entrando allí Tristan, tomando cosas de su hermano? ¿Y qué debía hacer ella al respecto? Stella se estremeció. De repente, estaba helada.

Se puso en pie, tambaleándose, y subió a su habitación. Miró las manchas de vino de la colcha y pensó que tenía que echarla a lavar antes de que la mancha se fijara, pero solo pudo tirar de ella hasta los pies de la cama porque allí estaba metida bajo el colchón.

Se sentó en el suelo y apoyó la espalda en el borde de la cama. Sacó el teléfono y abrió la aplicación. Escribió: *Matthew, te necesito.*

Pasaron los minutos. Stella tenía la cabeza apoyada en las rodillas, y no podía dejar de llorar. Las lágrimas la quemaban y la ahogaban. Cuando pasó un cuarto de hora, Matthew ya había leído el mensaje, pero no había contestado.

En aquella ocasión, marcó su número, pero él no respondió a la llamada, y ella le dejó un mensaje en el buzón de voz.

—*Matthew, llámame, por favor. Estoy teniendo una noche muy difícil. He tenido una bronca con Tristan... He averiguado que fuma, y que estaba robando cosas de... de la habitación de Gage. Por favor, llámame* —susurró—. *Espero que Louisa esté mejor. Necesito hablar contigo. Por favor.*

Stella colgó el teléfono y lo puso a cargar. Se metió en la ducha y se sentó en el suelo de la cabina, y dejó que el agua ardiendo le cayera en la espalda y la cabeza.

Y, cuando el agua se quedó fría, dejó que el chorro helado le cayera encima también, mientras se estremecía y se retorcía de frío, hasta que, por fin, se le aclaró la cabeza y pudo obligarse a sí misma a salir. Se puso su grueso albornoz y se secó el pelo. Fue a la cama y se tapó con la manta, todavía temblando de frío. Miró el teléfono, pero no tenía mensajes.

Al final, se quedó dormida.

Capítulo 27

Matthew no la llamó, ni le envió un mensaje, hasta las cuatro de la tarde del sábado. El mensaje le llegó cuando estaba doblando las sábanas y las toallas de la habitación de Tristan, que había recogido y lavado aquel día. Al principio, ni siquiera se molestó en tomar el teléfono de la mesilla, donde había estado desde la noche anterior. Sabía que el mensaje era de Matthew, porque era el único que se comunicaba con ella por medio de Kik.

Se había levantado más temprano de lo normal para ser un sábado en el que no tenía ningún plan. Tenía la cabeza clara, no sentía resaca y estaba completamente despierta. Se había pasado la mañana limpiando la casa y haciendo coladas, e intentando quitar la mancha de la colcha blanca. Había conseguido que las manchas rojas se quedaran en un rosa claro, pero nunca iba a conseguir eliminarlas por completo. Eso era lo que ocurría con las manchas; eran recordatorios de los errores que las personas preferían olvidar.

No había tenido noticias de Tristan, aunque había llamado a Jeff para asegurarse de que su hijo había ido a casa de su padre de verdad. Cynthia le había dejado un mensaje mientras ella estaba en la ducha para decirle que Tristan estaba allí, que estaba bien y que podía quedarse todo el tiempo que quisiera. Stella no le había devuelto a Cynthia su llamada llena de buenas intenciones y de un ligero desconcierto. Necesitaba hablar con Jeff sobre todo y, de la misma manera que la noche anterior, cuando sabía lo que debería hacer con su hijo pero no había podido hacerlo, lo único que pudo hacer en aquel momento fue escuchar el contestador y borrar el mensaje.

Su teléfono pitó unos minutos después, mientras ella estaba poniendo una funda limpia en la almohada. Como estaba junto a la mesilla, tomó el teléfono y abrió la aplicación para ver los mensajes de Matthew. Al leerlos, Stella frunció el labio.

Hola, había escrito él.

Y, después: *Louisa ya está bien. No tiene fiebre. No hemos ido a las celebraciones de cumpleaños, sino que nos hemos quedado todo el día en casa viendo películas.*

Stella pensó en no responderle, tal y como había hecho él, pero no quería jugar a aquellos juegos. Se sentó al borde de la cama y escribió en el teclado de su teléfono.

Bien. Me alegro de que se encuentre mejor. Siento que te hayas perdido la locura de las celebraciones de cumpleaños.

Matthew leyó el mensaje, pero no respondió.

–Vete a la mierda –dijo Stella en voz alta–. Vete a la mismísima mierda.

El domingo, ella hizo la limpieza general de la casa. Quitó el polvo, lavó las cortinas… Era un trabajo que debería haberla dejado satisfecha al terminar, pero, a las seis de la tarde, estaba sudorosa, exhausta y enfadada. Recalentó unas sobras de pollo y comió en la mesa de la cocina mientras leía, algo que la ayudó mucho a calmarse.

A las siete había recogido los platos y había limpiado también la cocina, y subió a su habitación a leer en la cama. Las sábanas limpias, con olor a lavanda, el pijama limpio, una música suave en los altavoces del teléfono... Era una noche de domingo perfecta para pasar a solas, se dijo Stella, aunque no podía dejar de mirar el reloj cada pocos minutos, viendo cómo pasaba el tiempo.

Las niñas ya estarían en casa con Caroline. Y, sin embargo, su teléfono no sonó. Ni pitó. No vibró. Al final, ella se metió de lleno en las poderosas palabras del libro de Margaret Atwood que estaba leyendo, *El cuento de la criada*.

El mensaje la estaba esperando cuando salió del baño, donde había entrado para vaciar la vejiga por última vez antes de apagar la luz. No había oído llegar el Kik, pero vio encendida la pantalla del teléfono, que mostraba la alerta.

¿Estás despierta?

Habría sido fácil ignorarlo. Al menos, más fácil que responder, porque estaba convencida de que, empezara como empezara la conversación, iba a terminar con una discusión. Pero no quería jugar a que él adivinara su estado de ánimo, ni a morderse la lengua para tener la fiesta en paz. Había pasado mucho tiempo con Jeff librando aquellas batallas pasivas agresivas, y se negaba a hacerlo de nuevo.

Durante cinco minutos más, sí. Estoy en la cama.

¿Vídeo?

Ella pensó en su aspecto. Estaba sin maquillar, despeinada y en pijama. No era exactamente su mejor momento, pero habían pasado muchos días sin que viera su cara. ¿Cómo iba a decirle que no?

Al momento, la cara de Matthew apareció en la pantalla. Ojalá hubiera tenido tiempo de tomar el portátil para verla más grande.

–Hola –dijo él.

–Hola.

Matthew también estaba en la cama, apoyado en la pared, sobre una montaña de cojines. Todo en él tenía buen aspecto.

–He tenido un fin de semana muy movido –dijo después de un momento, al ver que Stella no hablaba–. Estoy agotado.

–Me lo imagino. ¿Qué tal Louisa?

–Está bien. Ha tenido treinta y ocho grados de fiebre, pero se le bajó con el Tylenol.

Treinta y ocho grados casi no era fiebre, en opinión de Stella. Sus hijos siempre habían tenido fiebres muy altas cuando se acatarraban. Treinta y nueve y medio era muy común. Sin embargo, a Matthew no lo había criado una enfermera, como a ella. Muchos padres exageraban con las enfermedades de sus hijos.

–Pero Beatrice… estaba como fuera de sí. Hiperactiva –prosiguió Matthew–. Estaba disgustada por que hubiéramos decidido no ir a las celebraciones de cumpleaños, así que se ha portado mal. Cynthia ha tenido que castigarla tres veces.

Silencio.

Su expresión, por muy pequeña que fuera la imagen de su cara en la pantalla, delató que se había dado cuenta de su error.

–Caroline –dijo Stella.

–Sí. Vino a traer el inhalador y el Tylenol –dijo Matthew, e hizo una pausa–: Te lo conté.

Ella mantuvo una expresión tan neutral como pudo.

–Ah.

–Y, cuando nos dimos cuenta de que Louisa no estaba para ir a ninguna fiesta, y decidimos que nos íbamos a quedar en casa, ella se quedó a ver películas. Eso es todo –añadió él, demasiado deprisa. Demasiado a la defensiva.

–¿Y por qué no se llevó Caroline a Beatrice a las celebraciones de cumpleaños mientras tú te quedabas cuidando a Louisa, ya que te tocaba a ti cuidarlas este fin de semana? –le preguntó ella–. O, ¿por qué no se llevó a Louisa a casa? Así tú podrías haber ido con Beatrice a celebrar los cumpleaños.

Matthew no dijo nada. Torció el gesto.

–Era mi fin de semana con ellas –respondió por fin–. Era mi responsabilidad. No podía echárselas encima.

–Pero eso es lo que hiciste, ¿no? –preguntó Stella, tragando el sabor amargo que tenía en la boca–. Y seguro que Caroline se quedó todo el fin de semana, ¿no? Para ayudar.

–Es su madre –replicó Matthew–. Claro que estaba aquí.

–Y ya no está casada contigo –dijo ella–. Pero, sin embargo, sigue siendo tu mujer.

Colgó.

Él la llamó un minuto después.

–Lo siento –le dijo, sorprendiéndola–. Estaba preocupado por Louisa. Eso es todo. No sabía qué hacer.

–Yo te dije lo que tenías que hacer. Tomarle la temperatura. Darle Tylenol. Dejarla descansar.

Matthew soltó un resoplido.

–Estaba muy nervioso. Es Caroline la que cuida de ellas cuando están enfermas. Se las arregla mucho mejor que yo.

–Sabes que no eres un incompetente, ¿no? Aunque ella haga que te sientas de ese modo.

–Ella no hace…

–Caroline podía haber dejado el inhalador y el Tylenol y haberse ido a casa. Pero no lo hizo.

Matthew tosió.

—Stella...

—¿Qué tal el sofá?

—Muy duro para mi espalda.

Ella soltó un resoplido.

—Ah.

—Se hizo tarde —respondió él—. ¿Qué iba a decirle? ¿Qué se fuera a su casa?

—¡Sí! Demonios, Matthew, eso era lo que tenías que decirle. Y tenías que haber cuidado de tus hijas como el hombre competente que eres. Y tenías que haberme llamado. Tenías que haber estado aquí —añadió ella, con la voz quebrada—. Te necesitaba.

Más silencio. En aquella ocasión se prolongó eternamente. A Stella se le escapó un sollozo. Detestaba lo que estaba ocurriendo.

—No ocurrió nada entre Caroline y yo —dijo él en voz baja.

Stella se echó a reír con amargura.

—¿Es que crees que va de eso?

—¿No?

—No. ¿Es que no te parece que debo estar enfadada porque me ignores por completo cuando te necesito?

—Tú sabías que estaba con mis hijas. Sabes que tenía que ocuparme de ellas, que son mi prioridad...

—Yo te necesitaba —repitió Stella—. Lo estaba pasando realmente mal...

—¿Y cómo iba a saberlo yo?

—¿Es que no escuchaste mi mensaje?

—No. Creía que solo me llamabas para saludar, o algo así. Pero te dije que intentaría llamarte. No tuve la oportunidad, así que pensé que tú...

—¿Qué? ¿Que yo estaba llamándote para controlarte como si estuviera desesperada? No soy Caroline.

Creyó que él iba a colgarla por haber dicho eso, pero Matthew emitió un quejido de desagrado.

—Qué bonito.

Stella apretó los dientes.

—Te necesitaba. De lo contrario no te habría llamado.

—Estaba ocupado, lo siento. Tenía a las niñas…

—Y a Caroline. No te olvides de ella. Además, ¿cómo voy a saber yo lo que es estar ocupado?

—No lo entiendes —replicó Matthew con aspereza—. Tú tienes un hijo, y es mucho mayor. Con dos niñas pequeñas es mucho más complicado.

Por un momento, Stella no asimiló la arrogancia y el insulto de aquellas palabras. Pestañeó rápidamente al darse cuenta de lo que él le había dicho, e intentó controlar su furia.

No lo consiguió.

—Sé lo que es tener dos hijos, Matthew. Sé lo difícil que puede ser criar a dos niños pequeños de edades parecidas. Sé lo complicado que es.

—Stella, oh, Dios. Lo siento muchísimo. No quería…

—Encontré su mantita en la habitación de Tristan —dijo Stella, en voz baja—. Me preocupaba que hubiera empezado a fumar, pero averigüé que ha estado sacando cosas de la habitación de Gage. Yo no puedo entrar en esa habitación, Matthew. ¿Lo entiendes? ¿Entiendes lo que es pasar junto a una puerta y no poder abrirla porque no puedes soportar la idea de recoger todas sus cosas? Han pasado más de diez años, y no puedo abrir esa habitación porque me aterroriza que se escape su olor. Que todo desaparezca. No puedo abrir esa puerta para recoger su ropa, ni sus juguetes ni sus muebles, y dejar la habitación vacía. Y, sí, sé que es un problema, que no es sano. Pero no puedo obligarme a hacerlo, Matthew, porque una vez que abra esa puerta, tendré que separarme de él, y no puedo perderlo otra vez. Así que no me digas que no sé lo que es cuidar a dos hijos. No gimotees sobre lo estresante y angustioso que es que tu hija tenga treinta y ocho de fiebre. Si hubieras tenido a tu hija en brazos y hubieras rezado no para que se cure, sino para que se muera y deje de sufrir… entonces, tal vez entenderías cómo fueron las cosas para mí, y por qué te necesitaba anoche. Pero no estabas ahí. Nunca estás ahí. Yo voy a verte, pero tú nunca vienes a verme a mí. Yo estoy ahí siempre que tú tienes una crisis emocional, y tú no estabas para una vez que me sucede a mí.

En aquella ocasión, cuando Stella colgó, Matthew no volvió a llamarla.

Capítulo 28

Stella y Tristan no se alejaron completamente uno del otro. Ella hablaba con él y le enviaba mensajes. Una o dos veces por semana, iba a recogerlo al colegio y lo llevaba a cenar antes de dejarlo en casa de Jeff, pero Tristan no volvía a su casa, y ella no se lo pedía.

—Es bienvenido aquí —le había dicho Cynthia por teléfono—. No sé lo que ocurrió, pero…

Aquella era la mujer que le había abierto su casa a su hijo. La que había terminado lavándole la ropa y cerciorándose de que iba al colegio, la que le daba de comer cuando llegaba a casa, porque, seguramente, Jeff no lo hacía.

—Prefiere a su padre.

Cynthia se rio suavemente.

—Eso no lo sé. Las cosas se arreglarán, Stella. Ya lo verás.

Stella no estaba tan convencida.

Las cosas habían cambiado. Antes, Tristan vivía con ella e iba a casa de Jeff de visita. Ahora era al contrario, y eso la reconcomía por dentro cada día. Seguía comprando litros de leche automáticamente, pero tenía que tirarlos porque nadie se los bebía. Siempre había agua caliente, y a finales de mes tenía un pequeño extra en la cuenta bancaria, que normalmente se habría gastado en salir a cenar fuera con Tristan, o en su paga. El silencio. Todo lo que se había imaginado que iba a encantarle cuando su hijo se fuera a la universidad, le parecía horrible ahora que se había convertido en la realidad.

Habría sido más fácil si hubiera tenido algo con lo que distraerse, pero no iba a volver a ponerse en contacto con Matthew. Tal vez él estuviera aliviado de haber acabado con ella; Stella intentaba convencerse de que ella sí lo estaba.

El problema era que todo le recordaba a él. No podía contarle un chiste gracioso que había oído, ni hablarle de su nueva canción favorita, ni enviarle fotografías de su comida. Sin Matthew, había un agujero muy grande en el que no dejaba de caerse cada vez que intentaba avanzar.

Echar de menos a Tristan era distinto. Siempre había sabido que su hijo se iría de casa algún día. No creía que iba a ser tan pronto, ni que se separarían furiosos el uno con el otro. Sin embargo, no había nada que no pudiera arreglarse. Tristan siempre sería su hijo.

Esperaba que le asaltara el deseo de volar, pero no sucedió.

Pasó otra semana. Una noche, en la ducha, se tocó los pechos y los pezones, esperando que apareciera la excitación. Se deslizó los dedos entre las piernas, con esa misma esperanza, pero lo único que encontró fue entumecimiento y desinterés.

Otra semana.

Y otra.

Los días se hicieron más largos. El sol empezó a calentar más. Sus flores se abrieron, pero ella se marchitó.

Eliminó el contacto de Matthew en su Connex. Borró

su número del teléfono móvil. Lo bloqueó en la aplicación Kik, aunque eso le pareció innecesario y antagonista, porque él no se había molestado en enviarle ningún mensaje.

Él la había reducido a la nada, y ella lo había convertido en un extraño.

Siguió viviendo sin demasiado drama. Trabajo, tareas domésticas. Llevaba a Tristan a cenar, al cine o de compras, cuando podía convencerle de que se lo permitiera. Todavía no le pidió que volviera a vivir con ella.

Estaba sola, y eso era más terrible de lo que nunca hubiera pensado. Y, sin embargo, había cierto placer en aquel dolor de su soledad: la claridad de pensamiento. O, tal vez, pensó Stella, sin recibir una palabra de su hijo ni de su amante, se había quedado absolutamente entumecida.

Todavía está borracha y mareada cuando la llevan en camilla a Urgencias, pero, aunque no hubiera bebido, Stella sabe que estaría ciega y aturdida por lo que ha pasado. La sangre se le ha metido en los ojos y, aunque sabe que está llorando como nunca en toda su vida, las lágrimas no le aclaran la visión. Siente dolor, pero es un dolor distante, seccionado en partes de su cuerpo que ya no tiene la sensación de que le pertenezca. No nota las piernas, y algo le dice que es probablemente lo mejor.

Stella tiene la garganta en carne viva de gritar, pero intenta alcanzar a Jeff. A Tristan. A Gage. Sus hijos estaban en el asiento trasero. Jeff iba conduciendo. Lo recuerda, pero no consigue entenderlo.

—Señora, ¿sabe dónde está? —pregunta alguien, y dirige una luz hacia sus ojos—. ¿Sabe cómo se llama?

–Stella Andrews –dice. No. Ese era su apellido de soltera, pero no puede recordar lo que debería haber dicho–. Creo que he tenido un accidente.

–Sí, señora. Ha tenido un accidente de tráfico. Vamos a atenderla. Intente no moverse…

–¿Y mis hijos? ¿Dónde están?

–Su marido ya está en la consulta –dice alguien. Es un hombre, y sus manos son ásperas, pero amables, cuando vuelve a empujarla hacia la camilla.

Stella no ve, pero mueve las manos en el aire. Alguien la sujeta. Tiene el sabor de la sangre en la boca. Va a vomitar. Va a desmayarse. El mundo da vueltas, y Stella grita cuando alguien le estira las piernas, y el dolor es salvaje y terrorífico.

–¿Dónde están mis hijos?

–Shh.

Aquella voz, femenina, intenta calmarla.

–Los están atendiendo.

Eso es todo lo que sabe Stella durante un tiempo. Cuando vuelve a despertar, siente el dolor y la resaca. Quiere luchar contra las sábanas y la manta que la atan a la cama, pero no consigue liberar más que una mano. En la otra tiene una vía y un tubo conectado con una bolsa de plástico que contiene un fluido y que está colgada de un gancho. Siente culpabilidad y miedo. Claramente, ha estado inconsciente y no ha podido ir con sus hijos. Les ha fallado. Su madre siempre estaba ahí cuando ella se hacía un chichón, o una herida, o un moratón.

Tiene que ir con ellos.

La enfermera que la atiende está cansada. No es especialmente amable, y tiene las manos ásperas y callosas. Pero tiene una mirada comprensiva.

–Shh… Túmbese. Ha tenido un accidente grave. Tiene puntos de sutura, y debe tener cuidado.

–Mis hijos…

–Su hijo pequeño está en casa, con su marido –dice la enfermera. Remete las sábanas bajo el colchón y comprueba el funcionamiento de la bolsa de suero.

–¿Y Gage?

La enfermera mira a Stella a los ojos, y ella siempre le agradecerá su sinceridad.

–Su hijo mayor está en la UCI con múltiples traumatismos. Lo han operado para aliviar la hinchazón del cerebro, pero todavía no ha recuperado el conocimiento.

Stella grita y cae sobre el colchón.

–Pero está vivo. Oh, gracias a Dios. Está vivo.

La enfermera le da unas palmaditas, ajusta algunas cosas y se marcha. Stella se queda dormida, aunque no quiere. Se despierta de dolor. Siente un dolor intenso y ardiente en todo el cuerpo. Detrás de los ojos. Tiene la garganta y la boca tan secas que, cuando traga, es como si pasara la mano por un pez en sentido contrario a sus escamas.

Pasa el tiempo sin que ella sepa cuánto. Más tarde, sabrá que han pasado tres días desde el accidente. Entonces, le permiten levantarse de la cama. Jeff y Tristan van a verla al hospital. Tristan lleva una pequeña venda en su preciosa frente, y Jeff no tiene ninguna señal de daños, salvo unas profundas ojeras y su forma de tomarla la mano.

–Lo siento –le dice él, una y otra vez, y Stella no entiende por qué se está disculpando.

No puede perdonarlo.

Cuando, por fin, le permiten ver a su hijo, Stella va en silla de ruedas, con los vendajes, los puntos de sutura y el gancho de las bolsas de suero y medicinas. No le permiten entrar en la habitación, y no puede verlo a través del cristal de observación sin ponerse en pie. Se agarra con fuerza al alféizar de la ventana para poder sostenerse.

Gage es muy pequeño entre todos los tubos y los cables, y Stella lo mira mucho tiempo sin decir nada. Jeff no está a su lado aquella primera vez, pero, más tarde, estarán juntos frente a aquella ventana, sin decirse nada el uno al otro. Sin ofrecerse consuelo. Sin mirarse.

—Lo siento —dice Jeff cada vez que se despide de ella.

Ella cree que lo dice porque se va a casa a dormir en su cama, entre sábanas calientes. O porque Gage y ella están heridos, y él no. O, tal vez, porque es lo único que se le ocurre, o piensa que es lo único que ella quiere oír.

—Ya basta —le dice, finalmente, el día que se está preparando para irse a casa y dejar allí a su hijo—. Deja de decir que lo sientes.

Y, en casa, en su cama, donde Stella se estira con cuidado para calmar el dolor de sus músculos, Jeff se acerca a ella e intenta abrazarla. El peso de su mano es molesto. Le causa dolor en los puntos que pronto se convertirán en cicatrices. Su aliento es demasiado caliente. Su forma de moverse en la cama hace que ella quiera gritar.

—No —le dice, cuando él intenta acariciarla con la cara.

—No quiero hacerlo —dice él, refiriéndose a que no quiere hacer el amor—. Solo quiero...

—No —repite ella.

Si pudiera darle la espalda, lo haría, pero todavía le duele demasiado la herida de la cadera y del vientre. Mira al techo y escucha el sonido del dolor de su marido por su rechazo. Sabe que debería haber sido más amable, pero es incapaz de serlo.

Él se aparta de ella y mueve las sábanas. A Stella eso también le hace daño, pero supone que su dolor es menor que el de Jeff por su rechazo. De nuevo, Stella intenta tratarlo con algo de amabilidad, pero no es capaz. Sigue mirando a la oscuridad y, pronto, escucha la respiración profunda de su marido, que le indica que se ha quedado dormido.

Entonces, solo entonces, empieza a llorar.

Se despertó de repente, en mitad de la noche.

No había ningún ruido, ni el del respirador, ni el de la respiración jadeante al otro lado del pasillo. Stella pestañeó en medio de la oscuridad y notó el calor de las lágrimas. Siempre era consciente, incluso en sueños, de que Gage había muerto, pero despertarse así había dejado caer todo el peso de los recuerdos sobre ella.

Se sentó en la cama y dobló las rodillas contra el pecho. No quería llorar, pero no había podido evitarlo. Las lágrimas se le derramaban por las mejillas. El dolor la hacía pedazos.

Stella apretó la cara contra las rodillas y lloró.

Durante muchos años, cuando los niños eran pequeños, Jeff y ella hacían el amor entre susurros y suspiros. Y, después, durante muchos años, Stella había llorado del mismo modo, porque se preocupaba demasiado por su marido y por su hijo y no quería dar rienda suelta a su dolor para que ellos no se enterasen del mismo.

Ahora, sin embargo, estaba sola, y no había nadie para juzgar sus emociones. Tampoco había nadie con quien compartirlas, y ella se había acostumbrado a eso. Sin embargo, de algún modo, era peor que nunca, porque durante una pequeña temporada había tenido a Matthew a su lado, pero él tampoco estaba ya.

El dolor de aquella pérdida todavía estaba fresco, pero Stella sabía que lo superaría. Ya le habían roto el corazón más veces. Habría otro hombre. Seguramente, varios hombres, al menos si decidiera empezar a volar otra vez. Y, de lo contrario, ya había tenido suficientes amantes, ¿no? Los hombres podían reemplazarse.

A su hijo no podía reemplazarlo.

Durante los primeros días después del accidente, confinada en la cama del hospital, Stella se había vuelto loca intentando ir con su hijo. Tristan y Jeff habían recibido atención médica y habían vuelto a casa. La madre de Jeff se había encargado de cuidar al niño. Tristan tenía seis años y era lo suficientemente mayor como para echar de menos a su madre, pero el hecho de poder estar con su abuela hacía que aquellos días le parecieran unas vacaciones en vez de una penuria. Ella también se sentía mejor sabiendo que Tristan estaba a su cuidado.

Saber que no podía levantarse de aquella cama e ir con Gage, que la necesitaba, era horrible. Tenía pesadillas en las que lo veía llorando y se despertaba constantemente. Estaba psicótica de la falta de sueño y del dolor, y se había desmoronado más de una vez, sollozando contra sus manos sin que nadie la ayudara. Había llorado con tanta fuerza que había llegado a vomitar.

En aquel momento, también pensaba que iba a vomitar. Respiró profundamente varias veces para calmarse, y tragó saliva, y se apretó los ojos con las palmas de las manos para que dejaran de caérsele las lágrimas, pero no lo consiguió. Al final, se rindió al dolor y a la pena, y a la pérdida.

Se rindió al llanto.

Se acurrucó entre las sábanas y se tapó la cara con la almohada. Gritó con fuerza, de un modo tan brutal, que se le rasgó la garganta y notó el sabor de la sangre en la boca. Sin embargo, se sintió mejor después de haberlo hecho varias veces. Al final, agotada por la fuerza de aquel dolor que nunca cesaba, se tumbó boca arriba y miró al techo.

Se levantó y fue a la habitación de Gage. Se quedó frente a la puerta, con la mano en el pomo, como había hecho muchas veces. Sin embargo, en aquella ocasión, abrió.

Dentro, el suave brillo de su luz nocturna iluminaba las formas cuadradas de la cómoda, del escritorio y de la cama. Stella se detuvo a pocos pasos de la puerta. Gage ya tenía ocho años y no tenía miedo a la oscuridad, pero Tristan y él utilizaban aquellas luces, que se encendían automáticamente cuando se levantaban para ir al baño por la noche. La que ella tenía en el baño no se había gastado en todos aquellos años, así que no se sorprendió al encontrarse que aquella también funcionaba. Stella se quedó en mitad de la habitación, con aquella suave luz verde proyectando sombras en todo.

Podía haber sentido miedo de aquella luz verde, pero Stella recordó cómo había alumbrado a su hijo para mostrarle cualquier obstáculo, y algo se le removió por dentro.

Fue a la cama de Gage. El colchón chirrió cuando se sentó en él. El edredón y las sábanas estaban estampados con su personaje favorito de dibujos animados. La cama estaba perfectamente hecha. Seguramente la había hecho la madre de Jeff en algún momento antes de que Gage volviera a casa del hospital. Margery había dormido en aquella habitación mientras cuidaba de Tristan, y lo había dejado todo como si no hubiera pasado por allí.

Stella se apretó la almohada de Gage contra la cara, pero ya no olía a él. No quedaba nada de su olor. Se le resquebrajó algo por dentro al darse cuenta, aunque tampoco se sorprendió por ello. Se agarró a la almohada y esperó otro acceso de llanto, pero no le quedaban lágrimas. Las había agotado.

Se acurrucó en la cama de Gage, con la almohada bajo la cabeza. Se quedó dormida casi al instante.

A la mañana siguiente se despertó como si le hubieran pegado en la cara con una pala. Se frotó los ojos y se levantó con un gesto de dolor.

Bajo la luz matinal, la habitación de Gage le pareció mucho más pequeña de lo que recordaba. Se acercó a la cómoda y pasó los dedos por el polvo de la superficie. Allí estaba su colección de cochecitos, aunque había algunos espacios vacíos en la fila. Tristan había tomado los coches que faltaban, y Stella cerró los ojos para contener otra avalancha de lágrimas.

Había perdido a Gage en un accidente, pero había perdido a Tristan por su estupidez y su egoísmo.

Stella miró a su alrededor. Durante más de diez años, había dejado intacta aquella habitación, no como recuerdo de su hijo, sino como un castigo para sí misma. El dolor y la pena habían invadido hasta el último resquicio de su ser y habían intentado asfixiarla, pero no lo habían conseguido del todo.

Era demasiado temprano para estar despierta, pero no quería dormir más en aquella habitación. Se marchó a su dormitorio y tomó el teléfono para cambiar la alarma y que sonara más tarde, y se dio cuenta de que tenía un mensaje de Kik.

Por supuesto, sería de Matthew.

Por supuesto, lo único que diría sería *Hola*.

Porque para él era imposible decirle que la echaba de menos, ¿no? Que había pensado en ella por la noche, y que se había quedado desilusionado al ver que no tenía ningún mensaje suyo. No podía decirle nada así, ¿verdad?

Y era absurdo que ella esperara eso de él. O lo quería tal y como era, cosa que no era buena para ella, o dejaba de quererlo. Sin embargo, el amor también invadía todos los rincones de las personas, y podía romperlas con facilidad. Ella no podía dejar de quererlo, pero podía negarse a que ese amor la destruyera.

Necesitaba a Matthew en aquel momento, pero si acudía a él, volverían a entrar en un círculo vicioso de frustración y dolor.

Stella borró el mensaje de Matthew sin responder.

Capítulo 29

Jeff se había empeñado en que Tristan fuera al psicólogo, y Stella no estaba en desacuerdo. Sin embargo, su exmarido había puesto como condición esas sesiones a Tristan para que pudiera vivir en su casa, y eso le parecía despreciable. Como Tristan estaba castigado sin coche por llegar tarde, Stella lo recogió después de una de las consultas para llevarlo a cenar fuera. Lo encontró taciturno, con las uñas mordidas hasta la raíz y sin poder mirarla a la cara. Cuando le había preguntado qué tal le había ido la sesión con el psicólogo, él le había dicho la verdad con un tono desesperado.

—Lo siento —dijo Stella—. No sabía que tu padre te estaba obligando a venir. Pensaba que tú querías.

—No.

Había parado en el aparcamiento de la hamburguesería favorita de Tristan, y estaba mirando hacia la nada, pensando. Su relación con Tristan había sufrido un gran golpe, y recuperarla iba a ser difícil. Sin embargo, ella seguía siendo su madre, y eso tenía que valer de algo.

—Lo siento, Tristan. Siento lo que ha pasado. Sé que he sido una mala madre —dijo, y tomó aire. Carraspeó, y

siguió diciendo—: Sé que crees que no te estaba dedicando la atención necesaria por mi relación con Matthew…

La carcajada de su hijo la detuvo.

—No.

—¿No?

—Yo me alegraba de que tuvieras novio.

—¿Sí? —preguntó ella. Frunció el ceño y se giró hacia
él en el asiento.

Tristan titubeó y, después, asintió.

—Bueno, era… daba un poco de repelús, pero… no
quería que estuvieras sola, mamá. Papá tiene a Cynthia,
y yo tengo a Mandy. No quiero que tú estés sola, y menos sabiendo que me marcharé a la universidad dentro
de un par de años. Lo que pasa es que él no me caía bien
porque es un idiota.

—Ah —dijo Stella, y se echó a reír de puro asombro—.
Oh, Dios, Tristan, no lo es. Bueno, puede que lo sea,
pero…

—Él te hacía ir a Chicago todas las veces. Y pasaba de
ti —dijo Tristan y, cuando ella se sobresaltó, él se encogió
de hombros—. Me di cuenta. Era un imbécil contigo.

—Algunas veces, sí.

—Pero también te hacía feliz algunas veces, así que
siento que lo hayáis dejado. Y tú no eres una mala madre
—dijo Tristan, y se le quebró la voz—. Eres la mejor de las
madres. Bueno, me echas la bronca por muchas cosas,
pero también me has dejado tomar mis propias decisiones y eso. Me has dejado ser yo mismo.

¿Cómo había ocurrido aquello? Aquel muchacho que
estaba frente a ella… ¿Cómo habían conseguido Jeff y
ella algo así? Los dos lo habían hecho todo mal, así que,
¿cómo había podido salirles tan bien Tristan?

—No tienes por qué ir al psicólogo si no quieres. No
me importa lo que diga tu padre. Yo hablaré con él.

Tristan vaciló. Después asintió, mirando por la ventanilla.

—No está tan mal. Pero tal vez papá y tú también deberíais venir conmigo de vez en cuando. No tenéis que hacerlo juntos.

—Si quieres que vaya… Si necesitas que lo haga, lo haré.

Tristan sonrió. Fue una sonrisa pequeña, pero fue suficiente.

—Bueno, y ¿qué te parece si, en vez de quedarnos aquí, vamos a casa a comer lasaña? Hice una fuente la semana pasada, y podemos descongelar un poco. También podemos alquilar una película.

Stella tomó aire y se preparó para el rechazo de su hijo, pero Tristan sonrió aún más.

—¿Podemos alquilar *The Resurrected*? Es muy buena.

—Zombis —dijo Stella—. Aj. Pero, vale, de acuerdo.

Tristan consumió la cena; a ella se le había olvidado lo mucho que comía. La película resultó ser excelente. Estaba acercándose la hora a la que tenía que llevarlo a casa de Jeff, algo que no quería hacer. Parecía que a Tristan tampoco le apetecía mucho.

—¿Puedo quedarme aquí esta noche?

Ella contuvo la sonrisa, porque no quería darle demasiada importancia a aquello.

—Sí, claro. Cuando quieras.

Unos minutos después, cuando lo siguió al piso de arriba, Stella se detuvo a mirar la puerta que estaba cerrada. Llamó al marco de la puerta de Tristan.

—Eh, hijo, escucha… Mañana hay algo que creo que deberíamos hacer juntos.

Solo tardaron unas horas en vaciar lo que había sido la vida de un niño. Stella donó la ropa a una ONG. Tristan se quedó con unos cuantos libros y un par de juguetes, pero, cuando Stella estaba metiendo en cajas las piezas de Lego y los coches de juguete, se sorprendió, porque se dio cuenta de que no quería conservar nada.

Gage había sido el dueño de aquellas cosas. Gage las había adorado. Ella había adorado a Gage. No podía compensar la pérdida de su hijo con aquellas cosas.

Tenía que dejarlo marchar.

Tristan le puso una mano en el hombro al verla llorar. Se arrodilló junto a ella.

—Yo también lo echo de menos. Papá no habla de él. Tú tampoco quieres hablar de él, pero papá... se comporta como si Gage no hubiera existido nunca. En absoluto.

—La gente sufre de diferentes maneras, hijo. Siento mucho haber permitido que mis traumas no te hayan permitido hablar de tu hermano.

Tristan se sentó con un cochecito en la mano. Le faltaba una rueda.

—Este le gustaba mucho. Yo siempre quería jugar con él, pero él no me lo dejaba.

—Puedes quedártelo, si quieres —le dijo ella.

Tristan la miró. Asintió, y se lo metió al bolsillo.

—¿Te acuerdas cuando jugábamos a los superhéroes? Él siempre me dejaba ser Batman, aunque era el mayor.

—Siempre te agarraba de la mano cuando ibais a cruzar la calle —dijo Stella entre lágrimas—. Tú odiabas eso, pero él siempre se cercioraba de que estuvieras seguro.

Tristan asintió. Él también tenía los ojos llenos de lágrimas.

—Una vez, en el parque, unos niños mayores intentaron empujarme, y Gage le dio a uno un puñetazo en la nariz.

—Nunca me enteré de eso —dijo Stella.

—Me obligó a prometer que no iba a decir nada, porque tú le habrías gritado por pelearse.

Pero, por dentro, se habría sentido orgullosa de él por proteger a su hermano pequeño.

—Lo echo de menos, mamá. Pero, algunas veces, no me acuerdo de él. Es como si hubiera sido hijo único toda mi vida. Soy un mal hermano —dijo Tristan, y se tapó la cara con las manos.

—No —dijo ella, abrazándolo—. No, cariño. Fuiste muy buen hermano con Gage, y eres el mejor hijo que yo podía haber pedido. No tienes que recordarlo a cada minuto de tu vida para llevarlo en el corazón. Y no pasa nada porque, a veces, no pienses en él. Querer a alguien no significa que tengas que dedicar toda la vida a recordarlo.

Entonces fue Tristan quien la abrazó a ella, y Stella le correspondió.

Capítulo 30

Por supuesto, el teléfono sonó cuando Stella estaba agotada y después de haber pasado el día vaciando la habitación de Gage. El maletero de su coche estaba lleno de cajas y bolsas de cosas que iba a donar, después de haber tirado muchas otras. Tristan se había llevado algunas a su habitación, algo que a Stella le había dado esperanzas de que volviera a vivir con ella permanentemente. El niño había vuelto a casa de Jeff hacía una hora.

Ella no estaba preparada para mantener una conversación con Matthew, pero respondió a la llamada de todos modos.

–Hola –dijo él.

Ella quería mandarlo al cuerno, pero solo dijo «hola».

Entonces, fue él quien habló. Estuvo varios minutos charlando de un modo intrascendente.

–Ya está bien –dijo Stella–. Me llamas después de todo este tiempo, ¿y quieres hablar del tiempo? Lo siento, pero estoy ocupada. ¿Qué es lo que quieres de verdad?

Él suspiró.

–Quiero ir a verte.

–No –dijo ella, inmediatamente–. Y vete a la mierda, Matthew.

Él se quedó callado, pero no colgó. Ella podía haberlo hecho, pero esperó a que fuera él quien terminara la conversación. Pero Matthew volvió a suspirar.

Con la voz enronquecida, dijo:

—Stella, tengo que decirte algo que es muy difícil contar.

Ella esperó. Él no dijo nada. Ella esperó más.

—No puedo volar —dijo Matthew.

Stella se dejó caer en el sofá.

—¿Cómo?

—No puedo volar. No soy capaz. Yo… yo… era piloto —dijo Matthew—. Y ocurrió algo.

—Te estoy escuchando —dijo ella, y se quedó callada otra vez.

Matthew empezó a hablar.

—Aquel día fue como los demás. Me levanté, desayuné, les di un beso a mi mujer y a mis hijas y tomé un taxi para ir al aeropuerto. Solo iba a estar fuera durante un día. Era un viaje corto con una pernocta. Lo había hecho mil veces. No tenía ningún motivo para sospechar que pudiera suceder algo. El pronóstico del tiempo era bueno para ambos trayectos, e iba a volar con una tripulación con la que había trabajado muchas veces. La única diferencia era que había estado en la fiesta de cumpleaños de mi amigo la noche anterior y había bebido, pero no estaba borracho, ni nada parecido. Solo tenía un poco de resaca, pero nada grave. Dolor de cabeza y cansancio. Y un poco de catarro.

Nos estábamos acercando a Filadelfia pocas horas antes del atardecer. Mi primer oficial y yo estábamos hablando de dónde íbamos a cenar, cuando chocamos contra el primer pájaro. Los dos nos miramos con asombro…

Y entonces fue cuando apareció el resto de la bandada. Uno no piensa que un pájaro pueda hacerle tanto daño a un avión, ni siquiera un ganso, que es un ave grande. Además, normalmente, un avión suele chocar contra un ave o dos, a lo sumo. Más tarde, contaron diez impactos. Los mecánicos que trabajaron en el avión dijeron que nunca habían visto tantos golpes a la vez, pero, mientras sucedía, solo sabíamos que nos estaba golpeando algo. No veíamos lo que era.

Matthew hizo una pausa, respiró profundamente y continuó:

—Mi primer oficial reaccionó primero. Él fue quien gritó que eran gansos, y puso en marcha el protocolo de emergencia, mientras que yo me quedaba allí sentado como un idiota durante un minuto y medio. No es mucho tiempo, pero, si estás en un avión, a oscuras, perdiendo uno de los motores, verás pasar la eternidad en un abrir y cerrar de ojos. Jim me miraba como si fuera un fantasma, y yo lo veía hablar, pero no oía lo que decía. Sabía que estaba emitiendo sonidos, pero nada tenía sentido. Me miraba para que yo tomara el control, y yo me quedé ahí sentado sin hacer absolutamente nada. Él apagó el motor que estaba dando problemas, pero no sabíamos si el otro motor funcionaba. Olía a humo, pero no había señales de incendio. Lo único que sabíamos era que nos habían golpeado repetidamente, que habíamos perdido un motor y que teníamos que aterrizar de un modo seguro. Como estábamos aproximándonos al destino y todos los pájaros golpearon al mismo tiempo, el movimiento del avión pasó por unas turbulencias para los pasajeros. Yo podía haber hecho mucho más durante aquel minuto y medio. Lo sé. Debería haberlo hecho. Pero me quedé paralizado. Había hecho cientos de simulaciones durante la instrucción, estaba preparado para gestionar una situación así… y no pude moverme. Solo podía pensar que todos los que iban en el avión confiaban en mí, y que íbamos a morir, y que sería culpa mía porque no había podido reaccionar en el momento de la verdad. Se lo dejé todo a otro, cuando era responsabilidad mía, y ahora íbamos a morir. Cuando, por fin, conseguí reaccionar, seguí el resto del protocolo de emergencia sin problemas. Mi primer oficial informó del incidente por radio y, cuando llegamos, nos estaban esperando los bomberos. Alertamos al pasaje de un posible problema. Y, después, hicimos el aterrizaje sin mayores dificultades. Solo hubo dos heridos, y fue porque habían guardado mal el equipaje de mano. Eso puede suceder, incluso, en un aterrizaje normal que sea un poco movido. Pero, de todos modos, resultaron heridos por mi culpa. Tardaron un año en reparar ese avión y ponerlo de nuevo en circulación. Tenía muchos daños. Si hubiéramos tardado más en reaccionar, si no hubiéramos estado a punto de aterrizar, si hubiéramos estado en un avión regional, si mi primer oficial no hubiera estado de servicio… Si, si, si. Si alguna de esas cosas hubiera sido distinta, nos habríamos estrellado.

Matthew volvió a quedarse callado. Stella no dijo nada y esperó a que él continuara. Pasaron unos instantes.

—Nadie se da cuenta de lo poco que mantiene un avión en el aire —continuó por fin—, hasta que ves lo poco que hace falta para que se caiga. Yo siempre lo he sabido, por supuesto. Nadie consigue la licencia de piloto comercial sin saberlo. Pero saberlo y experimentarlo son dos cosas distintas y, después de aquella noche, yo solo podía pensar en todo lo que podía haber salido mal y en lo mucho que había tardado en hacerme cargo de mi trabajo. Solo podía pensar en cómo era saber que había un problema y no poder hacer nada al respecto. ¿Y qué pasaría la próxima vez que tuviera que reaccionar? ¿Y si la próxima vez no conseguía hacer nada, o si estaba con alguien que no me sustituía? ¿Y si la próxima vez me mataba y mataba a todos los que iban en el avión? Pedí una baja médica hace dos años. Me dieron la incapacidad permanente hace uno. Entonces fue cuando empecé a dar clases para adultos. Desde entonces no he vuelto a volar. No puedo.

—¿Por eso me preguntaste si mi exmarido era piloto?

—Sí.

A Stella le iba a estallar la cabeza. Quería levantarse del sofá y caminar, pero no podía. Estaba temblando, y le castañeteaban los dientes.

—Todo salió bien —dijo, después de medio minuto—. Los salvaste. Conseguiste hacer aterrizar el avión.

—Sí.

—No murió nadie —dijo ella en voz baja.

—Ya, y eso lo soluciona todo, ¿no? —preguntó él, con ironía—. No murió todo.

Ella podía entender el hecho de que vivir una experiencia así le hubiera afectado tanto. Lo que no entendía era algo totalmente distinto.

—¿Y por qué no me contaste todo esto antes, en vez de dejar que pensara que ibas a venir a verme?

—Quería ir a verte, Stella. Lo intenté. Compré el billete y fui al aeropuerto. Y, cuando llegó la hora de embarcar, no pude. Sé que yo no iba a pilotar el avión, pero ni siquiera así… No podía. No puedo —dijo él con la voz quebrada.

Ella intentó ser comprensiva, pero solo sintió el mismo entumecimiento de las semanas anteriores.

—La noche que nos conocimos, yo te hablé de mi dolor. No sé por qué lo hice, ni por qué te lo conté a ti. Pero lo hice, y tú sabes desde el primer momento qué es lo que me hace como soy. Y, durante todo este tiempo, ¿no has podido contarme esto?

Matthew gimió.

—Es vergonzoso. Me da vergüenza. Tienes razón, no murió nadie. ¿Cómo voy a comparar lo que me pasó a mí con lo que te pasó a ti?

—Mi dolor —dijo ella lentamente— no significa que no pueda entender el de los demás.

—Tú no fuiste demasiado amable con el tipo del aeropuerto —dijo Matthew—. Y a mí no se me ha olvidado algo que me dijiste: que, aunque tengas miedo de no poder dar un paso más o enfrentarte con algo más, no puedes utilizarlo como excusa para ser un imbécil. Eso es lo que me dijiste. Yo no quería que pensaras que soy un imbécil.

Ella se echó a reír con tristeza.

—Pero es lo que has sido.

—Estaba avergonzado —insistió Matthew—. Era algo muy íntimo, Stella.

—¿Demasiado? ¿Podías acostarte conmigo, pero no podías ser sincero conmigo? —preguntó ella. Por fin, consiguió ponerse en pie, aunque le temblaban las piernas. Necesitaba moverse.

Él no dijo nada, y a ella se le escapó un pequeño gemido. Se tragó sus palabras más amargas, irguió los hombros y mantuvo la calma.

—¿Ese es el motivo por el que terminó tu matrimonio?

—Caroline me acusó de distanciarme de ella. Después, de serle infiel, cosa que no he hecho nunca —dijo Matthew—. No entendía por qué me pasaba tanto tiempo en el bar del aeropuerto. La bebida… se me fue de las manos. No estaba ahí cuando ella me necesitaba. Ni las niñas. Falté a las obras del colegio. Falté a las comidas en familia. Mi matrimonio terminó porque fui un imbécil.

—La cuestión de si tu matrimonio ha terminado está en el aire –dijo Stella con frialdad–. ¿Quieres volver con ella?

—No –dijo él con asombro–. No, Dios. Nunca. Fuimos a terapia, y no nos sirvió de nada. Salieron a la luz muchas cosas, cosas que tal vez nunca habrían tenido importancia de no ser por lo que ocurrió. Algunas veces, las cosas no funcionan. No significa que no me sienta fatal por cómo me comporté hacia el final de nuestro matrimonio. Pero no quiero estar con ella. Quiero estar contigo.

—Yo te lo he contado todo sobre mí –respondió ella–. Y, ahora, descubro que no sé nada de ti, que no te conozco.

—Me conoces mejor que nadie –respondió él–. Siento que no puedas creerme.

—¿Y por qué me cuentas ahora todo esto?

—Porque te echo tanto de menos que ya no lo soporto –dijo Matthew.

A Stella se le cortó la respiración. Pese a todo, el amor había invadido hasta el último resquicio de su ser. No podía negarlo.

—Por favor, ven a Chicago –le pidió él–. Yo no puedo ir a verte, pero te echo de menos. Sé que es pedir mucho que vengas aquí, pero quiero compensarte. Por favor, Stella. Quiero intentarlo.

Y… ¿qué respuesta podía darle ella, salvo un sí?

Capítulo 31

Matthew la recibió en la puerta con un ramo de flores que debería haber borrado todo el dolor de lo que había sucedido entre ellos. Stella tomó el ramo y lo olió. Eran, sobre todo, lilas, cuyo olor siempre le producía náuseas, pero sonrió amablemente de todos modos.

Y lo besó.

–Debería ponerlas en agua –murmuró ella, contra su boca, mientras Matthew la tomaba por las caderas como si estuviera hecha para él.

Matthew la aprisionó contra la pared. Lentamente. Ella se echó a reír y puso las flores entre los dos, para evitar que la aplastara.

–Esto –dijo Matthew contra su cuello–. Este cuello es lo que quiero.

La presión de sus dientes. El sonido de su respiración. Sus dedos agarrándola con más fuerza. Stella cerró los ojos. Las flores cayeron al suelo. Matthew le besó el cuello, la garganta, la boca, y metió la mano bajo su falda, entre las piernas, en sus bragas. Un instante después, sus dedos estaban dentro de su cuerpo, y ella solo pudo arquearse hacia sus caricias.

–Muérdeme –le pidió.

Él lo hizo.

–Más fuerte –le dijo ella.

Él obedeció.

Era delicioso. Como siempre. Stella se dejó llevar a aquel lugar donde el placer y el dolor eran indistinguibles. Más tarde, el recuerdo de aquel placer haría que el dolor fuera más soportable.

Matthew se apartó de ella con los ojos brillantes y una respiración intensa. Posó la frente sobre la de ella, con los ojos cerrados.

–Eh.

–Eh –dijo Stella–. Creo que he destrozado las flores.

–Ya te compraré más.

Ella se echó a reír, no porque fuera gracioso, sino porque, de repente, tenía un nudo en la garganta y los ojos empañados.

–No tienes por qué.

Matthew presionó contra ella el bulto de su erección. La dejó sin respiración. Ella volvió la cabeza, y él volvió a su cuello. La acarició con la nariz. La mordisqueó. La besó con delicadeza mientras ella se ponía tensa a la espera de que volviera a morderla.

Esperando. Siempre esperando.

Cuando él la mordió, Stella gritó. Entonces, él volvió a mover los dedos dentro de ella, y sobre su clítoris. Sus caricias cambiaron; primero lentas y después rápidas. Jugueteaba con ella a propósito, y ella se movió contra él con frustración. Le hundió los dedos en los hombros. Él pasó su otra mano bajo una de sus rodillas, le levantó una pierna y la colocó sobre su propia cadera. Los cuadros de la pared se movieron cuando él la empujó.

Stella podría haberle acariciado de la misma forma que él la estaba acariciando, pero no lo hizo. Solo pasó una mano entre sus cuerpos para frotarlo a través del pantalón, pero no hizo nada más.

Matthew se estremeció contra ella y gimió su nombre. Ella apretó su cadera con la rodilla para estrecharlo más contra su cuerpo. Se arqueó hacia sus dedos.

–Quiero correrme –murmuró–. Haz que me corra para ti.

Él se puso de rodillas y le subió la falda hasta las caderas. Puso la cara sobre el encaje de sus bragas y su respiración caliente acarició la carne que había debajo. Entonces, enganchó los dedos en la tela de encaje y se la bajó hasta los muslos, y la dejó expuesta a las rápidas pasadas de su lengua por su clítoris. Un segundo después, él abrió su cuerpo con los dedos para hundirse más en ella, y ella jadeó.

–Oh, Dios… Sí.

Él murmuró algo contra ella, pero ella no entendió las palabras. No importaba. Lo único que importaba eran sus labios y su lengua moviéndose por su carne. Que no parara. Él la agarró por el trasero y la movió contra su boca.

–Matthew –susurró ella–. Matthew, haz que me corra.

Él murmuró algo de nuevo. Suaves palabras de asentimiento, o, tal vez, su nombre. Tal vez, palabras de amor que nunca le decía, salvo cuando estaba entre sus piernas. Ella quería agarrarse a algo. Lo necesitaba. Pasó las manos por su cabeza, pero él tenía el pelo demasiado corto, y tuvo que aferrarse a su hombro. Se movió contra su boca, y Matthew le acarició el clítoris con un ritmo constante hasta que ya no pudo pensar más. El orgasmo la inundó.

Cuando, por fin, pudo abrir los ojos y enfocar de nuevo la visión, allí estaba él, observándola con aquella sonrisa secreta que ella nunca iba a descifrar.

Matthew se puso de pie, y Stella se bajó el vestido por los muslos de nuevo. Cuando él la besó, ella percibió el sabor del recuerdo de su propio placer. Cuando él intentó apartarse, ella lo abrazó durante unos segundos más, hasta que a él se le tensaron los músculos y ella tuvo que soltarlo.

En la cocina de Matthew, Stella sacó huevos, mantequilla y beicon. Pan para hacer tostadas. Encontró algunos pimientos dulces, naranjas y amarillos, en la nevera. Los cortó y los echó a la tortilla mientras Matthew la observaba. Estaba sentado en la isla central, con una copa de vino en la mano. Ella lo sorprendió mirándola y se giró.

—¿Qué?

—Nada.

—¿Qué? —preguntó ella de nuevo. En aquella ocasión, cuando él se limitó a sonreír enigmáticamente y se encogió de hombros, ella se irritó.

—Es solo que me gusta mirarte. Me gusta que estés aquí —le dijo él.

Era algo dulce, y ella debería disfrutar de sus palabras.

Stella se concentró en preparar la tortilla, y la sirvió en un plato. Puso las tostadas al lado y deslizó el plato, por la isla, hacia él. Tomó la copa de vino que él le ofrecía.

—Eres muy buena conmigo —dijo Matthew.

Stella sabía que lo era. Ella siempre había elegido ser buena con él. Matthew no se lo había pedido, pero así era. Siempre.

Se puso tensa cuando él se colocó a su espalda y comenzó a acariciarle la nuca con la nariz, pero no se apartó. Él volvió a subirle la falda por las caderas. Le bajó las bragas. Cuando él la movió para que ella apoyara las manos en la encimera y le separó los pies para que se abriera a él, Stella bajó la cabeza y cerró los ojos. Él entró en su cuerpo; ella estaba todavía tan húmeda de sus atenciones anteriores que no hubo fricción. La llenó con su miembro. En aquel ángulo, le causó un poco de dolor, pero a ella nunca le había importado y, en aquella ocasión, tampoco le importó.

No le sorprendía que él también quisiera un poco de acción, después de lo que había ocurrido al minuto de llegar. Tampoco le sorprendió que sonara el teléfono. Sin embargo, cuando él se movió para responder, ella estiró el brazo hacia atrás y lo agarró por la cadera.

–No –le dijo–. No pares.

El teléfono sonó tres veces hasta que respondió el contestador automático. El mismo número de lentas acometidas contra ella. Stella se apretó contra él mientras la cinta empezaba a grabar, pero el único mensaje fue un pitido. Predeciblemente, su móvil sonó un instante más tarde.

De nuevo, Matthew se puso tenso, pero, cuando salió de su cuerpo, Stella se dio la vuelta y lo agarró por los hombros. Lo acarició y lo encajó dentro de ella, con el borde de la encimera clavado en la espalda.

–No pares –le dijo.

Matthew gruñó y la besó. La levantó y la sentó en la isla, y ella se aferró a sus hombros.

Su teléfono móvil pitó avisándole de que tenía un mensaje.

Matthew siguió acometiendo, con más fuerza, casi con desesperación, como si quisiera acabar pronto.

Ella lo agarró de la barbilla y lo obligó a mirarla a los ojos. Le apretó los costados con las rodillas.

–Más lento.

Él la besó con dureza. A ella no le importó. Matthew acometió con más fuerza, con más rapidez, pese a lo que ella le había pedido. La brutalidad de sus embestidas hizo que su pelvis chocara contra el clítoris de Stella, y el placer inevitable llegó de nuevo. Aquella necesidad que él había creado en ella.

Llegaron juntos al clímax. Él jadeó, y Stella mantuvo silencio. Matthew se aferró a ella, pero, al momento, se subió el pantalón. No la miró mientras sacaba el teléfono.

–Mierda –dijo–. Adivina quién es.

Stella saltó de la isla, se subió las bragas y se colocó el vestido. Después se lavó las manos en el fregadero mientras Matthew respondía a un mensaje de Caroline.

Cuando se giró a mirarlo, la expresión de Matthew se lo dijo todo. Sin una palabra, Stella tomó el plato de la encimera y tiró la tortilla y la tostada a la basura. Luego metió el plato en el lavavajillas.

–Es el detector de humo. Está pitando, y…

–Y ella es incapaz de cambiar las pilas –dijo Stella–. Sí, me lo imaginaba.

–No voy a tardar mucho –dijo Matthew–. Vuelvo en menos de una hora.

–Tómate el tiempo que necesites.

Matthew vaciló un momento, pero finalmente sonrió con cautela.

–No voy a tardar nada, ya lo verás.

–No importa lo que tardes. No voy a estar aquí cuando vuelvas. Quédate toda la noche. Tal vez te resulte difícil explicarle por qué no se te levanta rápido, pero, bueno, a lo mejor tampoco tienes problema en eso.

Él se quedó mirándola con la boca abierta. Después, apretó la mandíbula y frunció el ceño.

–Eso es muy desagradable por tu parte.

–¿Sabes lo que es desagradable? Yo he venido hasta aquí, a Chicago, para estar contigo. No tenemos mucho tiempo, ¡y tú lo estás perdiendo! –gritó Stella.

Él retrocedió unos cuantos pasos.

–¿Qué quieres que haga? ¿Dejar que siga pitando? ¿Que las niñas no duerman en toda la noche?

–¡Sí! –gritó Stella–. Es lo que tienes que hacer. Decirle que se las arregle sola. Es su casa, no la tuya. Sus detectores de humo. Su problema. Tú ya no eres su marido.

Matthew se quedó callado.

–Pero… se me olvidaba. Te sientes culpable. Se lo debes –dijo Stella, y lo empujó–. Vete.

–¿Has dicho en serio que no vas a estar aquí cuando vuelva?

–Sí. ¿Vas a cambiar de opinión?

–No me presiones –le advirtió Matthew.

–No te estoy presionando. Te estoy diciendo lo que va a ocurrir. Ve a hacer lo que ella quiera que hagas. Yo ya estoy harta, Matthew.

Pasó por delante de él de camino al vestíbulo. Su maleta seguía allí. Antes de que pudiera tomar el asa, él la agarró del codo e hizo que se girara.

–Espera.

Era más de lo que esperaba de él. Lo suficiente como para que no abriera la puerta y saliera de allí. Stella esperó.

Matthew suspiró. Stella no se ablandó, aunque él la abrazara.

–No te marches…

Su teléfono volvió a pitar.

Stella esperó, pero él no se lo sacó del bolsillo. Por fin, ella le devolvió el abrazo, y siguieron así durante un minuto, hasta que ella dijo:

—Te manipula, Matthew.

—Ya lo sé.

—Utiliza a las niñas para conseguir lo que quiere, y es despreciable.

Matthew no dijo nada.

—Fue ella la que te dejó, no al revés. Sé que te sientes como si fuera culpa tuya, y tal vez lo fuera, en gran parte, pero lo cierto es que, sean cuales sean los motivos, ya no estás casado. Ella no puede disfrutar de los beneficios de estar casada sin estar casada con su marido.

Él se echó hacia atrás.

—Vaya. Gracias por hacer que me sienta como una mierda por intentar ser responsable.

—No estoy hablando de eso, y lo sabes.

Stella tragó saliva para mantener la voz firme, aunque sabía que aquella conversación no iba a servir de nada. Él no la iba a escuchar, dijera lo que dijera. Sin embargo, lo intentó por última vez.

—Mírame.

Él lo hizo, aunque tenía una expresión beligerante, y ella no tuvo muchas esperanzas de que estuviera dispuesto a escucharla.

—A mí me encanta estar contigo. Me encanta cómo estamos juntos. Me encanta lo que me haces sentir. Me encanta que me hagas reír.

—A mí también me encantan esas cosas.

Era el momento perfecto para que él dijera algo más, pero se quedó mirándola fijamente. Solo eso. Y Stella se desmoronó.

—Matthew, te quiero —le dijo.

Matthew se quedó asombrado. Entonces, por un breve momento, en su cara se reflejó la alegría. Pero no dijo nada. Y, en su bolsillo, el teléfono pitó de nuevo.

Stella dio un paso atrás y lo soltó. Esperó a que él

la eligiera, los eligiera a los dos, pero Matthew sacó el teléfono y miró el mensaje. Hizo un gesto de agobio y se lo guardó otra vez.

—¿Vas a estar aquí cuando vuelva? —le preguntó.

—¿Tú quieres?

—Sí, para que podamos hablar.

Él le dio un beso en la mejilla.

—Cuando vuelva, traeré comida de ese sitio indio que te encanta, ¿de acuerdo?

Stella asintió.

—De acuerdo.

Se contuvo hasta que él hubo cerrado la puerta. Entonces, se dejó caer al suelo y se echó a temblar, y se le escaparon los sollozos. Las lágrimas le quemaron los ojos. Cuando terminó de llorar, volvió a levantarse; no podía quedarse así para siempre. Entró al baño, se lavó la cara y bebió agua fría hasta que su estómago protestó. Luego se arregló el pelo y la ropa.

No le dejó ninguna nota junto a la llave que depositó en la consola de la entrada. No había palabras. Él se lo imaginaría todo. Salió al pasillo, bajó al portal y pidió un taxi.

Lo dejó.

Porque querer a Matthew era como intentar llenar un vaso con una grieta. Podría echar y echar agua, pero el vaso siempre estaría vacío. Nunca podría beber de él.

Siempre tendría sed.

Capítulo 32

No había forma de explicar la casualidad, pero, cuando Stella se encontró a Craig delante de la misma cafetería de siempre, donde ella había parado después del trabajo para comprar una caja de magdalenas, solo pudo pensar en lo frecuentemente que intentaba el universo emparejarlos a los dos.

Le pidió que fuera a cenar con ella.

—No es una cita —le dijo—. Pero me gustaría que habláramos.

—A mí también —respondió Craig.

Le invitó a cenar a un restaurante pequeño y agradable, con una iluminación tenue y una música suave, y una carta eclética. No era una cita, pero podría haberlo sido, porque sus rodillas se tocaban a menudo bajo la mesa y ambos habían pedido una copa de vino. Si quería tomarle la mano, podía hacerlo. Pero no lo hizo.

—¿Por qué crees que lo nuestro no funcionó? —le preguntó, directamente—. ¿Solo porque yo estaba casada? Si hubiéramos tenido una oportunidad distinta, si nos hubiéramos conocido cuando yo no tenía marido… ¿habría sido distinto?

Craig le dio un sorbito a su copa de vino y la observó.

—Sí. Quizá.

—Yo no creo en las almas gemelas, ni en nada por el estilo. No creo en el amor verdadero. Para ser sincera, no estoy segura de creer en la monogamia —dijo Stella. Partió un palito de pan en pedacitos y los dejó en su plato, sin comérselos.

—Ya —dijo Craig, riéndose—. Bueno, aunque es más fácil.

Ella le sonrió y, entonces, le tomó la mano. Se la apretó suavemente, pero no entrelazó sus dedos con los de él. No hizo nada romántico. Él se quedó sorprendido, y le devolvió el gesto.

—Te echo de menos algunas veces —le dijo ella—. Siempre nos divertíamos juntos. Siempre me sentía escuchada contigo, dijera lo que dijera.

—Te escuchaba.

Stella sonrió con tristeza.

—Debería haberte contado muchas cosas, Craig. No fui sincera contigo. No te mentí, pero nunca te conté muchas cosas de mí, de mi vida y de mis sentimientos. Me pregunto si, de haberlo hecho, las cosas habrían sido diferentes.

—Nunca se sabe cómo habrían sido, Stella. Yo me lo pregunto, sí. Y me gustaría que las cosas hubieran sido diferentes. Pero uno no puede pasarse la vida haciéndose preguntas.

Stella respiró hondo, y dijo:

—Perdí a mi hijo mayor en un accidente de coche. Iba a cumplir nueve años. Mi hijo pequeño y mi exmarido salieron ilesos, pero yo sufrí muchas lesiones. Mi hijo Gage nunca recuperó la consciencia. En el hospital le pusieron respiración asistida y alimentación por vena. Un mes después del accidente, decidimos quitarle ambas cosas. Seguía respirando solo, así que nos lo llevamos a casa. Sobrevivió otros cinco meses.

Craig le tomó la mano y, en aquella ocasión, se la apretó con mucha fuerza.

—Debió de ser muy duro para ti.

—Para todo el mundo, no solo para mí. Yo culpaba a mi marido del accidente. Me culpaba a mí misma por no ser yo quien conducía. Pensaba que podía haberlo evitado de algún modo.

—Siento que no pudieras decírmelo entonces.

—No quería que sintieras lástima de mí. Eras una de las pocas personas de mi vida que no lo sabía y, para ti, yo no era «esa mujer a la que se le murió un hijo». Me gustaba esa sensación. Pero, Craig —le dijo—, yo sí soy «esa mujer a la que se le murió un hijo». Siempre seré esa mujer.

—Siempre serás muchas más cosas —le dijo él.

La llamada de Jeff sorprendió a Stella, pero, con cautela, aceptó su invitación a desayunar. Los dos solos. Él la llevó a su cafetería preferida, el sitio al que habían ido a menudo cuando salían juntos.

Hacía mucho tiempo que Jeff y ella no se veían sin que Tristan estuviera en medio de los dos. Stella le vio echarles sal y pimienta a sus huevos revueltos, como había hecho siempre. Le pasó el kétchup antes de que él tuviera que pedirlo. No se podía vivir con alguien durante quince años sin memorizar sus costumbres.

—Deberías comer algo más que eso —le dijo Jeff, bruscamente, señalando con el tenedor su plato, con los huevos revueltos y la tostada—. Otra vez estás demasiado delgada.

Él se detuvo y la miró fijamente antes de que ella pudiera tomar un bocado.

—¿Qué te ha hecho?

Al principio, ella pensaba que se refería a Tristan, pero entonces, lo comprendió.

—Rompimos. Nada más.

—¿Tengo que darle una patada en las pelotas?

A ella se le escapó una carcajada de asombro.

—¿Vas a darle a un examante mío una patada en las pelotas por mí?

—Si es necesario, sí —dijo Jeff, y también se echó a reír.

Hacía mucho tiempo que no se reían juntos y, aunque el humor fue agridulce, era mejor que la amargura de siempre. Para contentarlo con su desayuno, ella pidió una tostada francesa además de los huevos. Jeff le pasó el sirope antes de que ella lo pidiera.

Era agradable.

—Tengo que decirte una cosa —dijo él cuando habían terminado de comer y estaban tomando café.

—Me lo imaginaba.

—Cynthia está embarazada.

En el segundo siguiente, ella esperó una punzada de dolor, o de pena, pero solo sintió… bueno, no exactamente alegría. Pero sí felicidad. Aunque también fue una emoción agridulce.

—Enhorabuena —le dijo.

Jeff empezó a llorar. Se le hundieron los hombros, se le hincharon los ojos. Se tapó la cara con una mano y se giró hacia la ventana. Stella no sabía qué hacer. No podía abrazarlo, y no sabía si lo habría hecho aunque estuvieran sentados más cerca.

Al minuto, típico de Jeff, ya había recuperado el control. Se secó los ojos con enfado y se sonó la nariz con una servilleta. Carraspeó.

—Lo siento.

—No lo sientas —dijo ella—. Un bebé siempre son buenas noticias, Jeff. ¿Ha sido por sorpresa, o…?

–No. Ella quería tener un hijo. Yo… Me siento… Mierda, Stella. Mierda.

Entonces, ella sí que alargó el brazo por encima de la mesa y le tomó la mano. Jeff se la apretó como si ella le hubiera ofrecido un salvavidas.

–Me siento mal. ¿Y si no puedo quererlo? ¿Y si es un niño?

En mitad de la oscuridad, ella nunca le había permitido a Jeff que fuera su luz. En aquel momento, podía intentar compensarle por ello.

–Entonces, tendrás otro hijo. Y lo querrás. No podrás evitarlo, Jeff. Y todo saldrá bien.

–Hay días en los que no me acuerdo de su cara –dijo Jeff–. Hay días en los que no pienso en él.

Ella tuvo que contener las lágrimas.

–No pasa nada.

–¿Tú crees? –preguntó Jeff, y la miró con tanto dolor, que ella no supo qué decir.

En el aparcamiento, ella pensó en darle un abrazo, pero se quedaron a una distancia incómoda.

–Quería decírtelo a ti primero –dijo él–. He pensado que debías enterarte por mí. Esta tarde vamos a decírselo a Tristan. Creo que querrá volver a vivir contigo –dijo Jeff–. Si te parece bien.

–Claro que sí. Y, Jeff… Cynthia y tú tenéis mi enhorabuena –dijo ella. En aquella ocasión, se obligó a sí misma a abrazarlo.

Él también la abrazó. Durante medio minuto, la tuvo entre sus brazos, con la cara en su cuello. Si ella cerraba los ojos, podía imaginarse que eran jóvenes otra vez, que estaban enamorados, que su vida en común estaba empezando, y no que había terminado hacía mucho.

Jeff la soltó, con los ojos enrojecidos otra vez.

-¿Ese tipo? ¿El tipo sobre el que me ha hablado Tristan? Es un gilipollas.

-Bueno, sí -dijo ella, riéndose, y se encogió de hombros-. Pero tal vez yo también lo sea.

-Todos lo somos -respondió Jeff.

Capítulo 33

Para: Matthew Shepherd
De: Stella Andrews Cooper

¡Estás invitado!

A qué: Es el cumpleaños de Stella
Cuándo: Sábado, 11 de agosto
Dónde: En casa de Stella: 609 Aspen Drive

Tu presencia es tu regalo
Por favor, confirma tu asistencia antes del 24 de julio

Capítulo 34

Cincuenta personas en su fiesta de cumpleaños, todos dispuestos a celebrarlo con ella, y Stella estaba a punto de echarse a llorar.

No quería.

No quería que Matthew la hiciera llorar más, pero no podía dejar de pensar en él. Se encerró en el baño y respiró profundamente hasta que se mareó, pero, por lo menos, contuvo las lágrimas. Se miró en el espejo. Estaba demacrada, aunque gracias a Dios, no demasiado, pese a que la noche anterior no había podido dormir más de dos horas. Giró la cara a un lado y a otro. La tristeza había sido beneficiosa para sus pómulos, aunque hubiera destrozado todo lo demás.

Se alisó el vestido por las caderas y se cuadró de hombros.

—Se acabó —le espetó a su reflejo—. No te quiere. No lo suficiente.

No era la mejor de las charlas para darse ánimos a sí misma, pero funcionó, porque era la verdad y, cuanto antes lo aceptara, antes dejaría de sufrir.

Se peinó la melena con los dedos y se retocó el maquillaje. Tenía que salir a la fiesta, estar con sus invitados y sonreír a todos los que habían ido a verla. Tenía que supervisar la comida, aunque estaba segura de que Cynthia, con su enorme embarazo, estaba en la cocina intentando ser útil.

Se puso las sandalias y salió de su dormitorio. Abajo se oían las conversaciones y la música. Y, a través de las ventanas del salón, vio su jardín, donde la gente se había arremolinado alrededor de la barbacoa. Jeff se había puesto el delantal y había tomado las pinzas. «Oh, Dios», pensó Stella. «El choque de dos mundos».

Aun así, Jeff y Cynthia eran muy buenos por haberla ayudado a preparar aquella fiesta. Y también era bueno para Tristan tener tres padres que se aliaban para hacer algo importante para él. Algo más allá de su egoísmo. Alzó la barbilla, respiró profundamente y salió.

Tristan y sus amigos habían preparado una red para jugar al voleibol, y estaban intentando golpear la cabeza de los contrarios en vez de marcar un tanto. Las chicas rodeaban la pista improvisada y observaban, agitando la cabeza al ver las tonterías de los chicos. Ni siquiera las más deportistas eran tan tontas como para arriesgarse a participar en lo que iba a convertirse en una guerra. Stella estaba segura de que la primera nariz sangrante aparecería dentro de menos de media hora. Los observó durante unos instantes desde la puerta de la cocina. Después, entró de nuevo.

Cynthia había estado cortando verduras y preparando cremas para untar y lo había colocado todo en bandejas, junto al queso y el pan tostado. A Cynthia le encantaban las cremas, pero Stella intentó quitarse de la cabeza los pensamientos desdeñosos sobre la actual mujer de su exmarido.

—Esto tiene una pinta estupenda —dijo con sinceridad—. Muchísimas gracias, Cynthia.

Cynthia, que tenía la cara redondeada y las mejillas sonrojadas del embarazo, estaba insegura.

–Solo he sacado las cosas que he encontrado en la nevera y he preparado unas cuantas cremas.

Stella contuvo una carcajada.

–No tenías cuencos especiales que quisieras poner, ¿no? No quería abrir todos los armarios.

–No, no. Así está perfectamente.

Stella abrió uno de los cajones y encontró un conjunto de platos y cuencos para cremas. Había sido un regalo de bodas de unos familiares de Jeff. Ella nunca los había sacado de su caja de plástico, pero, en aquella ocasión, serían perfectos. A Cynthia se le iluminaron los ojos al verlos.

–¿Sabes una cosa? –le preguntó Stella–. Deberías llevártelos.

Cynthia se quedó desconcertada.

–¿Adónde?

–Cuando te vayas a casa. Fueron un regalo de los tíos de Jeff. De verdad, yo nunca los he utilizado, y seguro que tú sí los vas a usar.

–Sí –dijo Cynthia, con una sonrisa enorme de incredulidad–. ¡Mira qué perfectos son para servir cremas de untar!

Stella le puso la caja en las manos.

–Llévatelos.

Cynthia sonrió tímidamente.

–¿Estás segura?

–Yo nunca he usado un utensilio especial para las cremas –respondió Stella–, pero estoy segura de que tú los vas a usar todo el tiempo.

Las dos se echaron a reír al mismo tiempo.

–Gracias, Stella.

–Gracias a ti –dijo ella–. Por todo.

Por un momento, Stella pensó que iba a echarse a llorar otra vez, pero contuvo las lágrimas mordiéndose el interior de la mejilla con fuerza. Le dolió, pero ese era el objetivo.

Cynthia se le acercó un poco.

—Han sido unos meses duros, ¿eh?

—Sí —dijo Stella, y se dio la vuelta para fingir que recolocaba la comida que había en el centro de la isla, aunque Cynthia lo había hecho tan bien que no había nada que cambiar.

—Eh —dijo Cynthia, y le puso la mano en un hombro. Se lo apretó suavemente, antes de soltarla—. Quería que supieras que siento mucho lo de tu… amigo. Jeff me ha dicho que habéis roto.

Ella se puso tensa. No se dio la vuelta.

—¿Te lo ha dicho?

—Sí. Jeff es muy cotilla. Debería meterse en sus asuntos. Lo que ocurra en tu vida no es responsabilidad suya, y yo siempre le digo que eres adulta y que puedes hacer lo que quieras en tu vida privada, que tiene que aceptar que él no es perfecto y que no todo fue culpa tuya.

Stella no supo qué decir.

Cynthia sonrió un poco, con ambas manos posadas en la barriga de embarazada, pero no dijo nada más. Se miraron, unidas por las tonterías del mismo hombre. No era amistad, pero se parecía mucho.

—Tengo que hacer pis —declaró Cynthia de repente, y se marchó al servicio.

Aquel momento de camaradería había tenido lugar a solas, pero, como era común en las fiestas, la gente empezó a reunirse en la cocina. Stella se vio rodeada, a los pocos minutos, de amigos y familiares. Algunos le llevaban comida y, otros regalos tradicionales. Cuando la fiesta llegó a su auge, Stella no tuvo tiempo para seguir sumida en su tristeza. No había desaparecido, pero no era el peor sufrimiento que había experimentado y, al final, lo superaría.

Sus fiestas siempre habían sido informales, con una gran lista de invitados. Así que, cuando alguien llamó al timbre, mientras ella estaba en el salón recogiendo tazas de café vacías y servilletas usadas, no hizo más que alzar la vista. La fiesta se había dispersado por el jardín trasero y por el delantero, así que, si había algún invitado que se sentía azorado al entrar, seguramente rodearía la casa hacia el jardín trasero directamente. Ella tiró las servilletas a la papelera que había puesto en un rincón, y en la que nadie se había fijado. El timbre volvió a sonar. Ella se sacudió las manos y salió a abrir.

En la entrada estaba Matthew, glorioso.

—Hola —dijo él.

Stella le cerró la puerta en las narices.

Un momento después, volvió a abrirla y lo encontró allí, en aquella ocasión, con la boca abierta y el ceño fruncido. Stella se había imaginado aquel momento de muchas formas diferentes. Haciéndose la dura. Arrojándose a sus brazos. Diciéndole que se perdiera. Sin embargo, a la hora de la verdad, lo único que podía hacer era mirarlo.

Matthew la tomó de la muñeca suavemente y tiró de ella hacia el porche. La puerta se cerró a su espalda. Stella siguió mirándolo. Matthew sonrió con incertidumbre.

—He tardado doce horas en llegar. ¿No me vas a decir nada?

Había ido conduciendo, no en avión. Pero, de todos modos, era algo. Un paso adelante.

—Es que pensaba que… Creía que… que nunca iba a volver a verte.

—Vamos, vamos —dijo él, como si todo fuera una broma—. ¿Y por qué pensabas semejante cosa?

Stella se irguió.

–¡Porque tú hiciste que lo pensara!

Se miraron el uno al otro sin decir nada. Entonces, Matthew suspiró con tristeza. Alargó los brazos para abrazarla, y esperó a que Stella se lo permitiera.

¿Acaso pensaba que iba a rechazarlo?

Se abrazaron en el porche. Ella apretó la cara en su hombro e inhaló. Suavizante de la ropa y su olor inconfundible, que pensaba que nunca volvería a oler. Se echó a temblar un poco, y él le acarició la espalda. Por fin, Stella lo miró.

–Shh. No llores –le dijo, aunque ella también tenía los ojos enrojecidos y la voz entrecortada.

Matthew la estrechó entre sus brazos.

–Stella –le susurró al oído–. Acabo de conducir durante doce horas sin más ayuda que la determinación y unos cuantos cafés de gasolinera. Necesito ir a tu baño y comer algo, o me voy a desmayar en tu porche.

Stella se echó a reír y se secó los ojos.

–Vamos, entra. Hay mucha comida.

–Dentro de un minuto –dijo él–. Puedo esperar un minuto más.

Entonces, la besó. Y otra vez. La besó una y otra vez, hasta que ella supo que todo iba a salir bien.